藪 葉子
Yabu Yoko

『源氏物語』引歌の生成

――『古今和歌六帖』との関わりを中心に

笠間書院

本書を読む前に

平安時代は、当時文化を担っていた貴族たちの意識の中において、和歌は多大な位置を占めていた。その時代に生み出された文学は、どのようなものも和歌の影響のもとにあり、和歌への理解なくしては、それらの作品を読むことすらかなわないのである。『源氏物語』に至ってはまさに、この稀にみる大部な作品は、和歌の美意識の範疇の中で作り上げられていると言えるほどである。それゆえ、『源氏物語』を読めば、平安貴族たちの和歌の認識に具体的に触れ得るのである。無数の和歌の中で、どのような歌が貴族たちにとりわけ親しまれていたのか、どのような歌に至高の美を見出していたのかが、鮮やかに知れるのである。

平安貴族たちの人生において特別な存在であった当時の和歌の一部は、現在にまで伝わってきた幾多の和歌集の中に見ることができる。『古今集』を始めとする勅撰集だけではなく、私撰集や私家集にも、貴族たちの共通の美意識やイメージ、発想の流れはもちろん表われている。なかでも、作歌の手引書でもあったと考えられている『古今和歌六帖』には、芸術作品である他の和歌集には見出しにくい、当時の貴族たちのイメージや意識が、ありのままに飾らず表われているように思う。様々な事物や心象に対して、彼らがどのようなイメージを抱いていたのかという、実に具体的かつ率直な部分が、『古今和歌六帖』のそれぞれの歌題のもとに表われていると思うのである。

先行和歌、あるいは同時代の和歌と『源氏物語』との関わりについては、諸先学によって優れた論考が幾多もなされてきた。ただ、『源氏物語』は誠に大部な作品であり、しかも、あらゆる先行の文学がその中に溶け込んでいるのである。より深く『源氏物語』を理解する可能性は、まだ尽きていないであろう。

本書は、作歌の手引書として編まれた『古今和歌六帖』という、他の和歌集にはない特徴を持つ歌集によって、『源氏物語』作者や当時の読者たちの意識の一端をより具体的に探ってみようと試みたものである。

『源氏物語』引歌の生成

──『古今和歌六帖』との関わりを中心に

目次

本書を読む前に i
凡　例 viii
はじめに……1
第一章　朝顔から夕顔へ……9
一　先行作品における夕顔 9
二　夕顔の花の表象 11
三　「山がつ」の語について 13
四　「かきほ」の歌題への着目 16
五　「しののめ」の語について 22
六　夕顔と朝顔との関係 26
第二章　須磨巻の検討……31
一　『古今六帖』各帖所載の引歌数 31
二　宰相の中将の須磨訪問場面 32
三　「黒駒」と「笛」の対称 34
四　「いへばえに」の語への着目 37
五　「ふえ」の歌題の特色 38
六　高麗笛について 41

七　「ふえ」の歌題と物語との関連　45
八　源氏四十の賀の「高麗笛」　45
九　「かがみ」の歌題への着目　48
一〇　『古今六帖』第五帖と物語との関連　54

第三章　玉鬘の美の表象……60
一　「葎」と「玉かづら」の歌題の連接　60
二　「撫子」と「山吹」の歌題の連接　65
三　真木柱巻への着目　66
四　冷泉帝の「言種《ことぐさ》」の特色　67
五　「赤裳垂れ引き」の表現について　72
六　「裳」の歌題への着目　73
七　玉鬘と山吹との照応　75
八　「立ちて思ひ……」の引歌の方法　79
九　「春の野に……」の引歌の方法　80
一〇　「くちなし」の歌題への着目　86
一一　山吹のイメージの再現　90
一二　『古今六帖』と物語との関係　91

第四章　「東路の道の果てなる……」の引歌に関して……100

一　藤袴巻の玉鬘求婚譚　100
二　「『道の果てなる』とかや」の主体について　101
三　藤袴巻の「東路の……」の引歌の意義　107
四　夕霧と柏木との照応　112
五　竹河巻の「東路の……」の引歌の意義　117
六　「帯」の歌について　120
七　引歌への着目から窺えること　125

第五章　『河海抄』に引用された『古今六帖』の歌の様相……136
一　『河海抄』の『古今六帖』引用への着目　136
二　『河海抄』所引の『古今六帖』本文と現存『古今六帖』本文との対照表　137
三　『河海抄』の『古今六帖』出典注記　158
四　『河海抄』所引の『古今六帖』本文と現存『古今六帖』本文との相関　159
五　『河海抄』所引の『古今六帖』の歌の作者名表記　163
六　『河海抄』所引の『古今六帖』本文の様相　166
七　『古今六帖』現存本の様相の一端　169

第六章　人物の古歌の利用と出典との関係……174
一　さほど高貴でない人物の利用する古歌の出典一覧　174
二　「雨夜の品定め」における古歌の利用　176

三　人物の身分と古歌の出典との相関　177
四　女性に対する源氏の古歌の利用　182
五　『古今六帖』の歌題第一首目の歌について　190
六　人物の古歌の利用から窺えること　195

第七章　引歌の季節と連鎖をめぐって……198
一　物語場面と引歌の季節との不一致　198
二　桐壺巻〈野分の段〉への着目　200
三　秋の場面における春の歌の引用例一覧　202
四　秋の場面における春の歌の引用例の検討　204
五　〈野分の段〉の「とふ人も……」の引歌の意義　210
六　「木の間より……」の引歌の意義　212
七　柏木物語にみえる引歌の反復　218
八　夕霧の弔問場面の引歌について　222

おわりに　231
初出一覧　233
あとがき　235
索引　左1

凡例

一、『源氏物語』本文の引用は、「新潮日本古典集成」『源氏物語』(石田穣二・清水好子校注、新潮社、一九七六〜一九八五年)により、巻名・頁数を示した。なお、引用本文に挿入した( )内は、私に補ったものである。

一、『古今六帖』の本文ならびに歌番号、および論中に示す歌の数は、図書寮叢刊『古今和歌六帖』(宮内庁書陵部編、養徳社、一九六七年)によった。同書をテキストとして用いた理由は、同書が底本とする書陵部蔵桂宮本は、永青文庫本や宮内庁書陵部蔵御所本と同じく、古写本のおもかげを残す江戸初期書写の善本と考えられていること、そして、そのために現在テキストとしてもっとも頻繁に使用されている事情によってである。なお、本文には濁点を施し、仮名遣いは一部漢字を当てた。

一、『古今六帖』以外の和歌の本文ならびに歌番号は、『新編国歌大観』(角川書店)によった。なお、仮名遣いは一部漢字を当てた。

一、『源氏物語』本文の異同は、特に断らないかぎり『源氏物語大成　校異篇』(池田亀鑑編著、中央公論社)によった。

一、『源氏物語』の語彙の検索は、『源氏物語語彙用例索引』(上田英代他編、勉誠社)によった。

一、『源氏物語』の古注釈書の引用は、特に断らないかぎり「源氏物語古注集成」(桜楓社)によった。

一、歌学書の引用は、「日本歌学大系」(風間書房)の本文によった。

一、引用本文の省略した部分は「……」で示した。

はじめに

現存の諸本でおよそ四五〇〇首を収める『古今和歌六帖』[注1]（以下、『古今六帖』と略称する）には、『源氏物語』の引歌として挙げられてきた和歌が多く存在している。それら物語に引用される『古今六帖』の歌の大半は、『万葉集』『古今集』などを出典とする歌であるが、ほかの歌集には見られない歌も決して少なくない。そのような事情から、『古今六帖』は『源氏物語』において重要な位置を占めると見なされ『古今六帖』の歌によって『源氏物語』を読み解こうとする試みは、これまでにも一部の先学によってなされてきた。両者の関わりの探求は、物語の理解にたしかに有効だと考えられるが、その詳しい考察は、いまだ十分ではないと言える状況である。

本書では、『源氏物語』の引歌に関して、特に『古今六帖』と『源氏物語』との関連を中心に探索していきたい。

ただ、以前から指摘されているように、『古今六帖』は様々な問題を抱えている歌集である。『源氏物語』との関わりを検討するに先立ち、まず、それらの点を確認しておきたい。

『古今六帖』は、『後撰集』成立以後から『拾遺集』成立以前の九七〇年代から九八〇年代にかけて編纂されたと考えられる類題和歌集である。しかし、明らかな成立年は知り得ず、大城富士男氏は、集中のもっとも新しい歌は第五帖の「扇」の歌題にならぶ「天の川あふぎの風にきりはれて空すみわたるかささぎの橋」（九二七）であると指摘されて、『古今六帖』編纂の上限の年代を定められた。[注2]この歌は『拾遺集』にも載録される歌で、『拾遺集』（巻第十七・雑秋・一〇八九）の詞書によって天禄四年七月七日の詠作と知れるところから、大城氏は、『古今六帖』は天禄四年（九七三）より後の編纂であるとされる。その後、後藤利雄氏が、天禄四年よりさらに新しい歌として、第五帖「琴」の歌題に並ぶ「琴のねに峰の松風かよふなりいづれの緒よりしらべそめけん」（八七二）という斎宮の女御の歌が、貞元元年（九七六）十月二十七日の作であることを指摘されて、『古今六帖』は、九七六年から九八七年（兼明親王没年）の十一年間の成立であるという論を出されている。[注3]このように、『古今六帖』の成立年代については、これまでは載録歌の詠作年代から上限を決める方法が採られてきたが、この点に関して近藤みゆき氏は、「作歌のための実用書として作成された六帖の成立事情は、勅・私撰集とも違って、所収歌の年時にあまり縛られず、ある程度かたちを成してのちの増補も含めて、柔軟に考える必要があるのではないだろうか」[注4]という意見を述べられるなど、一定の説を見ない。

成立年代に加え、『古今六帖』はまたその編者も明らかにしがたい、貫之・貫之の娘・具平親王など、さまざまな説が伝えられ検討されてきた。現在では、兼明親王（九一四年～九八七年）を編者と想定する説が、『八雲御抄』に「六帖貫之或兼明親王」という記載が見えることや、『古今六帖』は『和名類聚抄』との密接な関係が認められるという点から、源順（九一一年～九八三年）を編者とする説もまた有力視されているのである。[注5]

さらにもう一点、この和歌集に関する問題点として、現存の『古今六帖』はわずかな古筆切を除いては、[注6]中世末期より前の伝本が存在しないという資料的な制約がある。現存するもっとも古い伝本は、幽斎はじめ複数の者によって書写されたと考えられる永青文庫蔵本であり、ほかはすべて近世期の書写である。

『古今六帖』が抱えるさまざまな問題点は認識されながらも、この歌集が平安時代の諸作品におよぼした影響には強い関心が寄せられ、『源氏物語』にかぎらず、平安時代の作品と『古今六帖』との関わりについての論考は少なからず提出され、この和歌集の色濃い影響が指摘されてきた。

まず、『枕草子』との関連については池田亀鑑氏が、前田家本『枕草子』の項目と十巻本の『和名類聚抄』の分類の名称、そして『古今六帖』の部立を照らし合わされて、「とにかく枕草子は、学問的には類聚抄、芸術的には六帖の感化を受けて、特殊な分類法を用いたのではないかと思はれるのである」[注7]という見解を述べられている。その後、岸上慎二氏が引用面からの調査をされて、[注8]西山秀人氏によっては、『枕草子』地名類聚章段の『古今六帖』受け入れの可能性が探られている。[注9]

また、品川和子氏、[注10]岡一男氏[注11]によっては、『蜻蛉日記』との関連が注目されている。特に品川氏は、上巻の章明親王との贈答歌群が、『古今六帖』第五帖「糸」の歌題から配列ごと影響を受けたと思われる例などを挙げられて、『蜻蛉日記』に影響をおよぼしたと見なされる先行作品のなかでも、とりわけ『古今六帖』は全編にわたって広く受容されていると、この歌集の影響を重視されている。

そして、『源氏物語』と『古今六帖』が強く結びついた関係にあると論じたものの中では、紫藤誠也氏の論考が先駆けとして注目される。[注12]ほか、吉井美弥子氏などの諸論が見られ、[注13]高橋亨氏は、『古今集』に収められる歌の場合でも、『源氏物語』の引歌の出典としては、『古今六帖』が対等あるいはより重く視られるべき、という見解を述べられている。[注14]

これら先学の研究より学ぶところは多く、『源氏物語』を考察する上においては、勅撰集や先行の散文作品と同じく、『古今六帖』の存在も軽視できないものと考えられる。そして、先学の多種の指摘からは、『古今六帖』の影響は多岐にわたるだろうと推察されるのである。本書では、一首の歌との関わりにとどまらず、歌題単位での物語への影響や、歌題の流れ・歌題内の歌の連なりがおよぼす影響など、『源氏物語』と『古今六帖』との関わりのさまざまな様子を検討していきたい。

概要を紹介すると、まず第一章では、夕顔の花が、『源氏物語』の夕顔巻で重く用いられたきっかけの一つとして、『古今六帖』「かきほ」の歌題に並ぶ「山がつのかきほにさける朝顔はしののめならで見るよしもなし」という歌に注目している。まだ確固とした歌材とはなっていなかった夕顔を物語で大きく扱うとき、この『古今六帖』の歌を媒介にして、「朝顔から夕顔へ」というイメージの移行があったのではなかったか。物語において、朝顔と夕顔の二人の女性には、明確なつながりが認められることなどからも、『古今六帖』「かきほ」の歌題の「粗末な垣根に咲く朝顔」の歌は、夕顔を物語に導き出すきっかけの一つとなり得たのではなかったか、との検討をしている。第二章では、『古今六帖』「ふえ」の歌題の、須磨巻の宰相の中将の須磨訪問場面への関わりに着目している。「ふえ」の歌題の歌を、宰相が京に帰っていく源氏との別れの場面に重ねて読めば、その場面で黒駒と笛の二物が分かちがたい関係で描かれていることなどが理解されるのである。また、『古今六帖』において、「ふえ」の歌題の近隣には、源氏と紫の上の鏡の和歌の唱和の場面に引用されている歌を収める「かがみ」の歌題などが位置している。その「かがみ」の歌題の関わりを視野に入れれば、鏡の和歌の唱和における須磨巻と明石巻二場面の対応もまた、より直接的に捉えられるのである。第一章では、夕顔の物語と『古今六帖』の歌との関わりを検討しているが、夕顔の娘である玉鬘の物語にもまた、複数の『古今六帖』の歌が織り込まれていて、『源氏物語』と『古今六帖』との関わりを考察するうえで非常に注目されるのである。第三章では、その玉鬘にまつわって引用される歌について検討している。玉鬘に山吹の花のイメージが強く重ねられた後に語られる真木柱巻で、玉鬘に関して引用される複数の歌を『古今六帖』の歌題内でとらえた時、それらの引歌は山吹を詠む歌とともに見えるのである。それは、『古今六帖』の歌題内の他の歌のイメージをも利用して、玉鬘を山吹と照らし合わせるという意識のもとに導き出された歌ではなかったかと推察される。また、玉鬘の物語と『古今六帖』との関わりにおいては、玉鬘を表象している撫子と山吹という二種類の景物の歌題が、『古今六帖』内では連なって存在しているという歌題の流れなども注目されるのである。つづく第四章でも玉鬘に関わる引歌について考察している。夕霧が藤袴の花によせて、玉鬘を慕う胸中をもらす藤袴巻の場面では、『古今六帖』「おび」の歌題に見える「東路の道の果てなる常陸帯のかごとばかりもあひみてしがな」という歌が明確に引用されている。この引歌は、鄙のイメージを強く持つことで、思いがけず玉鬘に不快感を抱かせるという機能を果たしていると考えられるのである。「東路の……」の歌は、竹河巻で夕霧の息子である蔵人の少将が、玉鬘の大君を偲ぶ場面に再度引用されているが、「おび」の歌題に注目することによって、蔵人の少将の物語には、当時の帯の歌の発想が影響をおよぼしている様相や、夕霧と玉鬘・蔵人の少将と大君という、親と子の物語の連なりの構想が理解できるのである。第五章では、『河海抄』諸本に引用されている『古今六帖』所載の歌の調査を通して、問題視されている『古今六帖』の現存本の本文について検討を試みている。『河海抄』において、『古今六帖』を示す出典注記が施されている歌を、十六本の『河海抄』間で校合し、さらに現存の『古今六帖』所載の歌と照合して考察している。これによって、『河海抄』には『河海抄』作者が所持した『古今六帖』の形態が留められていること、そして『古今六帖』は『河海抄』成立以後も歌句の変移が生じたであろうことが窺えるのである。第六章では、『源氏物語』の登場人物が会話などで用いている古歌を、人物別さらに出典別に分類して、その特徴について考察している。すると、さほど高位でない人物の用いる古歌は、『古今集』の歌が主であるなど、登場人物に応じて注意深く古歌を利用している『源氏物語』作者の工夫が、大変よく窺えるのである。さらに、登場人物の用いる古歌の分類結果から、『古今六帖』の歌題の冒頭に位置している歌の傾向にも気づくことができた。本章の考察にあたっては、「身分のさほど高くない人物の用いる古歌の出典一覧」・「源氏が女性に対して用いる古歌の出典一覧」・「『古今六帖』の歌題第一首目の歌の出典・作者一覧」・「源氏が『古今六帖』の歌題第一首目の歌を用いる例一覧」といった四種の表を示している。最終の第七章では、『源氏物語』の場面の季節と、そこに引用されている歌の表現している季節とが一致していない例に注目している。特に、桐壺巻〈野分の段〉の秋の場面に春の歌が引用されている例、そして夏の場面に秋の歌が引用されている柏木と女三の宮との密通場面の例に注目して、季節の上では物語場面に合わない歌が引用されている意義について考察している。この考察からは、『源氏物語』では、物語場面の季節とそぐわない引歌の例にも、それぞれたしかな意図のあることが見て取れ、引歌の季節に着目することも、物語をより深く読み取る手がかりになることが知れたのである。

【注】

（1）『袋草紙』の「六帖　和歌　四千六百九十六首　此中長歌九首、旋頭歌十七首、但本々不定也。」という記述から、現存の『古今六帖』諸本にはかなり歌の欠落があると考えられ、『続国歌大観』にも付されている「古今和歌六帖拾遺」のほか、奥村恒哉氏・滝本典子氏によっても、およそ九〇首の六帖拾遺歌の補充が試みられている。両氏が指摘する拾遺歌の数と、それらの歌を載せる書名は次のようである。
・奥村恒哉氏は、「和歌童蒙抄所引の古今六帖―『古今六帖拾遺』補正」（「和歌文学研究」第五号、昭和四四年四月）を始めとする論考により、『和歌童蒙抄』（五首）・『夫木抄』（三一首）・『源氏物語「古注」』（二首）・『河海抄』（八首）・『異本紫明抄』（三一首）・『花鳥余情』（二首）を指摘されている。

・滝本典子氏は、「歌枕名寄所収の古今六帖歌と古今六帖拾遺歌」(「平安文学研究」第五四輯、昭和五〇年十一月)などの論考により、『歌枕名寄』(五首)・『六花和歌集』(六首)・『紫明抄』(一首)を挙げられている。
(2) 大城富士男「古今和歌六帖に就いて」(「国語国文の研究」四八号、昭和五年九月)
(3) 後藤利雄「古今和歌六帖の編者と成立年代に就いて」(「国語と国文学」昭和二八年五月)
(4) 近藤みゆき「古今和歌六帖の歌語―データベース化によって見た歌語の位相―」(『歌ことばの歴史』笠間書院、一九九八年)
(5) 兼明親王を編者とする考えは、大城富士男(注2論文)や後藤利雄(注3論文)によって積極的に指示されており、源順の編であるとする説は、平井卓郎『古今和歌六帖の研究』(明治書院、昭和三九年)によって示された。
(6) 現在までに、七葉二六首の『古今六帖』切が、吉沢義則『昭和新修 古筆名葉集』(白水社、昭和二七年)、小松茂美『古筆』(講談社、昭和四七年)、春名好重『古筆大辞典』(淡交社、昭和五四年)、田中登・藤井隆『国文学古筆切入門』(和泉書院、昭和六〇年)によって紹介されている。これら現存の『古今六帖』切は、すべて第一帖と第二帖の歌であり、伝称筆者は慈円と藤原行成である。
(7) 池田亀鑑「美論としての枕草子―原点批評の一つの試みとして―」(「国語と国文学」昭和五年十月)
(8) 岸上慎二『清少納言伝記巧』第四章四(二)「少納言の学識について」(新生社、昭和三三年)
(9) 西山秀人「歌枕への挑戦 類聚章段の試み」(「国文学 解釈と教材の研究」(平成八年一月)、「枕草子類聚章段における古今和歌六帖の受容―地名章段を中心に―」(『古代中世文学論考』二集、新典社、一九九九年)。後書において西山氏は、「清少納言は章段執筆に際して『六帖』の同題歌群を適宜参照し、それをもとに章段の構想をめぐらせていた場合も確かにあったと考えざるを得ない」と述べられる。
(10) 品川和子「蜻蛉日記の方法と源泉―古今六帖との関連についての二、三の問題―」(「学苑」三二五号、昭和四二年一月)
(11) 岡一男『道綱母』(有精堂、一九七〇年)
(12) 紫藤誠也「古今六帖で読む源氏物語『若紫』」(「中古文学」第九号・昭和四七年五月)、「『古今和歌六帖』と『源氏物語』」(寺本直彦編『『源氏物語』とその受容』右文書院・昭和五九年)、「源氏物語『野分』の巻考」(『神戸女子大学紀要 文学部篇』二〇巻一号、昭和六二年三月)

(13) 吉井美弥子「源氏物語・引歌による場面解読―柏木巻「とりかへすものにもがなや」をめぐって―」(『中古文学論攷』第五号・昭和五九年一〇月)

(14) 高橋亨「喩としての地名―明石を中心に―」(『源氏物語地名と方法』桜楓社、一九九〇年)

第一章　朝顔から夕顔へ

一　先行作品における夕顔

源氏と夕顔との物語の始点となる五条の家は、夕顔巻の巻頭に、「むつかしげなる大路」（夕顔巻・一二一頁）にある「ものはかなき住まひ」（同巻・一二二頁）と描き出されている。これは、帚木巻での頭の中将の言葉、「（常夏の女が）まだ世にあらば、はかなき世にぞさすらふらむ。」（帚木巻・七三頁）を受けた設定となっており、その住まいの「あやしき垣根」（夕顔巻・一二三頁）には、夕顔の花が這いまつわっている。

夕顔の花は、当時の意識では、このようなささやかで粗末な場に咲く花とされていたらしい。古注釈を参照してみると、『細流抄』（室町末期）は、「夕かほはさふらひ以上の家にはうへさる物也」と、従者の身分の宿にしか咲かない花であると記し、『孟津抄』でも「五位以上の人の家には不栽事云々」と注がなされている。

そして、先学も指摘されるところであるが、『源氏物語』より前には夕顔を詠んだ和歌は見られないのである。[注1]

ただ、この点に関しては、『人丸集』（九七）に見える、

あさがほの朝露おきてさくといへど夕がほにこそにほひましけれ

という歌が、物語に先立って夕顔の花を詠んだ例とも考えられて注目できる。この歌は、「朝顔は朝露をたたえて咲くとはいえ、夕顔こそ美しさがまさっていることよ」と解釈できるだろう。しかし、第四句の「夕がほにこそ」の本文には問題がある。この歌は、『万葉集』（巻十・秋雑歌・二一〇四）にも載録されているものの、『校本萬葉集』（岩波書店）で確認する限り、

朝杲《あさがほは》　朝露負《あさつゆおひて》　咲雖云《さくといへど》　暮陰社《ゆふかげにこそ》　咲益家礼《さきまさりけれ》

という、本文の第四句「暮陰社（ゆふかげにこそ）」に異なる文字や訓は示されていない。また、『私家集大成』（明治書院）で『人丸集』の複数の伝本を確認しても、第二類本として挙げられる書陵部蔵（五〇一・四七）『柿本集』の本文「あさかほのあさつゆをきてさくといへとゆふかけにこそさきかゝりけれ」などによって、『人丸集』にも、第四句が「ゆふかけ」となる本文の存在することが分かるのである。このように、『万葉集』の諸本では、第四句を「ゆふかほ」と訓読する本が確認されないことに加えて、第四句「暮陰社」は、第二句の「朝露負」に対応させて歌われていると考えられるこの歌の構成からも、「ゆふかげ」という訓の方がよりふさわしいと言え、『人丸集』の「あさがほの……」という歌は、本来「夕顔」を詠んだ歌とは考えにくいのである。『人丸集』の成立年代は明らかではないが、『源氏物語』の執筆当初の頃であったとも考えられるため、『源氏物語』の夕顔巻の影響によって、『万葉集』の歌が『人丸集』では「夕がほ」と表記されたかとも推察されるのである。

管見の限りにおいては、『赤染衛門集』（四一一）に載録されている次の一首が、「夕顔」を詠んだ歌の初例である。

あさがほゆふがほ植ゑてみしころ
ひるまこそなぐさむかたはなかりけれあさゆふかほの花もなきまは[注2]

「朝顔と夕顔の花も咲いていない昼間のうちは心を慰めるすべもない」と、朝顔と夕顔を対称させて歌うこの一首は、『源氏物語』とほぼ同時代の夕顔を詠んだ歌として注目できる。しかし、『赤染衛門集』の流布本系統の配列からすれば、この歌は長和元年（一〇一二）～寛仁三年（一〇一九）のあいだに詠まれた歌と推察されるため、この歌もまた、夕顔巻が執筆された年代に先立つ作ではないと考えられるのである。

和歌のみならず、『源氏物語』以前に「夕顔」の花の名が見られる例は、確認できるものでは次の『枕草子』でのわずかな言及があるのみである。

夕顔は、花の形も朝顔に似て、いひつづけたるにいとをかしかりぬべき花の姿に、実のありさまこそ、いと口惜しけれ。……されどなほ、「夕顔」といふ名ばかりは、をかし。（「草の花は」）注3

和歌に詠まれず、散文作品にもほとんど登場しないという事実は、夕顔の花が当時の貴族たちの美意識の外にあったという事実を示しているだろう。そのような花である夕顔が、『源氏物語』では、作者の思考のどのような経路を経て用いられたのだろうか。本章では、『古今六帖』との関わりで考察を試みてみたい。

二　夕顔の花の表象

夕顔という女性の出自は、高貴な人々の美意識の外にあったという、前述したような夕顔の花のイメージと結びつくようなものではなかった。

・親もなく、いと心細げにて、さらばこの人こそはと、ことにふれて思へるさまもらうたげなりき。（帚木巻・七二頁）

・親たちは、はや亡せたまひにき。三位の中将となむ聞こえし。（夕顔巻・一六九頁）

とあるように、両親が早くに亡くなり、頭の中将しか頼りにできる人はいない状況とはいえ、夕顔の父は三位の中将であった。この上流とも言える出自からすると、夕顔の花が這いまつわる五条の宿の描写は、彼女にはあまりにも不釣り合いだと言えよう。夕顔巻を読み進め、彼女の素性を知ると、このような疑問が生じてくるのである。

だが、彼女は、最初から夕顔の花と結び付けられていたのではなかった。帚木巻での物語への初めての登場時には、

（頭の中将）咲きまじる色は何れとわかねどもなほ常夏にしくものぞなき
（常夏の女）うち払ふ袖も露けき常夏にあらし吹きそふ秋も来にけり（常夏巻・七三頁）

という頭の中将との贈答歌において、常夏の花によそえられていた。常夏は夕顔とは異なり、当時、歌に多く詠まれていた花の一種であり、高貴な者の邸宅の前栽に植えられ愛でられた花である。[注4]そのような花に一度は譬えられながら、夕顔巻では冒頭部分より夕顔の花とともに登場してきている。もっとも、一人の女性に二種類の花を用いてイメージ付ける例は、『源氏物語』の中でも夕顔のみではない。その娘である玉鬘も、撫子と山吹とをもって表象される女性である。しかし、二種の花による譬えが、その人物の呼称にまで関わっているのは夕顔のみである。

常夏の花と結びついていた女性に、夕顔の花をもって改めてイメージを与え直しているのであるが、ここには、細部にわたって作者の心配りが見て取れる。その時点での女性の境遇を変えるのはもちろんだが、彼女を受けとめる源氏と頭の中将との間にも認識の違いを生じさせている。帚木巻で常夏の女を語る頭の中将は、彼女が三位の中将の娘であるという事実を承知している。しかし、源氏は夕顔の素性を知らず、「めざましかるべき際

にやあらむと、おぼせど」（夕顔巻・一二六頁）、「かりにても、宿れる住ひのほどを思ふに、これこそ、かの人の定めあなづりし下の品ならめ」（同巻・一三六頁）とあるように、下層の女性だと思い込んだまま物語は進んでいく。

作者は、夕顔の花を物語に用いる際、その花と結びつける人物にも卑しい身分の設定を明確にほどこした。夕顔と「あやしき垣根」、両者の結びつきは非常に強いものとなっているのである。

三　「山がつ」の語について

前述したような夕顔巻における彼女の住まいと身の上は、帚木巻から暗示されている。常夏の女から頭の中将に寄こした次の歌も、その一例である。

山がつの垣ほ荒るともをりをりにあはれはかけよ撫子の露（帚木巻・七二頁）

「卑しいわたしの家の垣根は荒れていても……」と歌うこの一首は、明らかに『古今集』（巻十四・恋四・六九五・詠人不知）の、

あなこひし今も見てしが山がつのかきほにさける山となでしこ

という歌によっている。石田穣二氏も、池田亀鑑編『源氏物語事典』（東京堂、昭和三五年）の「かきほ」の項目において、『源氏物語』中に見られる「かきほ」という語の用例五例すべてが、撫子とともに示されている点から、「かきほ」は、この『古今集』の歌を拠りどころにした歌語と見るべきだとして注意を促している。

また、帚木巻の「山がつの……」の歌で、常夏の女は自身を「山がつ」と称して卑下しているが、この一語も注目すべきものである。帚木巻で常夏の女の歌に詠まれるのが、『源氏物語』における「山がつ」の語の最初の

用例である。「山がつ」の語は、その後夕顔巻へと続き、常夏の女の娘である玉鬘の生い立ちに関わる叙述にも用いられる語である。

夕顔の花は、「花の名は人めきて、かうあやしき垣根になむ、咲きはべりける」（夕顔巻・一二二頁）と、随身によって源氏に説明されるが、「かうあやしき垣根（このように粗末な垣根）」という表現は、歌に詠まれる「山がつの垣ほ」を叙述したものに他ならない。次に示す夕顔巻の本文に注目したい。

おほかたにうち見たてまつる人だに、（源氏に）心とめたてまつらぬはなし。ものの情知らぬ山がつも、花の蔭にはなほやすらはまほしきにや、この（源氏の）御光を見たてまつるあたりは、ほどほどにつけて、わがかなしと思ふ女をつかうまつらせばやと願ひ、もしはくちをしからずと思ふ妹など持たる人は、いやしきにても、なほこの御あたりにさぶらはせむと、思ひよらぬはなかりけり。（夕顔巻・一二三―一二四頁）

これは、六条の御息所の邸宅で、源氏と六条の御息所の女房である中将とが朝顔の花のやり取りをした直後の草子地である。この二文目の冒頭「ものの情知らぬ山がつ（ものごとの情緒など分からない卑しい者）」とは、この場面に先立ってすでに語られている夕顔の花咲く宿の女、すなわち夕顔という人物を思い起こさせる表現である。ここの「ものの情知らぬ山がつも、花の蔭にはなほやすらはまほしきにや」のあたりは、『古今集』仮名序の、

大伴黒主はそのさまいやし、いはばたきぎおへる山びとの花のかげにやすめるがごとし

を踏まえた表現であるが、仮名序の「山びと」という語句が、夕顔巻では「山がつ」と換えて用いられている点に注目したい。

山住みの者を指す「山がつ」と「山人」とは、近いながらも語の意味を別にする言葉である。歌学書の『能因歌枕』（平安中期）には、「山がつとは物おもひしらぬを云、あやしき人をも云、山ざとにすむをも云」と見え、

『俊頼髄脳』（平安後期）では「よろづの物の名にみな異名あり」として、「下人、やまがつのといふ」と記されている。「山がつ」には、単なる山住みの者という意味に、身分的な卑しさ、もの思いを解さない者という意味が加わるのである。もっとも、それゆえに自身を卑下する際の表現としても用いられるのであろう。

『源氏物語』では、「山がつ」という語は三三例（内、歌に六例見られ、「山がつめく」三例を含む）見えるが、それらの「山がつ」は、

・おほよそ人だに、今日の物見には、大将殿をこそはあやしき山がつさへ見たてまつらむとすなれ。（葵巻・六九頁）

・所狭き御調度、はなやかなる御よそひなど、さらに具したまはず、あやしの山賤めきてもてなしたまふ。（須磨巻・二一五頁）

・「あなかたはや。京の人の語るを聞けば、やむごとなき御妻ども、いと多く持ちたまひて、そのあまり、忍び忍び帝の御妻をさへあやまちたまひて、かくも騒がれたまふなる人は、まさにかくあやしき山がつを、心とどめたまひてむや」と言ふ。（須磨巻・二四八頁）

・「このわたりにて、さりぬべき御遊びのをりなど、聞きはべりなむや。あやしき山がつなどのなかにも、まねぶものあまたはべるなることなれば、おしなべて心やすくやとこそ思ひたまへつれ。……」（常夏巻・九二頁）

・御心ざし深かりける御仲を背きたまひて、あやしき山がつのなかに出家したまへること、かへりては、仏の責め添ふべきことなるをなむ、うけたまはりおどろきはべる。（夢浮橋巻・二七一―二七二頁）

というように、「あやし」という形容を加えて用いられていて、おおむね歌語としての用法に沿っていると言え

る。そして、次の例では、「山人」と「山がつ」との語の意味の違いが明確に示されている。

何とも見ざりし山がつも、おはしまさでのち、たまさかにさしのぞき参るは、めづらしく思ほえたまふ。このころのこととて、薪、木の実拾ひて参る山人どもあり。（椎本巻・三三八頁）

以前は、人の数にも入れず気にもとめなかった山住みの者たちだが、父の八の宮が亡くなって山荘を訪れる人が絶えてしまった今となっては、そのような山住みの者たちの時たまの訪れも、姫君たちにはめずらしく感じられる、というくだりである。ここでは、父宮が亡くなる以前と以後の、同じ山住みの者たちに対する姫君たちの感情の違いにより、「山がつ」と「山人」が使い分けられていると考えられる。「山がつ」には山住みの者を見下す響きが込められ、「山人」とは意味を違えているのである。

「山びと」と「山がつ」を使い分けているこのような叙述があることを考え合わせると、『古今集』の仮名序を踏まえている夕顔巻の「ものの情知らぬ山がつも、花の蔭にはなほやすらはまほしきにや」という部分の、仮名序の「山びと」から「山がつ」への変換も、当然、意図されたものと考えられる。そして、この変換は、「山がつの垣ほ荒るともをりをりに……」という頭の中将へ贈った常夏の女の歌をも響かせて、六条の御息所の邸宅の場面で夕顔という女性を思い起こさせようと意図されたものと考えられるのである。

四　「かきほ」の歌題への着目

「山がつ」の語に加え、夕顔の花が蔓草であるゆえに、夕顔の物語の始まりにおいて垣根の存在の意味は大きい。前栽の様もすばらしい六条あたりの邸宅の優雅な様子を目にした源氏には、夕顔の宿などは「ありつる垣根思ほしいでらるべくもあらずかし（さきほどの夕顔の花咲く垣根など思い出されるはずもない）」（夕顔巻・一二七頁）となるのである。この叙述で夕顔の五条の住まいは、「垣根」によって表現されている。
ところで、垣根に関しては、『古今六帖』第二帖「田舎」の部に、「かきほ」の歌題が存在する。次に示すのは、「かきほ」の歌題の歌の並びである。なお、歌題内の歌には、便宜上通し番号をつけて扱う。

かきほ

①山がつのかきほにさける朝顔はしののめならで見るよしもなし　（四九四）
②恋しともいふ人なしや山がつのかきほの花をなにに折るらん　（四九五）
③山がつのかきほにのみや恋わびんわが身も人も露のいのちに　（四九六）
④浅茅ふの野べやかるらん山がつのかきほの草は色もかはらず　（四九七）
いせ
⑤名にしおはば長月ごとに君がためかきほの草の露のいのちを　（四九八）
人まろ
⑥かきほなる人といへどもこまにしき紐ときあくる君もなきかも　（四九九）

「かきほ」の歌題には、以上六首が収められている。この並びの前四首において、「かきほ」は、先に注目した「山がつ」の語とともに詠まれている。和歌において、「山がつ」と「かきほ」の組み合わせは珍しいものではないが、ここでは六首の内、実に四首で詠まれており、両語句の関係の深さが印象づけられる並びとなっている。この歌題には六首が並ぶが、帚木巻における、常夏の女の歌の本歌である『古今集』の歌に思い当たるならば、特に第二首目の歌、

恋しともいふ人なしや山がつのかきほの花をなにに折るらん

に注意が向くであろう。出典未詳の作者名も記されていない歌であるが、この一首は、「恋しとも」「山がつのかきほの花」という詠みにおいて、常夏の女の歌の本歌である『古今集』（六九五）の「あなこひし今も見てしが山がつのかきほにさける山となでしこ」に非常に似かよった歌である。類似しているという以上に、「恋しともいふ人なしや」という歌い出し方は、「あなこひし」と詠む『古今集』の歌を受けた表現とも言え、この両歌には唱和とも言える直接的なつながりが見て取れるのである。帚木巻の常夏の女の歌も、『古今六帖』「かきほ」の歌題第二首目の歌も、ともに「あなこひし……」という『古今集』の歌の影響を直接受けているのである。

このように、『古今六帖』「かきほ」の歌題は、よく知られた『古今集』の歌を本歌とした歌を第二首目に置いているのだが、その前に位置する歌題第一首目の歌に注目してみると、

山がつのかきほにさける朝顔はしののめならで見るよしもなし[注5]

という、「山がつの垣ほ」に咲く朝顔を詠んだ出典未詳の歌が置かれている。「山がつ」を詠み込んだ歌が多く並ぶ「かきほ」の歌題においても、「山がつの垣ほ」に咲く花を詠む歌は、第一首目と第二首目の歌の二首のみである。その歌題第一首目の歌で詠まれている朝顔は、早い時期の歌の例が見いだせない夕顔とは違って、『万葉集』ですでに歌われている花である。ただ、『源氏物語』における朝顔の花といえば、帚木巻で紀伊の守邸の女房の噂の中に語り出される女性が思い起こされるだろう。ここで、『源氏物語』における朝顔の花の扱われかたを押さえておきたい。まず、

式部卿の宮の姫君に、（源氏が）朝顔奉りたまひし歌などを、すこしほほゆがめて語るも聞こゆ。（帚木巻・八四頁）

という叙述に見えるのが、『源氏物語』における朝顔の花の最初の用例である。ここで、「式部卿の宮の姫君」と

称されている女性は、源氏が朝顔の花を添えて歌を贈ったこの一件がきっかけとなって、後に「朝顔」と称されることになる人物である。『源氏物語』には、朝顔の花の用例は一〇例見られる。しかし、朝顔という女性が物語から退場する若菜下巻までは、

「咲く花にうつるてふ名はつつめども折らで過ぎうきけさの朝顔

いかがすべき」とて、手をとらへたまへれば、いと馴れて疾く、

朝霧のはれまも待たぬけしきにて花に心をとめぬとぞ見る

と、おほやけごとにぞ聞こえなす。をかしげなる侍童の、姿このましう、ことさらめきたる、指貫の裾露けげに、花のなかにまじりて、朝顔折りて参るほどなど、絵にかかまほしげなり。（夕顔巻・一二三頁）

という、夕顔巻の六条の御息所邸での例を除いて、朝顔の花は朝顔という女性とのみ関わって描かれ、朝顔の花と人物の朝顔、両者の結びつきは非常に強いものとして描かれているのである。この夕顔巻の場面は、源氏が六条の御息所のもとを訪れ、翌朝帰るときの源氏と御息所の女房とのやり取りを綴ったくだりであるが、この場面に朝顔の花が描かれていることによって、六条の御息所と朝顔という二人の女性の関わりもまた、注目できるのである。

帚木巻の後、次に朝顔という女性について語られるのは葵巻であるが、そこにおいても、朝顔と六条の御息所、両者の関わりは見て取れる。

㋐かかることを聞きたまふにも、朝顔の姫君は、いかで人に似じと深うおぼせば、はかなきさまなりし御返なども、をさをさなし。さりとて、人憎く、はしたなくはもてなしたまはぬ御けしきを、君（源氏）も、なほことなりとおぼしわたる。（葵巻・六七頁）

㋑姫君（朝顔）は、年ごろ聞こえわたりたまふ（源氏の）御心ばへの世の人に似ぬを、なのめならむにてだにあり、ましてかうしもいかでと、御心とまりけり。いとど近くて見えむまではおぼしよらず。（葵巻・七三頁）

㋒何ごとにつけても、見まさりはかたき世なめるを、つらき人しもこそと、あはれにおぼえたまふ人（朝顔）の御心ざまなる。つれなながら、さるべきをりをりのあはれを過ぐしたまはぬ、これこそかたみに情も見果つべきわざなれ、なほゆゑづきよし過ぎて、人目に見ゆばかりなるは、あまりの難も出で来けり、対の姫君を、さは生ほし立てじと（源氏は）おぼす。（葵巻・一〇四頁）

㋐例は、六条の御息所に対する源氏の態度がよそよそしく、そのことを聞くにつけ、自分も源氏とこれ以上親しくなって、その結果、御息所と同じになることは避けたいという、朝顔の心のうちを述べたくだりである。㋑例は、六条の御息所と葵の上との車争いのあった翌日の一節であり、源氏の美しさに心ひかれるものの、これ以上は打ちとけて逢いたくはないという、朝顔の気持ちが語られている。そして㋒例は、六条の御息所の生霊によって正妻の葵の上を亡くしてしまい、悲しみに暮れる源氏が、朝顔からの返歌を受け取ったおりの朝顔批評である。まず、つれない態度を取りながらも、しかるべき折の返事はきちんとしてくる朝顔の人柄を称賛している。そして、教養があり過ぎて人目に立つほどであるのは、行き過ぎた欠点も出てくるものであると、六条の御息所を念頭に置いていると思われる源氏の考えが語られている。

このように、葵巻で朝顔という女性について語られる三場面すべてにおいて、朝顔と六条の御息所との比べ合わせが読み取れることは注目すべきである。葵巻には、源氏の頼みがたい心に悩み、源氏の正妻の位置にいる葵の上にはずかしめられ、生霊となるまで思いを募らせる六条の御息所の姿が描かれている。そこに、源氏に好意は持っていながらも、上流の女性としての誇りから親しい交際には応じない朝顔が同時に描かれることによって、六条の御息所の愛執のはげしさ、悲しさを強調させる効果が得られているのである。この葵巻では、朝顔に関する叙述はあっても、それらは全て六条の御息所と比べ合わされたものであり、朝顔自身が、物語の展開を直接的に導くことはない。その点からも、葵巻における朝顔の登場は、源氏との恋愛における六条の御息所の悲しさと哀れさを際立たせることに目的があると考えられ、六条の御息所と朝顔という二人の女性は、確かに強い関わりを持って描かれていると言えるのである。早朝の朝顔の花が美しく印象的に描かれている夕顔巻の六条の御息所邸の場面でも、その背後にはやはり朝顔の存在が意識されていると考えられる。

ところで、藤村潔氏が、「源氏と藤壺の宮、源氏と朝顔の姫君との交渉が具体的には何一つ物語られていない帚木巻以下三帖においては、源氏と六条御息所との交渉の具体的な場面の一つ一つが、源氏の、上の品に属する女性圏における生活を代弁している」[注6]と述べられるように、たしかに先の六条の御息所邸の場面は、粗末な宿に住まう夕顔とは対照的な上流の身分の女性と源氏との関わりを際立たせたものである。そして、朝顔という人物もまた、「式部卿の姫君」（帚木巻・八四頁）という物語初出時の呼称[注7]と、斎院に卜定される展開が示すように[注8]、非常に高貴な身分に設定されている女性である。そのような六条の御息所と朝顔という人物に関わって描かれる朝顔の花は、『源氏物語』では、確かに上流の身分と響き合う景物として扱われているのである。そして、朝顔を高貴なものとして意味づけて用いているからこそ、それとは対照的な名をもつ夕顔の花によって、その花が咲く宿の主人の、身分の卑しさが強く伝わるのである。だが当時、朝顔の花とは、はたして高貴な人物を表象するにふさわしい花であったのだろうか。

『古今六帖』「かきほ」の歌題の「山がつのかきほにさける朝顔はしののめならで見るよしもなし」という歌における朝顔の状態は、物語で見られる朝顔の花の用いられ方とは対照的である。「山がつのかきほ」に咲くはかない花とは、むしろ夕顔の身の上に通じ、夕顔の物語の発端場面を思い起こさせるものである。この歌の「朝顔」を「夕顔」に置き換えてみれば、夕顔巻の冒頭の、五条の宿で咲く夕顔の花の状態と等しくなろう。

『古今六帖』「かきほ」の歌を仲立ちにして、「朝顔」から「夕顔」という景物の入れ換えや、イメージの移行がなされたという可能性は考えられないだろうか。

五　「しののめ」の語について

「かきほ」の歌題第一首目の歌「山がつの……」で、朝顔とともに詠まれる「しののめ」の語は、『源氏物語』にも見いだせる。用例としては、帚木巻・夕顔巻・橋姫巻での三例を数えるのみであるが、前二例の帚木巻と夕顔巻では、ともに源氏が詠む歌に見られる。そして、源氏から歌を詠みかけられる相手とは、前者は空蟬であり、後者は夕顔である。

帚木巻の例から順に見ていきたい。

つれなきを恨みも果てぬしののめにとりあへぬまでおどろかすらむ（帚木巻・九二頁）

紀伊の守邸で朝顔の姫君の噂話が語られたその日の夜、源氏は空蟬の寝所へ忍んで行く。そこで迎えた翌朝、源氏から空蟬に詠みかけた歌である。空蟬に受け入れられなかった昨夜の逢瀬をなげく歌である。ところで、空蟬と朝顔という二人の女性は、作者の意識の中で非常に近くに存在している女性である。まず、朝顔という女性の存在が初めて物語で語られるのは、帚木巻の源氏が方違えにきた紀伊の守邸の場面においてであるが、これはまさに、空蟬と朝顔に接点を持たせるための設定であったと考えられる。また、紀伊の守邸を訪れたその夜、源氏は紀伊の守の妻である空蟬と逢瀬をもつ。しかし以後、彼女は源氏を拒みとおし、源氏の接近を許そうとしない女性であった。そして、朝顔にもまた、源氏を拒みとおす物語が以後に展開されていくのである。

かやうに憎からずは聞こえかはせど、け近くとは思ひよらず、さすがにいふかひなからずは見たてまつりてやみなむと、思ふなりけり。（夕顔巻・一七四頁）

という空蟬の源氏に対する思いは、朝顔の源氏に対する思いと同質のものである。藤村潔氏の「空蟬の物語をじっとみつめていると、その下絵となっていた上の品の女の物語―源氏と朝顔の姫君の物語が透けて見えてくる。[注9]」という見解に同意したい。

「しののめ」の語の夕顔巻の例は、次のようである。

いにしへもかくやは人のまどひけむわがまだ知らぬしののめの道（夕顔巻・一四四頁）

源氏が夕顔を伴ってなにがしの院に行く道中で詠んだ歌に、「しののめ」の語が詠みこまれている。そして、空蟬と同じく夕顔もまた、朝顔とのつながりが注意される女性である。まず、夕顔と朝顔の二人には、その呼称からうかがえるように、対照的な側面が見て取れる。境遇の対照は著しいが、それのみにとどまるものではない。

・親もなく、いと心細げにて、さらばこの人こそはと、ことにふれて思へるさまもらうたげなりき。（帚木巻・七二頁）

・人のけはひ、いとあさましくやはらかにおほどきて、もの深く重きかたはおくれて、ひたぶるに若びたるものから、（夕顔巻・一三七頁）

・世になくかたはなることなりとも、ひたぶるに従ふ心は、いとあはれげなる人と見たまふに、（夕顔巻・一三九頁）

などと語られる、たよりなげで従順な夕顔の人柄は、源氏の求婚を自身の意志で拒みとおし、一貫して首を縦に振らなかった朝顔とは対照的である。彼女たちは、内面までもが対比的に描かれており、ここに朝顔と夕顔という人物の構想の対照性が見て取れるのである。

対照性だけではなく、朝顔と夕顔の両者の物語には、類似点も存在する。まず、物語への朝顔の登場は、前述したように話題の中に語り出される。朝顔の存在は、帚木巻で紀伊の守邸における女房たちの噂によって読者に知らされるのであり、その噂話によって、源氏と朝顔との交渉が、源氏と空蝉との関わりの前であったと知らされる。しかし、このように人物本人の物語への登場に先立って、話題の中でまず存在が示される例は、朝顔のみではない。夕顔の場合も朝顔と同じく、物語への初出は、「雨夜の品定め」で頭の中将によってその存在が語られるだけのものである。話題の中で存在が示されること、その時点で男君との物語がすでに始まっているという点においては、物語への朝顔の初出のあり方と同様のものである。さらに、朝顔という女性にとって、源氏から朝顔の花を添えた歌を贈られた一件は、後に「朝顔」という呼称につながっていくなど、重要な意味を持つのであるが、それは夕顔にとっても同じである。夕顔巻の名高い場面であるが、その箇所を確認しておきたい。

さすがにされたる遣戸口に、黄なる生絹の単袴、長く着なしたる童の、をかしげなる、出で来て、うち招く。白き扇の、いたうこがしたるを、「これに置きて参らせよ。枝もなさけなげなめる花を」とて、取らせたれば、門あけて惟光の朝臣出で来たるして、奉らす。……修法など、またまたはじむべきことなど掟てのたまはせて、出でたまふとて、惟光に紙燭召して、ありつる扇御覧ずれば、もてならしたる移香、いと染み深うなつかしくて、をかしうすさび書きたり。

心あてにそれかとぞ見る白露の光そへたる夕顔の花

そこはかとなく書きまぎらはしたるも、あてはかにゆゑづきたれば、いと思ひのほかにをかしうおぼえたまふ。（夕顔巻・一二二—一二五頁）

花は、源氏が贈ったのか、贈られたのかという違いはあるものの、源氏との関わりの始まりが、花を添えた歌の贈歌によって読者に示されているという点は、朝顔も夕顔も同じである。また、この夕顔の花を介したやり取りが、後に「夕顔」という人物呼称へとつながっていく点も同じである。話題の中に初めて登場してくるという点と、源氏との関係が語られる始まりが花を介したものであった、という二点の重なりは確かに意図されたものと考えられる。

さらに、朝顔がヒロインをつとめる朝顔巻の冒頭部分と夕顔巻の冒頭部分とを比べてみると、それらが実によく似た対称的な構図になっていることにも気付くのである。まず、

夕顔巻……六条わたりの御忍びありきのころ、内裏よりまかでたまふ中宿に、大弐の乳母のいたくわづらひて尼になりにける、とぶらはむとて、五条なる家尋ねておはしたり。（一二一頁）

朝顔巻……長月になりて、桃園の宮に（朝顔が）わたりたまひぬるを聞きて、女五の宮のそこにおはすれば、そなたの御とぶらひにことづけてまうでたまふ。（一八九頁）

というように、夕顔巻の冒頭も、朝顔巻の冒頭も同じく、源氏は老女を見舞い、その後に物語の中心となる女性と接している。朝顔巻では、この展開は二度用いられるのだが、二度目に源氏が桃園邸を訪れた時には、

御門守、寒げなるけはひ、うすすき出で来て、とみにもえあけやらず。これよりほかの男はたなきなるべし。ごほごほと引きて、「錠のいといたく銹びにければ、あかず」と愁ふるを、あはれと聞こしめす。昨日今日とおぼすほどに、三十年のあなたにもなりにける世かな、かかるを見つつ、かりそめの宿りをえ思ひ捨

てず、木草の色にも心を移すよとおぼし知らる。（朝顔巻・二〇〇―二〇一頁）

と、錠が錆びて門が開きづらく、そこに源氏は世の移りかわりの激しさを感じる。そして、この世はまさに「かりそめの宿り」であると思い、感慨にふけるのである。夕顔巻でも、これと似かよった場面が描かれている。

御車入るべき門は鎖したりければ、人して惟光召させて、待たせたまひけるほど、むつかしげなる大路のさまを見わたしたまへるに、……すこしさしのぞきたまへれば、門は蔀のやうなる、押しあげたる、見いれのほどなく、ものはかなき住ひを、あはれに、何処かさして、と、思ほしなせば、玉の台も同じことなり。

（夕顔巻・一二一―一二二頁）

乳母の家の鍵が鎖された門が開くのを待つあいだ、源氏は夕顔の粗末な宿に目をやり、「何処かさして（この現世ではどこを自分の家ということができよう）」と、朝顔巻での思いと同じ思いを抱くのである。対比と重なりの両面は、夕顔と朝顔という二人の女性を描く上で、作者に確かなつながりの意識があった証しと考えられるだろう。

「しののめ」の語は、物語では夕顔巻からかなり隔たった宇治十帖の橋姫巻（二九一頁）でもう一例見られるものの、物語の前半部分では帚木巻と夕顔巻の二例のみの用例である。空蟬、夕顔という、物語の構成・展開上で朝顔という人物と深く関係している二人の女性、とりわけ夕顔の物語に「しののめ」の語が用いられている事実は、前掲の朝顔を歌った『古今六帖』「かきほ」の歌題第一首目の歌「山がつのかきほにさける朝顔は……」の、物語への影響を考える際の一つの拠り所とはならないだろうか。

六　夕顔と朝顔との関係

以上を整理すると、『古今六帖』には「かきほ」の歌題が見られ、その第二首目に位置する「恋しともいふ人なしや山がつのかきほの花をなにに折るらん」という歌は、常夏の女の歌と同じく、『古今集』（六九五）の「あなこひし……」の歌を本歌としている。さらに、「かきほ」の歌題第一首目の「山がつのかきほにさける朝顔はしののめならで見るよしもなし」という歌は、歌材の朝顔を夕顔に置き換えることによって、夕顔巻の冒頭場面を連想させるのである。そして、六条の御息所と空蟬という、夕顔巻で夕顔と対比的に描かれる人物を見ていると、朝顔という女性がその後ろに意識されてくるのである。朝顔巻まで読み進めば、夕顔巻の六条の御息所と空蟬に関わって物語られたそれぞれの場面が、朝顔という女性と響き合い、そこから夕顔と朝顔という二人の女性が密接した関係で描かれていることが分かるのである。さらに、「かきほ」の歌題第二首目の歌において、朝顔の花とともに詠まれる「山がつ」「しののめ」という語は、物語において、「山がつ」は常夏の女・夕顔・玉鬘を結び、「しののめ」は夕顔・空蟬の物語との関わりを見せているのである。

夕顔の花が、当時まだ確固とした歌材となっていなかったという事実は、夕顔についてイメージを喚起する外的な材料が、極めて乏しかったということにつながるはずである。朝顔と夕顔というその名の対照性から、夕顔の物語へ朝顔からのイメージの移入や変換もあったであろうと考えられる。そして、『古今六帖』第二帖「かきほ」の歌題の歌は、その一端を担うものと考えられるのである。

【注】

（1）たとえば、黒須重彦氏は、歌にあらわれる「夕顔」を調べられて、夕顔を詠み込んだ歌は『源氏物語』以前、あるいは同時代のものは一首もないと指摘される（「白き扇のいたうこがしたる」「平安文学研究」第四六輯所収、昭和四六年六月）。また、玉上琢彌氏は、「『朝顔』は歌によまれるが『夕顔』は歌によまれることは絶えてなかった。」と述べられ、「『源氏物語』以後、（夕顔は）歌によまれるようになったが、その何れもが『源氏物語』の夕顔の巻をよむ。夕顔の宿である。ほかの歌想は浮かばないのだ。」と補われる（「巻名観照―『帚木』『空蟬』『夕顔』―」「日本語学」第一巻第一号、一九八二年十一月）。

『源氏物語』の後、平安時代に「夕顔」を詠んだ歌は、『赤染衛門集』『江帥集』『散木奇歌集』『出観集』『頼政集』『為忠家後度百首』で計一〇首見出せる。一覧してみると、次のようである。

・『江帥集』

うのはな、夕顔ににたりといふ題を、院にて、旅殿本ママ

三八九　けさ見ずはまがひなましをゆふがほに垣根に白く咲ける卯のはな（『匡房集』（一五五）では初句「今朝みればば」）

・『散木奇歌集』

（第二・夏部・六月）

山里にてゆふがほをみて詠める

三五四　山がつのすどがたけがき枝もせにゆふがほなれりすかひすかひに

（第七・恋部上・寄虫恋）

一一二〇　ゆふがほのしげみにすだくくつわ虫おびただしくも恋さけぶかな

・『出観集』

題不知

一五五　ゆふがほのかかる垣根に木陰とりふせれば涼しむぎの秋風

・『頼政集』

夕がほの心を述懐によせて詠み侍りしに

一七三　世中をうしろになせる山里に先さしむかふゆふがほの花

・『西行法師家集』（雑）

六七八　山がつの折かけがきのひまこえてとなりにも咲く夕がほの花
七四九　あさでほすしづがはつ木をたよりにてまとはれて咲く夕がほの花
・『為忠家後度百首』
　　　　相撲節
七三七　ゆふがほに葵のはなのさしあひていづれか色のうてんとすらん
七四〇　いつしかとうらてにいでてうてぬればはづかしげなるゆふがほの花
（『赤染衛門集』の歌は論中に示すため省略する）
　平安初期までは歌に詠まれることのなかった夕顔が、平安中期以後、このように歌に詠まれるようになった一因には、玉上氏が指摘されるように、確かに『源氏物語』で夕顔の花が大きく取りあげて扱われた影響もあろう。しかし、平安時代の「夕顔」を詠んだ歌を一覧してみると、『源氏物語』の夕顔の物語を踏まえた詠みは、特に見出せないのである。実際に、『源氏物語』を踏まえた夕顔の歌が盛んに詠まれるようになるのは、『新古今集』（巻第三・夏歌・二七六）に、「しら露のなさけおきけることの葉やほのぼの見えし夕がほの花」という藤原頼実の一首が採られた後である。

（2）関根慶子他『赤染衛門集』（風間書房、昭和六一年）所収の諸本では、この歌に異文はない。
（3）『枕草子』の引用は「新潮日本古典集成」によった。
（4）「撫子」と記されているが、『大鏡』には、花山院の御所に咲き乱れる撫子（常夏）が描かれた次の一文が見える。
　また、撫子の種を築地の上にまかせたまへりければ、思ひがけぬ四方に、色々の唐錦をひきかけたるやうに咲きたりしなどを見たまへしは、いかにめでたく侍りしかは。（引用は「日本古典文学全集」によった。二一六頁。）
（5）『古今六帖』には、この歌の作者名は記されていないが、『新古今集』（結句「あふよしもなし」）では紀貫之の作となっている。しかし、この歌を貫之の作として載せる他の歌集は見あたらず、『校證古今歌六帖』（田林義信編、有精堂、昭和五九年）は、「新古今に貫之の歌としたるは（『古今六帖』の並びの）上の作者をうけたりと思ひてなるべし此歌貫之集になし」（二五九頁）と指摘する。

（6）藤村潔「朝顔の姫君と空蟬物語との関係」（『源氏物語の構造』所収、桜楓社、昭和四一年）

（7）川崎昇氏は、女主人公の家族圏との関わりについて言及され、式部卿の宮に関しては、「源氏物語において〈式部卿宮〉と呼ばれる親王には、親王の中でも特に皇族の代表・皇族の長老的存在としての位置付けがあったものと思われる。」と述べられて、宇田天皇の皇子敦慶親王以来、村上天皇の皇子為平親王に至る式部卿親王が、輦車・牛車・帯剣を許されるなど、時の一の大臣と同格に扱われていた事実を指摘される（「源氏物語の背景―朝顔の君をめぐって―」「国学院雑誌」昭和四四年十二月）。

（8）斎院は斎宮に準じるもので、天皇の息女か姉妹である内親王、つまり天皇と強い血縁関係にある女性が任じられるのが原則であった。ただし、朝顔の斎院卜定の際の、「賀茂のいつきには、孫王のゐたまふ例多くもあらざりけれど、さるべき女御子やおはせざりけむ」（賢木巻・一四六頁）という記述からもうかがえるように、内親王に適任者がいない場合は女王の中から選定されている。

実例では、斎院制度が設けられていた嵯峨天皇朝から順徳天皇朝まで、約四〇〇年間に卜定された斎院は三五人であり、その内、女王は五人である（後一条天皇朝の選子内親王までは、女王の斎院卜定は十六人中三人である）。斎宮の場合は、天武天皇朝から後醍醐天皇朝までの六五〇年間に卜定された六四人の斎宮のうち、女王が十七人（後一条天皇朝までは、女王の卜定は三八人中十三人）任じられていることと比べれば、斎院には内親王が任じられる率が高いという特徴がある。斎院と斎宮とでは、その制度が設けられていた期間などに違いがあるため、もちろん安易な比較はできないものの、女王でありながら斎院に卜定されるのは、斎宮に卜定される場合よりも稀であったことは分かるのである。つまり、女王である朝顔が斎院に卜定される展開によって、彼女の門地の高さが強調されているのである。

（9）藤村潔前掲（注6）論文。

第二章　須磨巻の検討

一　『古今六帖』各帖所載の引歌数

『古今六帖』が載録する『源氏物語』の引歌の数は、他の歌集と比べてはるかに多い。それら『古今六帖』に見える『源氏物語』の引歌の数を、伊井春樹氏編の『源氏物語引歌索引』（笠間書院、昭和五二年）により、『古今六帖』の帖ごとに算出すると次のようになる。同書による理由は、伊井氏がその凡例において、「古注釈書から現在の注釈書まで、本文の解釈のために引用した和歌（引歌）、歌謡を、できるだけ広い立場から採録した」と断られているように、『源氏物語』のさまざまな注釈書があげる引歌を、最も詳しく調査されているという点からである。

第一帖（八二八首）……一七五首　（かっこ内は、各帖の載録和歌数である）
第二帖（六二三首）……一六三首
第三帖（五一九首）……一〇〇首
第四帖（五五四首）……一五九首

第五帖（一〇一八首）…二三八首
第六帖（九五一首）……二〇五首

この分布を見ると、第五帖載録の引歌の数がとりわけ多いことに注目させられる。第五帖は、「雑思」「服飾」「色」「錦綾」の四つの部立からなり、現存の『古今六帖』諸本で一〇一八首という、最も多くの歌を収めている大部の帖である。帖ごとの載録和歌数の違いからも、もちろん単純な数量的判断は控えるべきであるが、第五帖は『源氏物語』との関わりにおいて関心が寄せられる帖だと言えよう。

本章では、その第五帖にある「ふえ」の歌題の歌と、須磨巻における宰相の中将の須磨訪問の場面との関わりの考察から始め、特に第五帖の歌題の歌と物語との関係の様相を探っていきたい。

二　宰相の中将の須磨訪問場面

須磨巻の巻末近く、宰相の中将が、須磨に退去した源氏のもとを訪れる場面が描かれている。

いとつれづれなるに、大殿の三位の中将は、今は宰相になりて、人柄のいとよければ、時世のおぼえ重くてものしたまへど、世の中あはれにあぢきなく、もののをりごとに恋しくおぼえたまへば、ことの聞こえありて罪にあたるともいかがはせむとおぼしなして、にはかにまうでたまふ。うち見るより、めづらしううれしきにも、ひとつ涙ぞこぼれける。（須磨巻・二五〇―二五一頁）

源氏が須磨に退去してから、ちょうど一年が経った三月の出来事であるが、その折の政治情勢を考えると、源氏のもとへの訪問は、相当な決心が必要な振る舞いである。しかし、親友である源氏を慕うあまり、たとえこの訪問が咎められても「いかがはせむ」と心を決めて、宰相は須磨の地に赴いた。そして、ほぼ一年ぶりで源氏にまみえた嬉しさは、一目見るなり涙をこぼすほどのものであったと語られている。『無名草子』が、「何事よりも、さばかり煩はしかりし世の騒ぎにもさはらず、須磨の御旅住みのほど尋ね参り給へりし心深さは、世々を経とも忘るべくやはある。」[注1]と言及し、今川範政の『源氏物語提要』（室町時代）が、「こゝに中将の参り給ふは朋友の信也」[注2]と、この訪問は友情の表われであると強調して読むように、宰相の須磨の地訪問の一連の場面は、源氏と宰相二人の親愛の情を語るものとして非常に印象的である。

別れがたい気持ちをしのびつつ、宰相は一晩のみの滞在で京へ戻って行くが、その別れ際に、宰相から源氏へは都からのみやげの数々が渡され、源氏からは見送りの品として見事な黒駒が宰相に贈られる。そしてもう一点、笛もまた、この場面の贈答の品として描かれているのである。

さるべき都の土産など、由あるさまにてあり。主人の君、かくかたじけなき御送りにとて、黒駒たてまつりたまふ。「ゆゆしうおぼされぬべけれど、風にあたりては、嘶えぬべければなむ」と申したまふ。世にありがたなる御馬のさまなり。「形見にしのびたまへ」とて、いみじき笛の名ありけるなどばかり、人とがめつべきことは、かたみにえしたまはず。（須磨巻・二五三頁）

この場面で作者は、「さるべき都の土産など」と、宰相からのみやげの品々は具体的に記しておらず、明らかに、黒駒と笛とを取り立てて記していると言えるであろう。

「黒駒」は『源氏物語』中、この一例のみの用例である。しかし、二人の間でやり取りされる笛に関しては、末摘花巻の次の場面によって、すでに源氏と宰相の友情の表象性がほのめかされているのである。

おのおの契れるかたにも、あまえて、え行き別れたまはず、一つ車に乗りて、月のをかしきほどに雲隠れたる道のほど、笛吹き合せて大殿におはしぬ。前駆などもおはせたまはず、忍び入りて、人見ぬ廊に御直衣ども召して着かへたまふ。つれなう、今来るやうにて、御笛ども吹きすさびておはすれば、大臣、例の聞き過ぐしたまはで、高麗笛取り出でたまへり。（末摘花巻・二五二頁）

常陸の宮邸の末摘花のもとを訪れた源氏と、宮中から源氏の後をつけて来た頭の中将（須磨巻時の宰相の中将）の二人が、一つの牛車に同乗して左大臣邸に赴いたくだりである。二人の若い君達の実に仲の良いさまが、牛車の同乗と笛の合奏によって描かれている。

須磨巻において、源氏と宰相との別れの場面で記される笛は、先立って描かれた末摘花巻の笛の合奏を読者に思い起こさせ、二人の友好を語るものとして有効に機能していると考えられるのである。

三　「黒駒」と「笛」の対称

その須磨巻における笛は、「いみじき笛の名ありける（素晴らしい笛の世に名の通ったもの）」と述べられているが、これは、先に記される「世にありがたげなる御馬」という黒駒の見事な様子をあらわす言葉に対応させて読めるものである。「世にありがたげなる御馬」「いみじき笛の名ありける」と表現される駒と笛とは、この場面においては一対の物として、分かちがたい関係にあるものと考えられる。[注3] しかしながら、これまでこの場面の駒と笛とは、それぞれ個別に捉えられ考えられてきた。

これまで両者について記されてきた注を確認してみると、まず、黒駒に関しては、諸注はほぼ一致して、『拾遺集』（巻第十四・恋四）に並んで収められる次の二首を引歌としてあげる。

道をまかりて詠み侍りける　人まろ

九一〇　よそに有りて雲井に見ゆるいもが家に早くいたらむあゆめ黒駒

題しらず　　　　　　　　　　　　　　よみ人しらず

九一一　わがかへる道の黒駒心あらば君はこずともおのれいななけ

これら二首の内、九一〇番の歌は愛しい人を京に残している源氏の心情に、九一一番の歌は一人京に帰って行く宰相の惜別の情に通じる思いが、ともに黒駒にことよせて詠まれており、黒駒だけに限るならば、この場の引歌として十分に納得できるものである。

そして、黒駒を贈るさいの源氏の言葉「ゆゆしうおぼされぬべけれど、風にあたりては、嘶えぬべければなむ」には、藤原伊行の『源氏釈』（平安末期）から後、現代に至るまで、『玉台新詠』（巻一・雑詩九首―三）や『文選』（巻二十九・古詩一九首―一）に見られる、

『玉台新詠』[注4]

行行重行行　與君生別離
相去萬餘里　各在天一涯
道路阻且長　會面安可知
胡馬嘶北風　越鳥巣南枝（『文選』は「嘶」を「依」に作る）
相去日已遠　衣帯日已緩
浮雲蔽白日　遊子不顧返
思君令人老　歳月忽已晩
棄捐勿復道　努力可餐飯

という詩の、「胡馬嘶北風　越鳥巣南枝（胡馬は北風に嘶き、越鳥は南枝に巣くふ）」の句があげられ、この句を拠りど

ころにした表現であると指摘されている。中国北国の胡国の獣である馬は、北風が吹くと故郷を慕って嘶くという。黒駒は、須磨の北に位置する京へ帰る宰相へのはなむけとして、また、源氏の望郷の思いを表するものとして捉えられてきたのである。

一方、笛に施されている注記は、「新日本古典文学大系」（岩波書店）の脚注に、

笛を贈ったのは三位中将か（孟津抄）、源氏か（湖月抄）、あるいは両者互いに笛をとりかわしたのか（万水一露）、確定しがたい。（四四四頁・脚注二八）

と総括して示されているように、黒駒とともに源氏から宰相へ贈られた品、それとは逆に宰相から源氏へ贈られた品、また源氏と宰相の双方で贈り合った品という、そのやり取りをめぐって三通りの解釈がなされてきたのである。[注5]

確かに、これまで黒駒と笛とに記されてきた注は、その着眼点が異なるものである。黒駒に関しては、古注釈書からその典拠に関心が寄せられている。しかし、笛に関しては、いったいこの笛は誰から誰へ贈られた品なのか、という点の曖昧さのみがもっぱら問題視され、明解な答えが得られないまま据え置かれているのである。これまでの注釈書が挙げ、踏襲してきた典拠などを否定する訳ではないが、これまでの注釈では、黒駒と笛とは明らかに個別に捉えられており、その点には、両者を一対の品として描いている物語本文のあり方との関係で疑問を抱くのである。あえて宰相からのみやげの品々は具体的に記さず、笛と駒とを取り立てて記している事実にも注目するべきであろう。

では、源氏と宰相二人の別れの場面で、駒と笛との二点が一対の品として描かれている理由、及び、笛のやり取りをめぐる曖昧さなどを説き明かせる典拠は見いだせないものだろうか。この点に関して、『古今六帖』第五

帖「ふえ」の歌題が注目されるのである。宰相訪問の場面ではないのだが、須磨巻全体に目を向けると、「ふえ」の歌題には、源氏が左大臣家に別れのあいさつのため訪れた場面の引歌として、すでに指摘されている歌が一首存在している。宰相訪問の場面と「ふえ」の歌題との関わりの考察に先立って、まず、源氏の左大臣家への暇乞《いとまご》いのその場面に着目したい。

四　「いへばえに」の語への着目

次に示すのは、京を離れる源氏と左大臣家の女房である中納言とが、別れを惜しみあう場面である。中納言は、源氏が情を掛けている女房の一人である。

三位の中将（後の宰相中将）も参りあひたまひて、大御酒など参りたまふに、夜ふけぬれば、とまりたまひて、人々御前にさぶらはせたまひて、物語などさせたまふ。人よりはこよなう忍びおぼす中納言の君、言へばえに悲しう思へるさまを、人知れずあはれとおぼす。人皆しづまりぬるに、とりわきてかたらひたまふ。これによりとまりたまへるなるべし。（須磨巻・二〇六―二〇七頁）

このくだりの「言へばえに……」の叙述に、「ふえ」の歌題の歌が引用されているのである。『弄花抄』（室町時代末期）などの古注は、ここの「言へばえに……」の部分に、「古歌の心もあり」と注記して先行和歌の影響に注目し、引歌として、他にも『伊勢物語』や『古今六帖』第四帖「うらみ」の歌題の歌をあげてきた。

・いへばえにいはねば胸にさわがれて心ひとつに嘆くころかな（『伊勢物語』三四段・六八）
・いへばえに言はねばくるし世のなかを嘆きてのみもつくすべきかな（『古今六帖』第四帖「うらみ」一一一七）
・いへばえにふかくかなしき笛竹の夜声やたれととふ人もがな（『古今六帖』第五帖「ふえ」八八四）

もちろん、「言へばえに」という語への注目から挙げられた参考歌もあるだろうが、これら三首は口には出せない男女間の悲しみを詠んでいる点で共通している。ただ、「いへばえに」という語の用例は少なく、『源氏物語』に先立つ和歌の例では、これら三首の他では、『能信集』（三四五）の「いへばえにふかき思ひはわたつみのかひなしとてもやまれざりけり」があるに過ぎない。『源氏物語』でも一例のみの用例である。

これら先行和歌の中でも、『古今六帖』「ふえ」の歌題の「いへばえにふかくかなしき……」の歌に注目してみると、まずこれは、口には出せない女性の悲しみの気持ちを詠んだ歌である。歌の表現と物語叙述とを照らし合わせてみても、「いへばえにふかくかなしき」と歌う上の句と、物語本文の「言えばえに悲しう思へるさま」という表現の類似、そして「夜声やたれととふ人もがな（その夜声は誰かと、訪れてくれる人があって欲しいものです）」と歌う下の句と、「人皆しづまりぬるに、とりわきてかたらひたまふ。これによりとまりたまへるなるべし。」と、女房中納言のためにその夜は左大臣家に泊まり、彼女と一夜を過ごす源氏の行為との対応は、ともに注目できよう。『古今六帖』「ふえ」の歌題の「いへばえにふかくかなしき……」の歌は、物語本文の表現や情感に実によく合っているのである。

五　「ふえ」の歌題の特色

では、「ふえ」の歌題と、宰相の須磨訪問の場面との関連に注目していきたい。

ふえ

①から竹のこちくのこゑもきかせなんあなうれしとも思ひしるべく　（八八一）

②ふえ竹のおのねね《ママ》こそかなしけれひと節にして世のみすぐれば　（八八二）

③ひとりふしいとかく竹のねなれどもこちくのこゑはきかじとぞ思ふ　（八八三）
④いへばえにふかくかなしきふえ竹の夜声やたれととふ人もがな　（八八四）
⑤こま笛のこまにわれのりなぐさなんみきともいはじあな憎げとも　（八八五）
⑥ふえ竹のひとよむなしき声にだによそに吹けどもおもはざりしを　（八八六）
⑦ふえ竹のいけのつつみはとほくともこちくてふ名を忘れざらなん　（八八七）

「ふえ」の歌題に並ぶ七首は、すべて出典未詳の歌である。まず第一首目の歌「から竹のこちくのこゑもきかせなんあなうれしとも思ひしるべく」に目を向けると、これは、「こちく（胡竹）」という語に「こち来（こちらに来る）」という意味を掛けて、こちらへ訪ねて来て喜ばせて欲しいと、相手の来訪を願う気持ちを詠んだ一首である。「こちく（胡竹）」とは、笛の一種であるが、和歌では多くこの歌のように「此方来《こちく》」を掛けて詠まれる。「ふえ」の歌題では、末尾の第七首目の歌にも「こちく」の語は詠まれており、この歌もまた「たとえ遠くても……」と、遠くに住む相手の訪問を望む気持ちが歌われている。「こちくのこゑもきかせなん」と詠む第一首目の歌と、同じ思いが歌われているのである。「ふえ」の歌題においては、第一首目と末尾の歌が、相手の来訪を請い願うという、同一の情感で反響し合っている。

「こちく」の語は、その他、第三首目の歌にも「此方来」を掛けて詠まれており、第四首目の歌では下の句「夜声やたれととふ人もがな」の、「とふ」という語が訪問の意味を表わしている。それらの歌を間に配して、第一首目と末尾の歌が相手の来訪を請い願う歌となっているこの歌題は、おのずと人の来訪をイメージさせる載録になっていると言えるだろう。[注6]

そして、第五首目の歌「こま笛のこまにわれのりなぐさなんみきともいはじあな憎げとも」は、さらに注目さ

れるのである。この歌の第三句は、現存の『古今六帖』諸本では、

・書陵部蔵桂宮本、他

こまふえのこまにわれのりなくさなんみきともいはしあなにくけとも

・大久保正氏蔵岡田真氏旧蔵本

こまふえのこまにわれのりなくさめんみきともいはしあなにくけとも

・寛文九年版本

こま笛のこまに我のりなくさめんみきともいはしあなにくけとも

というように、「なくさなん」あるいは「なくさめん」となっているが、『源氏物語古註』（成立年未詳、十六世紀初頭以前か）などの他の資料では、

・こまふえ…歌云　こまふえのこまにわかのりならさなんみきともいはしあなにくけとは　六帖五（『源氏物語古註』末摘花巻）[注7]

・こま笛のこまにわれのりならさなんみき共いはしあなにくけとも（『材林和歌抄』第三、器財部、ふえ）[注8]

と、「ならさなん」という本文の例も確認できるのである。特に、『源氏物語古註』では歌の出典が明記されており、『古今六帖』本文の異文として、関心の寄せられる例である。

「ふえ」の歌題第五首目の歌の第三句が、「なくさなん（なくさめん）」あるいは「ならさなん」のどちらの表現で詠まれていたかは定かではないものの、どちらであったとしても、この歌は、駒と笛とが同時に詠まれた離別の歌であることと、笛で別れの悲しさを静めようという歌の主意はともに変わらない。もちろん、「ならさなん」であった可能性も考えられるのだが、試みにその表現でこの一首を解釈すれば、「鳴らす」という語がいっそう

笛を強調し、馬に乗って笛を吹くという映像をあざやかにイメージさせるのである。

そして、この歌は「みきともいはじあな憎げとも」と下の句が続く。ここで歌われている心情は、別れた後に二人が会った（親しく関係を持った）事実を他言することを避けて、また、相手をつれないとも思わないというものである。笛と駒との取り合わせだけではなく、その折の政治情勢ゆえに須磨訪問を公然にできず、しかし、親友である源氏との交際もまた断ち切れない宰相の、複雑な心境に重ねて読める一首である。

「ふえ」の歌題第五首目の歌では「こま笛の……」と詠まれているが、須磨巻の笛は「いみじき笛」とのみ記されていて、特に「高麗笛」とはなっていない。しかし、この場面における笛と表現上で強い関係が読み取れる「黒駒」、すなわち駒との結びつきから、須磨巻の当該場面は、高麗笛を念頭に置いて構成された場面ではなかったかとも推察されるのである。

六　高麗笛について

ここで、『源氏物語』における高麗笛の描かれ方に注目してみると、まず、『源氏物語』の中に「高麗笛」の用例は四例見られる。すでに引用した本文と重複する例もあるが、次にすべての用例を示す。

㋐つれなう、今来るやうにて、御笛ども吹きすさびておはすれば、大臣、例の聞き過ぐしたまはで、高麗笛取り出でたまへり。いと上手におはすれば、いとおもしろう吹きたまふ。（末摘花巻・二五二頁）

㋑侍従に、唐の本などのいとわざとがましき、沈の筥に入れて、いみじき高麗笛添へてたてまつれたまふ。（梅枝巻・二七〇―二七一頁）

㋒御贈り物に、すぐれたる和琴一つ、好みたまふ高麗笛添へて、紫檀の箱一具に、唐の本ども、ここの草の本

など入れて、御車に追ひてたてまつれたまふ。（若菜上巻・九〇頁）

㋓大殿（源氏）、「あやしや。ものの師をこそまづはものめかしたまはめ。愁はしきことなり」とのたまふに、宮（女三の宮）のおはします御几帳のそばより、御笛をたてまつる。うち笑ひて取りたまふ。いみじき高麗笛なり。すこし吹き鳴らしたまへば、皆立ち出でたまふほどに、大将（夕霧）立ちとまりたまひて、御子の持ちたまへる笛を取りて、いみじくおもしろく吹き立てたまへるが、いとめでたく聞こゆれば、……（若菜下巻・一八五頁）

これらの例を一覧すると、『源氏物語』における高麗笛は、㋐例の末摘花巻の用例以外は、すべて贈答の品として描かれている点がまず注目できる。㋑例の高麗笛は、仮名の手本の返礼として、源氏から兵部卿の宮へ贈られており、㋒例では、四十の賀宴への列席の御礼として、源氏から太政大臣へ贈られている。そして㋓例は、六条院で催された女楽の際に、女三の宮から源氏へ高麗笛が贈られたくだりである。

このように、『源氏物語』で高麗笛は、贈り物としてくり返し描かれている。この特徴に加えて、その贈り主は、源氏および女三の宮であり、受けとる者は、兵部卿の宮・太政大臣・源氏であるというように、高麗笛のやりとりが、とりわけ身分の高い人々の間でなされている点も注目できるだろう。ゆいいつ、授受が描かれていない㋐例でも、左大臣が高麗笛を奏しているというように、『源氏物語』において高麗笛は、高貴な人物とのつながりをもって描かれていると言えるのである。

『源氏物語』の他では、「高麗笛」の用例は音楽霊験譚が語られる『宇津保物語』に四例見られる。

㋐中納言、「何々ぞ」と問ひ給へば、尚侍のおとど、「夜目にもしるくぞ」と聞こえ給へば、中納言、万歳楽、折れ返り折れ返り舞ひ給ふ。三の皇子、いたく笑ひ給ひて、皇子たち、その楽を、高麗笛に吹き給ふ。（蔵

開〈上〉・四七四頁）[注9]

㋑嵯峨の院、「老いは、厭ふまじかりけり。『いみじう聞かまほし』と思ひし昔の手を弾き、末の世に、かくありがたきことのとどまりぬること」と興じ給ひて、いとになく上手に吹かせ給ふ高麗笛を、これ（大宮の琴）に合はせて吹かせ給ふに、……（桜の上〈下〉・九三六頁）

㋒内侍、大将に、「いとかたじけなき御幸を、いかが仕うまつるべからむ」。「唐土の集の中に、小冊子に、所々、絵描き給ひて、歌詠みて、三巻ありしを、一巻を朱雀院に奉らむ」。「嵯峨の院には、いかが」とのたまへば、「高麗笛を好ませ給ふめるに、唐土の帝の御返り賜ひけるに賜はせたる高麗笛を奉らむ。」（桜の上〈下〉・九四一頁）

㋐例と㋑例において、高麗笛は「皇子たち」と「嵯峨の院」によって演奏されていて、特に、嵯峨の院は高麗笛の名手とされている。そして㋒例では、仲忠が唐土《もろこし》の帝から賜った高麗笛が、行幸の御礼として嵯峨の院へ贈られている。高麗笛が、とりわけ高貴な人とのつながりをもって描かれているという点は、『宇津保物語』も『源氏物語』と同じである。

『源氏物語』と『宇津保物語』以外では、平安時代の他の文学作品の中に「高麗笛」の用例は見当たらない。そこで、同時代の史料に目を向けてみると、そこにおいても、高麗笛は貴人、特に天皇への贈り物となっている例が見られるのである。たとえば、藤原実資の『小右記』には、「高麗笛」の用例は次の三例が見えるが、それらすべてが贈答の品となっている。[注10]

㋐〔寛和元年正月〕

五日、庚戌、冷泉院二三四親王（居貞・為尊・敦道）被詣女一宮（宗子内親王）、飛香舎、主上（花山天皇）被遣小螺鈿細釼・御手本二巻・高麗笛一管、各三嚢、三親王靳也、□日□《所》□《被カ》□□《之カ》□事、詔中為太相府頗有被載不快之事、仍被奏其由、被仰慥不知食之□《由カ》、彼詔書未被下中務省、可除彼文之由、差惟《藤》成《原》被仰遣左府了、為申此由、晩景参殿、即令参承香殿寸《方》給、

㋑〔寛弘五年一〇月〕

左大臣獻答笙・横笛・高麗笛、大納言齋《藤》信《原》・公任、中納言俊賢執之、次獻御馬八疋、諸衛佐片口執、片口近衛官人、引廻御前、中分給左右馬寮、

㋒〔長和四年九月〕

后獻贈物、笙・横笛・高麗笛、大夫齋信・權大夫俊賢・亮實成執之、先是公卿已下給祿、公卿大褂、雲上侍衾《臣脱カ》、供奉諸司色目可尋、

㋐例では花山天皇から親王たちへ、㋑例では左大臣から一条天皇へ、そして㋒例では、后である彰子から一条天皇へ高麗笛が贈られている。

このように、高麗笛が贈る品とされる場合の多いことや、高貴な人物とのつながりを持って描かれていることなどを考え合わせると、高麗笛は楽器の中でも特に貴人が所有し、宝物としての価値も高かった楽器であろうと推察されるのである。そこで、須磨巻の本文に戻ると、源氏と宰相の中将との間でやり取りされる笛は、「いみじき笛の名ありける」と記され、名笛として描かれている。『源氏物語』中に、笛が「いみじ」と形容されている例は他に二例見えるが、それらは両例ともに高麗笛であり（前掲の梅枝巻・若菜下巻例）、当時の価値観を反映させて、笛の中でも特に高麗笛を名笛として扱おうとする作者の意識がうかがえるのである。

須磨巻の笛は、源氏と宰相の中将という高貴な人物の間でやり取りされていること、また、「いみじ」という形容を伴うことなどを考え合わせると、須磨巻の当該場面の笛は、高麗笛が作者の念頭にあって記されているの

ではないか、という推測はいっそう強まるのである。

七　「ふえ」の歌題と物語との関連

「ふえ」の歌題第五首目の歌「こま笛の……」を、須磨巻の黒駒と笛のやり取りの場面に重ねて読めば、駒と笛という二物が、分かちがたい関係で記されているという点は了解されよう。加えて、駒に乗る者が同時に笛を携えて、「あなたに会ったことは他言しません。そして(帰って行く)あなたをつれないとも思わない。」と詠む歌の状況は、これまで「宰相から源氏へ」「源氏から宰相へ」「源氏と宰相の双方で」と、三通りの解釈がなされてきた、笛が誰から誰へ贈られた品であるのかという問題に対して、「源氏から宰相へ」という答えを出すのである。また先に述べたように、須磨巻の笛は、高麗笛が意識されていたのではなかったかと推察され、「ふえ」の歌題第五首目の歌の「こま笛」という語句にも注目できるのである。[注11]さらに、「ふえ」の歌題は、人の来訪という行為を強く意識させるという特徴をも合わせ持つ。この特徴もまた無視できないだろう。歌題第五首目の「こま笛の……」という歌が、宰相の須磨訪問の場面の一節に影響したとは考えられないだろうか。

続いて、源氏と宰相の長年の親交をつづった若菜上巻の場面に注目する。

八　源氏四十の賀の「高麗笛」

源氏と宰相、二人の間でなされる笛のやり取りは、須磨巻の他では若菜上巻にもう一例見られる。次に引用するのは、冷泉帝の仰せにより夕霧が催した、源氏の四十の算賀の一節である。

例の万歳楽、賀王恩などいふ舞、けしきばかり舞ひて、大臣のわたりたまへるに、めづらしくもてはやしたまへる御遊びに、皆人心を入れたまへり。琵琶は、例の兵部卿の宮、何ごとにも世に難きものの上手におはして、いと二なし。御前に琴の御琴、大臣、和琴弾きたまふ。年ごろ添ひたまひにける御耳の聞きなしにや、いと優にあはれにおぼさるれば、琴も御手をさをさ隠したまはず、いみじき音ども出づ。昔の御物語どもなど出で来て、今はたかかる御仲らひに、いづかたにつけても聞こえかよひたまふべき御むつびなど、心よく聞こえたまひて、御酒あまたたび参りて、もののおもしろさもとどこほりなく、御酔ひ泣きどもえとどめたまはず。

御贈り物に、すぐれたる和琴一つ、好みたまふ高麗笛添へて、紫檀の箱一具に、唐の本ども、ここの草の本など入れて、御車に追ひてたてまつれたまふ。（若菜上巻・九〇頁）

須磨巻時での宰相の中将は、それからおよそ十五年経った若菜上巻では太政大臣となっており、勅命によってこの賀宴に列席するために六条院を訪れ、准太上天皇となった源氏と久しぶりに対面する。宮中行事に出席することも稀な太政大臣の列席とあって、いたく恐縮する源氏の様子が「院もいとかしこくおどろき申したまひて」（八九頁）と述べられている。二人は、源氏が須磨に退去の折も友情を変わらず保ち続けた親友同士であるが、源氏の政界復帰後は、絵合巻などで政治上の対立も描かれてきた。しかし、たがいに年を重ねて位を昇りつめ迎えたこの算賀では、酒を酌みかわし、ともに感涙を流す姿が描かれている。この場面で、「高麗笛」がまた、太政大臣が六条院を退出する際に、和琴や唐の書籍や草仮名の手本などとともに、源氏から太政大臣へ贈られるのである。

ただ、若菜上巻の算賀の描写に関しては、物語以前の史実上の算賀の記録が色濃く投影されているという点に注意しなくてはならない。この太政大臣への引出物にまつわる場面にも、『河海抄』を始めとする古注釈書によって、承平四年（九三四）の皇太后穏子五十の賀の記録が、参照すべき史料として示されている。該当の記事を、『西宮記』巻十二「皇后御賀事」に引用されている『貞信公記』の逸文により確認する。

（承平四年・十二月）

貞信公御記云、九日、奉仕中宮《藤原穏子》御賀、御厨子六基、納雑物、御屏風六帖、之中四人二帖、獻物百捧、屯物五十具、有所々饗、宮司・女房等祿、衫・衾納辛櫃廿合、殿上童奏舞、又奉琴・和琴、參入王卿・殿上人等祿宮給云々、不及祿退出、追給祿并手跡・和琴等、本万葉集、入筥二合[注12]

『貞信公記』の該当の箇所は散逸しているため、この記述は『西宮記』に引用されている『貞信公記』の逸文である。ここで諸注が注目しているのは、傍線部分である。たしかに、皇太后穏子から藤原忠平への引き出物に関する記述と物語の叙述とは、和琴・手跡という品々の一致など似かよっている。しかし、源氏から太政大臣に高麗笛が贈られている点に関しては、この記録によっても説明されないのである。[注13]

物語本文の「好みたまふ高麗笛」という叙述は、「太政大臣がお好きでいらっしゃる高麗笛」、または「太政大臣がご趣味のある高麗笛」という解釈でよいだろう。しかし、太政大臣は和琴の名手としては描かれ[注14]、この賀宴でも見事に奏しているが、笛に関して特に高麗笛を好むという事実は、これより先の物語本文には記されていない。太政大臣のその嗜好は、ここに至って初めて記される事柄であるため、高麗笛に付記される「好みたまふ」という叙述はいささか唐突なのである。

太政大臣が臨席するこの賀宴は、源氏と太政大臣の、青年時代と変わらない親しさが描かれ、二人の親交が再認識される場面である。ここで高麗笛に付記される「好みたまふ」という叙述は見逃してはならないと思われる。もちろん、先に示した末摘花巻の本文「つれなう、今来るやうにて、御笛ども吹きすさびておはすれば、大臣、例の聞き過ぐしたまはで、高麗笛取り出でたまへり。いと上手におはすれば、いとおもしろう吹きたまふ。」に見られるように、父親の左大臣が高麗笛の名手であるために、その息子にも高麗笛の奏法が確かに伝えられているという、太政大臣家の系譜も意識されているだろう。そこにまた、源氏と太政大臣二人の親交もかさねて表現されており、「好みたまふ」という叙述は、〈好みも何も熟知している友人から、相手の嗜好を考慮しての〉という意味を含んで、末摘花巻・須磨巻で示されてきた二人の友情と笛という構図を、この場に再現させていると考えられるのである。

ここで、先に須磨巻との関連で注目した『古今六帖』「ふえ」の歌題の第五首目の歌「こま笛の……」を再び思い起こしたい。須磨巻と同じく、二人で酒を飲み涙する描写からも、また「昔の御物語どもなど出で来て」という叙述からも、苦境のおりの厚い友情を語った須磨巻と、若菜上巻の四十の賀宴における二人の交友の描写とが無関係だとは考えられない。源氏の四十の賀宴の場面は、宰相の須磨訪問の場面をたしかに意識して描いていると言えるであろう。よって、もし「ふえ」の歌題第五首目「こま笛の……」の歌が、須磨巻の笛と駒との贈答場面に影響しているのであれば、その歌が若菜上巻の笛の贈答場面にまで継続的に影響し、その歌で詠まれる「こま笛」の語句が、若菜上巻に「高麗笛」を引き出したとの想定もなされてくるのである。

この考えに拠るならば、一見唐突に思える若菜上巻の「好みたまふ高麗笛」という叙述は、そこで描かれる二人の姿に、不遇時代の親交を重ねて描いている作者の意識の表われとして読め、重要な機能を帯びてくるのである。[注15]

九　「かがみ」の歌題への着目

以上の考察で注目してきた「ふえ」の歌題は、『古今六帖』では第五帖の「服飾」部に位置しているが、その「服飾」部の「かがみ」や「まくら」などの歌題には、須磨巻の引歌として諸注が注目してきた歌が数首載録されている。それらの中でも、「かがみ」の歌題の歌が引用される、源氏と紫の上との鏡の和歌の唱和の場面は、須磨巻でもとりわけ印象深い場面である。たびたび取り上げられる場面ではあるが、改めて目を向けてみたい。

御鬢かきたまふとて、鏡台に寄りたまへるに、面痩せたまへる影の、われながらいとあてにきよらなれば、「こよなうこそ、おとろへにけれ。この影のやうにや痩せてはべる。あはれなるわざかな」とのたまへば、女君、涙を一目うけて見おこせたまへる、いと忍びがたし。

（源氏）身はかくてさすらへぬとも君があたり去らぬ鏡の影は離れじ

と聞こえたまへば、

（紫上）別れても影だにとまるものならば鏡を見てもなぐさめてまし

柱隠れにゐ隠れて、涙をまぎらはしたまへるさま、なほここら見るなかにたぐひなかりけりと、おぼし知らるる人の御ありさまなり。（須磨巻・二一二―二一三頁）

この場面には漢詩文の影響も指摘されているが[注16]、和歌では『後撰集』（巻十九・離別・一三一四）の次の一首が、「身」と「影」を対応させて歌う源氏の歌と同じ発想であるとして引用されてきた。

遠き国にまかりける人に旅のぐつかはしける、鏡の箱の

うらにかきてつかはしける　大窪則善

身をわくる事のかたさにます鏡影ばかりをぞ君にそへつる[注17]

これは、『古今六帖』第五帖「かがみ」の歌題にも採られている歌であるが、『後撰集』載録の歌のため、引歌の出典としては『後撰集』のみが示される場合も多い。しかし今、この一首を『古今六帖』「かがみ」の歌題の中で注目してみたい。

かがみ

①ますかがみたえにし妹をあひみではわが恋やまずとしはふれども　（六九五）

②ますかがみとぎし心をゆるぶればのちにゆふともしるしあらめや　（六九六）
さかのうへの郎女

③ますかがみ手にとりもちてあさなあさなみんときさへや恋のしげけん　（六九七）
人丸

④影みればむかしににずぞ老いにけるおもふ心はふりぬものから　（六九八）

⑤かくばかり恋しくあらばますかがみ寝ぬひと夜なくあらましものを　（六九九）

⑥身をわくることのかたさにますかがみ影ばかりをぞ君にそへつる　（七〇〇）

⑦ふたご山ともに越えねばますかがみそこなる影をたづねてぞやる　（七〇一）

⑧花の色をうつしとどめよますかがみ春よりのちの影や見ゆると　（七〇二）

⑨里遠み恋わびにけりますかがみおもかげさらず夢にこそ見め　（七〇三）

⑩かくとだにかがみに見ゆるものならば忘るるほどもあらましものを　（七〇四）

「かがみ」の歌題には以上一〇首が並び、須磨巻の源氏の詠歌との関わりが指摘されている「身をわくる……」の歌は第六首目に位置している。須磨巻の鏡の和歌の唱和との関わりにおいては、他、第一〇首目の歌「かくとだに……」が、鏡に映した姿が実際に残ることはないのが悲しいと詠む紫の上の返歌、「別れても影だにとまるものならば鏡を見てもなぐさめてまし」と同様の気持ちを詠んでいることが注目できる。

そして、出典未詳である第四首目の歌は、「影みればむかしににずぞ老いにける」と、すっかり年を取り衰えてしまった自分の姿を鏡で認めたおりの感慨を詠んでいる。この一首は、物語本文の「こよなうこそ、おとろへにけれ。この影のやうにや、痩せてはべる。あはれなるわざかな」と、やせて衰えた我が姿を見て感慨にふける源氏の心情を思い起こさせ、第六首目・第一〇首目の歌の存在と作用し合って、「かがみ」の歌題と須磨巻の鏡の和歌の唱和の場面との関わりに関心が寄せられてくるのである。

ただ、和歌において鏡をもって老いの嘆きを詠む例は、『古今集』などにも見られるため[注18]、これらの歌のみでは、「かがみ」の歌題と、須磨巻の鏡の和歌の唱和の場面との関わりの強さを積極的に述べがたい。

しかし、歌題第九首目の歌「里遠み恋わびにけりますかがみおもかげさらず夢にこそ見め」は、須磨巻でなされた鏡の和歌の唱和が、明石巻で源氏から紫の上への返書の中に呼び起こされた際の叙述のあり方との関係において、非常に注目できる一首である。

激しい風雨の中、須磨に届けられた紫の上からの手紙の返事を、源氏は明石の地に移った後にしたためている。源氏の紫の上への返書を次に示す。

かへすがへすいみじき目の限りを見尽くし果てつるありさまなれば、今はと世を思ひ離るる心のみまさりはべれど、「鏡を見ても」とのたまひしおもかげの離るる世なきを、かくおぼつかながらやと、ここら悲しきさまざまのうれはしさは、さしおかれて、

遥かにも思ひやるかな知らざりし浦よりをちに浦伝ひして

夢のうちなるここちのみして、さめ果てぬほど、いかにひがこと多からむ。（明石巻・二七一頁）

「重なるつらさに出家しようにも『鏡を見ても』と詠んだあの時のあなたの面影が忘れられず」と、愛情深くしたためられている。遠い故郷にいる恋人の面影の忘れがたさを鏡に託す心情は、「かがみ」の歌題第九首目の歌と物語、両者同じであるが、それ以上に歌の「里遠み」という初句は、須磨で受け取った紫の上からの手紙に対する返事を、源氏は須磨よりさらに京から距離をへだてた明石の地に移った後にしたためる、という物語の展開と照応するのである。返書の歌においても「知らざりし浦よりをちに浦伝ひして」と詠まれ、須磨よりも一層京から、そして紫の上から遠く離れてしまったという嘆きが表現されている。さらに、第九首目の歌の「恋わびにけりますかがみおもかげさらず」という詠みは、返書の「『鏡を見ても』とのたまひしおもかげの離るる世なきを」という表現と大変よく符合しているのである。加えて両者は、「夢」という言葉も共有している。「かがみ」の歌題第九首目の歌は、表現そして情感ともに物語の叙述とよく似通っていると言え、かつ物語の展開とも響き合う。第九首目の歌が、第四首目・第六首目・第一〇首目の歌などと共に並ぶことによって、「かがみ」の歌題と物語との関わり合いはより重視されてくるのである。

これまで、物語との類似の発想が指摘されてきた第六首目「身をわくる……」の歌も、『古今六帖』の「かがみ」の歌題にそろって並ぶほかの歌の物語への影響とともに捉えれば、よりいっそう物語と響き合ってくると言えよう。そして何よりも、「かがみ」の歌題と物語との関わりを視野に入れることによって、鏡の和歌の唱和における須磨巻と明石巻、二場面の対応は、より直接的に簡明な形でとらえられるのである。

『古今六帖』においては、「かがみ」の歌題の次には「まくら」の歌題が続いている。その「まくら」の歌題の第十二首目、

ひとり寝の床にたまれる涙には石の枕もうきぬべらなり（七一六）

という出典未詳の歌もまた、須磨での寂しい日々のある夜半、源氏が独りで目を覚ます場面の「枕浮くばかりに」という表現に引用されている歌である。

御前にいと人少なにて、うち休みわたれるに、ひとり目をさまして、枕をそばたてて四方の嵐を聞きたまふに、波ただここもとに立ちくるここちして、涙落つともおぼえぬに、枕浮くばかりになりにけり。（須磨巻・二三七頁）

「枕浮く」という同様の表現は、柏木巻「かきくらし思ひ乱れて、枕も浮きぬばかり人やりならず流し添へつつ」（二六九頁）、宿木巻「ただ枕の浮きぬべきここちのすれば、心憂きものは人の心なりけりと」（一七八頁）、浮舟巻「いらへもせねど、枕のやうやう浮きぬるを、かつはいかに見るらむ」（九三頁）でもくり返し用いられるため、その拠りどころには関心が寄せられ、他にも、

・『古今集』（巻第十一・恋歌一）

五二七　涙河枕ながるるうきねには夢もさだかに見えずぞありける　詠み人知らず

・『拾遺集』（巻第十九・雑恋）

忠君宰相ましのぶがむすめにまかり通ひて、ほどなく調度どもをはこびかへし侍りければ、沈のまくらをそへて侍りけるを、返しおこせたりければ　詠み人知らず

一二五八　涙河水まさればやしきたへの枕のうきてとまらざるらん

など、『古今集』や『拾遺集』の歌も引歌として挙げられてきた。もちろん、「枕浮く」という表現は、特定の典

拠を問題としない単なる歌語的な表現とも言えるだろうが、独り寝の悲しさが「枕浮く」という語で表現される『古今六帖』「まくら」の「ひとり寝の……」の歌と物語との類似の関係はとりわけ注目でき、石田穣二氏など先学にも指摘されてきたところである。[注19]

一〇　『古今六帖』第五帖と物語との関連

以上、『古今六帖』第五帖「ふえ」の歌題の物語への関わりを始点として、『源氏物語』と『古今六帖』第五帖との関わりを検討してきた。なぜ、須磨巻の源氏と宰相の中将との別れの場面で、黒駒と笛が対応した表現で叙述されているのか。また、須磨巻で二人の親交を語った場面に呼応する若菜上巻の源氏の四十の算賀の場面において、高麗笛が持ち出され「好みたまふ高麗笛」と記されているのはなぜか。これらの疑問は、「ふえ」の歌題の第五首目の歌を須磨巻に重ねて読むことで、明らかになり得ると言えるのである。ほかの和歌や漢詩の影響ももちろん無視できないが、『古今六帖』の歌もまた、作者の発想のきっかけとなったと考え得るものである。

そして、『古今六帖』において「かがみ」と「まくら」の歌題は、「ふえ」と同じく第五帖「服飾」部に存在している。『古今六帖』は大部な歌集であるだけに、近い位置にある複数の『古今六帖』の歌の、物語の同じ巻や関連する場面への関わりが想定されることは軽視できないだろう。物語の続く展開への関わりとともに、『古今六帖』内の歌の位置関係は、『源氏物語』と本章で取り上げた『古今六帖』の歌との関わりの可能性をより強くするものと考えられるのである。

【注】
（1）『無名草子』の引用は、「新潮日本古典集成」によった（三五―三六頁）。
（2）『源氏物語提要』には、
　二月に成りて頭中将須磨へ下りて源氏をとふらひ給ふ。此中将は三位宰相中将也。源氏無二の友也。たとへ罪にあたるともいかゝせん、日比のよしみすてかたく、忍ひておはしたり。前に大弐か参りたるは、君臣の礼、こゝに中将の参り給ふは朋友の信也。源氏は御心さしのありかたしとて、涙をなかし、なにくれとものなし、詩をつくり歌をよみなくさめ申給也。

とある。
（3）『源氏物語大成』と、伊井春樹他編『源氏物語別本集成』（桜楓社）によると、「いみじき笛の名ありけるなどばかり」という本文は、河内本系諸本と陽明家本では、「いみじき笛たてまつり給」となる。この「いみじき笛たてまつり給」という本文は、「黒駒たてまつりたまふ」という叙述に一層よく対応し、この場面の笛と駒の二つの品の対応関係もまた、より明瞭になるのである。
（4）『玉台新詠』は「新釈漢文大系」（明治書院、昭和三九年）によった。
（5）・『孟津抄』
かたみにしのひ給へとていみしき笛の名ありける…此笛は三位中将のまいらせられたるへし
・『湖月抄』
かたみにえし給はず…是は互に也。中将の都のつとも由あると斗書きて其品をかかず、源も駒笛などばかり、たがひに人のとがむまじきやうにし給へると也。（『源氏物語古注釈大成』日本図書センター）
・『萬水一露』
源氏と中将と笛を取かはして人のめにたつ事はえし給はぬと也
ほか、源氏から宰相へ笛が贈られたとする解釈は、賀茂真淵の『源氏物語新釈』や「新潮日本古典集成」でなされており、宰相から源氏へ贈られたとする見解は、玉上琢彌『源氏物語評釈』（角川書店）などで見られる。

（6）「ふえ」の歌題に関してではないが、西山秀人氏は『古今六帖』「山」の歌題について、「『六帖』「山」歌群の歌序は現存本による限りにおいて、歌枕を中軸としながら人事的連想をイメージするという読書行為を触発する構成を有しているといってよく」と、『古今六帖』の歌題の特色ある歌の構成や展開の仕方と、読み手に働きかける作用との関係に注目されている（「歌枕への挑戦―類聚章段の試み」「国文学 解釈と教材の研究」平成八年一月）。

（7）『源氏物語古註』は、「未刊国文古註釈大系」（帝国教育会出版部）所収のものによった。『源氏物語古註』はこの歌を、末摘花巻で『源氏物語』に初出する高麗笛の和歌に詠まれた例として挙げている。

（8）『材林和歌抄』は、『契沖全集』（朝日新聞社、昭和二年）所収のものによった。

（9）本文の引用は、室城秀之校注「うつほ物語 全」（桜楓社、平成七年）によった。

（10）「高麗笛」の検索は東大史料編纂所のデータベースにより、『小右記』の本文は「大日本古記録」（岩波書店）によった。

（11）須磨巻の当該場面で描かれる馬が、特に黒駒とされることには、当時流布していた聖徳太子の伝説も影響を及ぼしているだろうか。駿馬と言えば、黒駒が強く連想されたとも推察されるのである。

聖徳太子との関わりにおいては、雅楽の曲目「蘇莫者」に関する伝承に、興味深い記事が見える。「蘇莫者」は、作曲者・作曲年代ともに未詳であるが、『楽歌録』（巻の三十一・本邦樂説）には、この曲に関する伝承が複数記されており、その中に次の一説が見える。

一説、聖徳太子行河内國龜瀬之時、於馬上吹尺八山神出現舞之云々（「日本古典全集」所収本文より引用）

「蘇莫者」は、聖徳太子が馬上で尺八を吹くと、山の神が現われて舞ったことを写した曲であると説明されている。ここでの笛は「尺八」と記されているが、聖徳太子に関する説話の中で、馬と笛との両物が関係するものとして注目できる一説である。聖徳太子に関する記述では、同じく『楽歌録』（巻之四十一・音樂珍器）に、「京不見」という名の笛に関する記載が見える。

京不見　聖徳太子作之、自名京不見。藏于攝州天王寺之寶藏也。或曰京不見之名示不出天王寺之意也云々

「京不見」という名の由来は、聖徳太子が自ら名付けたとする説のほか、天王寺から出されることのない笛で

あった故など諸説あるようだが、「京不見（京を見ない）」という名は、黒駒と同じく聖徳太子に由来する笛であることに加えて、京を離れている須磨巻時の源氏の境遇とも重なり興味深い。そして「京不見」という名の笛は、『振吟要録』（安倍季良〈一七七五〜一八七五〉著か）の、

天王寺寶物京不見、副件横笛有高麗笛、或云、横笛高麗笛共號京不見（『古事類苑』吉川弘文館、所引）

という記載から、高麗笛の名称かとも考えられるのである。高麗笛の日本への伝来についての詳細な記録は見いだし得ないものの、『続教訓抄』（第十一冊）には、

昔推古天皇ノ御時、初テ高麗國ヨリ、舞師樂師ワタル、其後大唐高麗共ニ奏ス、左右相對シテ、朝家ノ吉事ニ召仕ルナリ（『日本古典全集』所収本文より引用）

と記されており、高麗笛の伝来においてもまた、推古天皇朝すなわち聖徳太子との関連が示唆されているのである。

このような側面から検討しても、須磨巻の駒と笛は、やはり一対の事物として描かれていると考えられ、しかも笛に関しては、高麗笛が作者の念頭にあったと推察される。そして、駒と笛の二つの品は同一の人物の所有であり、黒駒が源氏から贈られた品ならば、笛もまた源氏から宰相へ贈られた品であると考えられるのである。

(12) 本文の引用は、「大日本古記録」（岩波書店）の『貞信公記』によった。この賀宴が催された期日について「大日本古記録」本文は、「日本紀略・河海抄所引太后御記等ニヨリテ、十二月トス」と記して十二月九日のこととするが、三月九日とする資料（「新訂増補故実叢書」『西宮記』など）もある。

(13) 『花鳥余情』が、

承平四年の中宮の御賀は貞信公これを献せ（らる）る摂政は人々禄を給るさきに早出ありしかはおつて中宮より禄と引出物和琴万葉集の本なとを給ふその子細は太后の御日記にもみえたりこの例今の物語にはいさゝかよりたりといふへきにや

と、穏子五十の賀の記事と物語叙述との類似に注目し、以後の注釈書もこの見解を受け継いでいる。『吏部王記』に見える延長二年（九二四年）十二月二一日の醍醐天皇四十の賀（中宮穏子が主催）の記録なども挙げられてい

るが、諸注釈書の継承や物語との類似の程度を考慮すると、やはり皇太后穏子の五十の賀がとりわけ注意されると言えよう。しかし、これまで挙げられてきた何れの史料の記載にも、高麗笛に関する記述は確認できない。

(14) 少女巻（二三五頁）や常夏巻（九一頁）に見える。

(15) 吉森佳奈子氏は少女巻の次の場面を、須磨巻の笛のやり取りが呼び起こされている場面として指摘されている。

（内大臣）「をさをさ対面もえ賜はらぬかな。などかく、この御学問のあながちならむ。才のほどよりあまりぬるもあぢきなきわざと、大臣もおぼし知れることなるを、かくおきてきこえたまふ、やうあらむとは思ひたまへながら、かう籠りおはすることなむ、心苦しうはべる」と聞こえたまひて、「時々はことわざしたまへ。笛の音にも古事は伝はるものなり」とて、御笛たてまつりたまふ。（少女巻・二三六頁）

吉森氏は、ここの「古事」は、現行の注釈書が解説しているように「昔の賢人の教え」と儒教的に捉えるのではなく、『河海抄』などが『文選』から引く、向秀、嵇康らの交友をなぞらえていると考えるべきだとされ、当該場面の内大臣の発言は、「向秀、嵇康、呂安らの交友をよびこみながら、若い世代の夕霧に、彼の父と自分の過去を回顧して語ったもの」であろうと述べられる（「『笛の音にも古ごとはつたはるものなり』考―源語少女巻試論―」「中古文学」第六一号、平成十年五月）。

(16) 『白氏文集』巻十「感鏡」や巻十七「対鏡吟」などの関わりの可能性が、丸山キヨ子氏（『源氏物語と白氏文集』東京女子大学学会、昭和三九年）らによって指摘されている。

(17) 藤岡忠美氏は、この一首と源氏の歌が「発想・表現がはなはだよく似ている」とされ、「この本歌が『鏡の影』を引き合いにした離別歌であることから得た示唆によって、このあたりの場面の形成されたことも考えられるほどである。」と述べられる（『講座源氏物語の世界』第三集、有斐閣、昭和五六年、二二〇頁）。

(18) 一例としては、紀貫之の「行年のおしくもあるかな増鏡みる影さへにくれぬとおもへば」（『古今集』巻第六・冬歌・三四二）などが挙げられる。

(19) 石田穣二氏は、須磨巻の例や『源氏物語』に見える他の「枕うく」という表現について、文意・鑑賞の上から解析され、『古今六帖』の歌を引用する処置を支持される（「枕浮くばかり」『源氏物語論集』桜楓社、昭和四六年）。

また、清水婦久子氏も、須磨巻の「涙落つともおぼえぬに、枕浮くばかりに」という叙述は、『古今六帖』「まくら」の歌題の「ひとり寝の……」の歌に基づくものであると述べられている（「風景と引歌」『源氏物語の風景と和歌』和泉書院、一九九七年）。

第三章　玉鬘の美の表象

一　「葎」と「玉かづら」の歌題の連接

夕顔の忘れ形見である玉鬘は、夕顔の乳母とともに下った筑紫の国で成人したが、のちに源氏のもとに引き取られる。そして源氏は、初めて玉鬘と対面したあとに、彼女を「玉かづら」に譬えて、次の歌を手すさびにしためる。

恋ひわたる身はそれなれど玉かづらいかなる筋を尋ね来つらむ（玉鬘巻・三二三頁）

玉鬘という通称は、源氏が詠んだこの歌に由来しているが、ただ、「玉かづら」が歌の中で用いられる場合、それが髪で作ったかもじか、髪飾りか、または蔓性植物の何れを指しているのかは分かりづらい場合が多く[注1]、この歌で詠まれる「玉かづら」についての解釈も、

・玉を緒で貫いたものを、頭に掛けて垂れ、装飾としたもの（「日本古典文学大系」）
・つる草や花などを、髪の飾りとしたもの（「日本古典文学全集」）
・「鬘」（かもじ）の美称（「新潮日本古典集成」）

などと、一様ではない。『古今六帖』には、「玉かづら」の歌題は、第五帖「服飾」部と第六帖「草」部に二題設けられているが、「服飾」部の「玉かづら」の歌題に並ぶ歌にも、

うちはへてくるをみるとも玉かづら手にだにとらんむすびしらねば　（六二三）　伊勢

へてもみじながき心を玉かづらつらながらにしたたんとおもへば　（六二四）　伊勢

たびをへてかげにみゆるは玉かづらかづらながらにたゆるなりけり　（六二五）

のように、「玉かづら」が何を指しているのか、はっきりと分かりづらい例があることからも、歌語としての「玉かづら」は、ただ「絶ゆ」「懸く」「筋」などを導く言葉として、意味を特定する必要のない場合もあるようである。しかし、『源氏物語』における玉鬘という女性の物語が、「年月隔たりぬれど、飽かざりし夕顔を、つゆ忘れたまはず」（玉鬘巻・二八一頁）と語り起こされていて、「夕顔のゆかり」の物語として語られることを考えれば、玉鬘という人物から、蔓草のイメージを外すことはできないであろう。[注2] この点に関しては、前掲の「恋ひわたる……」という源氏の独詠歌に先立って見える、源氏と玉鬘との和歌の贈答も注目できる。

（源氏）知らずとも尋ねて知らむ三島江に生ふる三稜の筋は絶えじを　（玉鬘巻・三一五頁）

（玉鬘）数ならず三稜や何の筋なればうきにしもかく根をとどめけむ　（玉鬘巻・三一六頁）

源氏は、「三稜の筋は絶えじ」と、自分と玉鬘との縁の深さを水草の三稜の「筋」になぞらえて歌っている。この贈歌のあとに「恋ひわたる……」の歌を詠むのであるが、そこでもまた、「いかなる筋を尋ね来つらむ」と、二人の縁を「玉かづら」の「筋」に譬えて詠んでいるのである。ともに、「筋」を詠みこむ源氏の二首の歌の連

なりに思い至るならば、先の「三稜」の歌と同じく、あとの独詠歌「恋ひわたる……」でも、蔓植物の「筋」に玉鬘との縁が譬えられていると考えられるのである。

加えて、源氏と夕顔との物語の始まりも思い起こしたい。夕顔との交渉の始点となる五条の家を初めて目にした源氏は、

見いれのほどなく、ものはかなき住ひを、あはれに、何処かさして、と、思ほしなせば、玉の台も同じことなり。（夕顔巻・一三二頁）

と、この世の仮の宿りを思う。この叙述には、『古今集』（巻十八・雑下・九八七・題しらず・詠人不知）の、

世中はいづれかさしてわがならんゆきとまるをぞ宿とさだむる

という歌とともに、『河海抄』以来、『古今六帖』第六帖「むぐら」の歌題に載録される出典未詳の歌、

なにせんに玉のうてなも八重葎はへらんなかにふたりこそねめ（三二三二）

が引用されてきた。五条の粗末な家の描写が、夕顔巻に先立つ帚木巻の「雨夜の品定め」における、

さて世にありと人に知られず、さびしくあばれたらむ葎の門に、思ひのほかに、らうたげならむ人の閉ぢられたらむこそ、限りなくめづらしくはおぼえめ。いかではた、かかりけむと、思ふより違へることなむ、あやしく心とまるわざなる。（帚木巻・五二頁）

という一節を受けたものであることを考え合わせると、この「さびしくあばれたらむ葎の門」という叙述を受けて、「玉の台も同じことなり」と語られる源氏と夕顔との恋の始まりの場面に、さびれた宿での男女の共寝を歌う「なにせんに……」という『古今六帖』「むぐら」の歌をあげる諸注釈書の指摘は、納得できるものである。「雨夜の品定め」の「葎の門」という記述を受けて描かれている夕顔の花咲く五条の家の描写では、「はひかかれ

る」（夕顔巻・一二二頁）「はひまつはれたる」（同巻・同頁）などの言葉によって、夕顔の蔓植物である性質が強調されている。

源氏が初めて夕顔の五条の家を目にした場面では、「むぐら」を詠んだ歌が引用され、夕顔の娘と初めて対面した直後に、源氏は「玉かづら」の歌を詠むのである。紫藤誠也氏も指摘されるように、[注3] この両場面の関連性においては、「むぐら」の歌題に「玉かづら」の歌題が連なるという、『古今六帖』内の歌題の配列が注目できるのである。

むぐら

①むぐらはふいやしき宿もおほ君のこむとしりせば玉しかましを　左大臣もろえ（三二一七）

②なにしにかかしこき妹がむぐらふのけがしき宿にいりまさるらん（三二一八）

③八重むぐら心のうちにしげければ花みにゆかんいでたちもせず　つらゆき（三二一九）

④八重むぐらしげくのみこそ成りまされ人めぞ宿の草にならまし（三二二〇）

⑤なにせんに玉のうてなも八重むぐらはへらんなかにふたりこそねめ（三二二一）

⑥むぐらおひてあれたる宿のこひしきに玉とつくれる宿もわすれぬ（三二二二）

玉かづら

①玉かづらかづらき山のもみぢばのおも影にのみみえわたるかな　つらゆき（三二二三）

②かけておもふ人もなけれど夕さればおもかげたえぬ玉かづらかな　つらゆき（三二二四）

③いかさまに生ふるものぞと玉かづらいかでしのびにねもみてしかな　（三三五）

この二つの歌題の歌と物語叙述との関わりでは、夕顔の宿を目にした源氏の「玉の台も同じことなり」という思いに引用されてきた「むぐら」の歌題第五首目の歌「なにせんに玉のうてなも……」に注意が向くのはもちろんだが、「むぐら」の歌題では、その第五首目に連なる第六首目「むぐらおひて……」の歌もまた、「葎が生えて荒れ果てた宿の恋しさから、玉のように立派な屋敷も忘れてしまった」と、葎の宿に相聞情緒をにじませて詠んでおり、第五首目の歌と同じ趣向である。

第六帖「草」部では、蔓植物の歌題は「むぐら」から始まり、「玉かづら」の歌題が続いている。葎とは、その歌題の第一首目・第六首目に「いやしき宿」・「あれたる宿」という言葉とともに歌われているように、人の訪れもない廃屋や、貧しい家を象徴する景物である。一方、玉かづらは蔓植物の総称である「かづら」に、美称の「玉」が付いた歌語である。「葎」と「玉かづら」とは、同じく蔓植物ではあっても、一方はさびれた宿を象徴し、一方は美称が付されているというように、両者が持つ印象は大きく隔たっていると言えるのである。

ところが、『古今六帖』において「むぐら」と「玉かづら」の二つの歌題は、「むぐら」の歌題で第五首目「玉のうてな」・第六首目「玉とつくれる」と、歌題の末尾に「玉」という語を詠みこんだ歌が配されていることによって、「玉かづら」の歌題になだらかに繋がっていくのである。これは、『古今六帖』で他にも見られる語彙の連結による並びの妙であるが、「玉かづら」の歌題は、先行する「むぐら」の歌題を同じ蔓植物という点で踏まえつつ、「玉のうてな」「玉とつくれる」の「玉」という語に導かれて、「むぐら」の歌題となだらかに連なっているのである。この二つの歌題の連接のあり方が、葎と玉かづらという二つの景物が、物語で夕顔と玉鬘という母と娘にそれぞれ関連づけられる発想に作用を及ぼしたかとも推察される。

二 「撫子」と「山吹」の歌題の連接

ほか、『古今六帖』の歌題の連なりと玉鬘の物語との関連という点では、「むぐら」と「玉かづら」の歌題がある第六帖「草」部に、「なでしこ」「山ぶき」の二つの歌題が連なって存在していることもまた注目できる。

玉鬘は、「雨夜の品定め」の頭の中将の体験談の中で、

山がつの垣ほ荒るともをりをりにあはれはかけよ撫子の露（帚木巻・七二頁）

と、撫子の花に譬えられて以来、「撫子」は夕顔巻・末摘花巻で玉鬘の呼称としても用いられ、彼女と深くかかわる植物となる。それが、玉鬘巻で源氏に引き取られた後は、次第に山吹が玉鬘を表象する花となるのである。

しかし、なぜ玉鬘という人物は、撫子と山吹という二種類の花で表象されるのだろうか。当時、撫子と山吹を詠んだ歌は多く、『古今六帖』においても「なでしこ」の歌題には十六首、「山ぶき」の歌題には二一首と、多くの歌が並んでいる。これらの歌数は、『古今六帖』の「草」部においては、「菊」（三八首）・「女郎花」（三三首）・「秋萩」（二五首）に続いて多いもので、撫子と山吹の二種類の花が、歌材として平安貴族たちに大変愛好されていた様子がうかがえる。この歌材としての愛好と、撫子と山吹が物語へ導入された事情は、もちろん深く関係しているであろう。ただ、夕顔という人物と関連づけられる常夏と夕顔の花は、ともに夏の植物である。玉鬘が六条院で夏の町に座を占めることも、夕顔の物語をうける人物として妥当な季節に配置されたと言える。しかし、玉鬘を表象する植物の〈撫子から山吹〉という移り変わりは、両者が、撫子が夏（または秋）、そして山吹が晩春と、異なる季節の花であるという点においてイメージの移行はなだらかではない。この点に関して、「むぐら」と「玉かづら」の歌題と同じく、「なでしこ」と「山ぶき」の二つの歌題もまた、連なって存在しているという

『古今六帖』内の歌題の位置関係が注目されてくるのである。

『古今六帖』の「なでしこ」の歌題には、「撫子」と詠む歌と「常夏」と詠む歌が混合して載録されていて、その全十六首の中には、

ちりをだに据ゑじとぞ思ふ植ゑしよりいもと我がぬる床夏の花（八二）

あな恋しいまもみてしか山がつのかきほにさける山となでしこ（八七）

などの歌が見える。帚木巻の「山がつの垣ほ荒るともをりをりにあはれはかけよ撫子の露」という常夏の女から頭の中将への贈歌や、常夏の女の話を語る「大和撫子をばさしおきて、まづ、塵をだに、など親の心をとる。」（帚木巻・七三頁）という頭の中将の言葉、また、「山がつの垣ほに生ひし撫子のもとの根ざしをたれか尋ねむ」（常夏巻・九四頁）という玉鬘から源氏への返歌は、これら「なでしこ」の歌題の歌によっているのである。

以上のように、玉鬘の物語における『古今六帖』の関わり方では、「むぐら」と「玉かづら」、そして「なでしこ」と「山ぶき」の二歌題の連なりのように、歌の利用だけでなく、『古今六帖』の歌題の流れが物語の展開に関係していると推察される例が、まず指摘できる。

三　真木柱巻への着目

もちろん、『古今六帖』の歌題の連なりと物語の展開によって、〈葎から玉かづら〉、そして〈山吹から撫子〉という一連の流れは、当時の貴族たちの一般的なイメージの流れであったとも考えられる。ただ、これは『古今集』などには見られない展開であり、やはり『古今六帖』が、その発想を人々に定着させたであろうと考えられるのである。

玉鬘の物語には、『古今六帖』の歌題の連なりと物語の展開とが関連していると推察される例だけではなく、『古今六帖』載録の歌の引用が幾例も見られる。

真木柱巻で玉鬘が髭黒と結婚し、思いもよらず玉鬘が髭黒の自邸に移されたあと、たがいを偲びあう源氏と玉鬘との交情が、細やかに語られている。その一連の叙述は、「二月にもなりぬ。」（二四〇頁）という時節を示す一文から始まり、「三月になりて」（二四四頁）という晩春への月替わりを表わして、六条院の庭に咲く山吹の花から玉鬘を思い出す源氏の心情を続けている。

この一連の叙述においては、これまでのところ、

好いたる人は、心からやすかるまじきわざなりけり、今は何につけてか心をも乱らまし、似げなき恋のつまなりやと、さましわびたまひて、御琴掻き鳴らして、なつかしう弾きなしたまひし爪音、思ひ出でられたまふ。あづまの調べをすががきて、「玉藻はな刈りそ」と、歌ひすさびたまふも、恋しき人に見せたらば、あはれ過ぐすまじき御さまなり。（真木柱巻・二四三頁）

という一節の、風俗歌「鴛鴦」を源氏が歌う意義の分かりづらさなどが、様々に説かれてきた。[注4]先行歌の引用という視点で見るならば、「二月にもなりぬ。」から始まる真木柱巻の一連の叙述には、複数の『古今六帖』の歌が織り込まれているのだが、それらの引用に関しては、ただ該当する歌が挙げられるだけにとどまり、特別に注意が払われることはなかった。そこで以下、当該場面に見られる『古今六帖』の歌の引用について考察を加えてみたい。

四　冷泉帝の「言種《ことぐさ》」の特色

源氏と玉鬘二人の交情をつづる一連の叙述の合間に、冷泉帝の玉鬘への恋心と、それに対する彼女の胸のうち

が語られている。まず、その冷泉帝にまつわる箇所に注目する。

内裏にも、ほのかに御覧ぜし御容貌ありさまを、心にかけたまひて、「赤裳垂れ引き去にし姿を」と、憎げなる古言なれど、御言種になりてなむ、ながめさせたまひける。御文は、忍び忍びにありけり。身を憂きものに思ひしみたまひて、かやうのすさびごとをもあいなくおぼしければ、心とけたる御いらへも聞こえたまはず。なほかのありがたかりし御心おきてを、かたがたにつけて思ひしみたまへる御ことぞ、忘られざりける。（真木柱巻・二四三―二四四頁）

宮中での対面後、冷泉帝は玉鬘への恋心を募らせ、「赤裳垂れ引き去にし姿を」という古歌を、毎日口ずさんで物思いにふけっているという。かつての大原野の行幸では、玉鬘は冷泉帝を最大に賛美した。しかし、不本意に髭黒の妻となってしまった今の状況にいたっては、彼女には、ただ源氏から受けた恩情ばかりが恋しく偲ばれるのである。このような一節が、源氏と玉鬘との交情をつづる叙述の合間に差し挟まれている意義は大きく、たがいに恋しくなつかしく思い合う源氏と玉鬘の心情を、物語の中でより強く響かせる効果をもたらしている。

ところで、冷泉帝の「言種」として明記されている「赤裳垂れ引き去にし姿を」という引用句は、多くの注釈書も指摘するように、

立ちて思ひゐてもぞ思ふ紅の赤裳たれひきいにし姿を

という歌の下の句であると考えられる。「立っていても座っていても、紅色の裳の裾をひいて去って行ったあの人の姿を思うことだ」と歌うこの一首は、一見、内裏から退出した玉鬘を追想する場面に相応しいように思える。しかし、作者は、「憎げなる古言なれど」という一言を添えたうえで、この歌を引用しているのである。[注5]

『源氏物語』中、古歌を「言種」にしているという叙述は、真木柱巻のこの叙述を含めても三例しか見られな

いわずかな例である。ほかの二例は次のようである。

㋐金の御崎過ぎて、「われは忘れず」など、世とともの言種になりて、かしこに到り着きては、まいてはるかなるほどを思ひやりて、恋ひ泣きて、この君をかしづきものにて明かし暮らす。（玉鬘巻・二八四頁）

㋑この中将は、なほ思ひそめし心絶えず、憂くもつらくも思ひつつ、左大臣の御女を得たれど、をさをさ心もとめず、「道の果てなる常陸帯の」と、手習にも言種にもするは、いかに思ふやうのあるにかありけむ。（竹河巻・二四五頁）

㋐例では、夕顔の行方が知れないまま、玉鬘をともなって筑紫へと下向する乳母が、「夕顔のことはいつまでも忘れない」という強い思いから、

千磐破《ちはやぶる》　金之三崎乎《かねのみさきを》　過鞆《すぐるとも》　吾者不忘《われはわすれず》　壮鹿之須売神《しかのすめかみ》（『万葉集』巻第七・雑歌・一二三〇）[注6]

という歌が、日々の口癖になったと語られている。そして㋑例は、玉鬘の大君に熱烈な恋心を抱いている蔵人の少将（夕霧の息子）が、大君が冷泉院に入内して手の届かない人となった後も、なお彼女を忘れられず、

東路の道の果てなる常陸帯のかことばかりもあひみてしがな（『古今六帖』第五帖・帯・八三五）

という古歌を、日々「手習」や「言種」にして、「ほんの少しでも大君に逢いたい」という切実な思いを吐露しているというくだりである。これら二例を参照すると、一首の歌が「言種」となるには、その人物のよほどの強い思いが背後にあると言えるだろう。すると、「立ちて思ひ……」の歌にもまた、冷泉帝の玉鬘を強く恋いしたう気持ちが込められていると考えられるが、ただ「立ちて思ひ……」の歌の引用だけは、他の二例の「言種」としての古歌の引用とは様子が違い、「憎げなる古言なれど」という付記をともなっていて特異なのである。

そこで続いて、『源氏物語』において、「古言（古歌）」とはどのようなものと語られ、扱われているかを確認し

ておきたい。

㋐手習などするにも、おのづから古言も、もの思はしき筋にのみ書かるるを、さらばわが身には思ふことありけりと、身ながらぞおぼし知らるる。（若菜上巻・七八頁）

㋑結びあげたるたたりの、簾のつまより、几帳のほころびに透きて見えければ、そのことと心得て、（薫）「わが涙をば玉にぬかなむ」とうち誦じたまへる、伊勢の御もかくこそはありけめと、をかしく聞こゆるも、内の人（姫君たち）は、聞き知り顔にさしいらへたまはむもつつましくて、「ものとはなしに」とか、貫之がこの世ながらの別れをだに、心細き筋にひきかけむを、など、げに古言ぞ、人の心をのぶるたよりなりけるを思ひ出でたまふ。（総角巻・一二一―一二二頁）

まず、㋐例では、心に浮かぶまま手すさびにしたためた古歌が、物思いに沈んだ歌ばかりであったことから、紫の上が、自身の憂いを自覚する様子が述べられている。そして㋑例では、薫が口にした伊勢の歌によって、八の宮の一周忌を迎える姫君たちの心が和むというように、「古言」は心の内を吐露し、心を慰めるよすがであるとされている。

そして、次の例から窺えるように、用いられた古歌によって、その人物の教養の程度が推しはかられるのである。

㋒御帳の前に御硯などうち散らして、手習ひ捨てたまへるを取りて、目をおししぼりつつ見たまふを、若き人々は、悲しきなかにも、ほほゑむあるべし。あはれなる古言ども、唐のも大和のも書きけがしつつ、草にも真名にも、さまざまめづらしきさまに書きまぜたまへり。（葵巻・一一〇頁）

㋓手習どもの乱れうちとけたるも、筋かはり、ゆゑある書きざまなり。ことことしう草がちなどにも才がら

ず、めやすく書きすましたり。小松の御返りを、めづらしと見けるままに、あはれなる古言ども書きまぜて、

（明石の君）「めづらしや花のねぐらに木づたひて谷の古巣をとへる鶯声待ち出でたる」などもあり。「咲ける岡辺に家しあれば」など、ひき返しなぐさめたる筋など書きまぜつつあるを、（源氏は）取りて見たまひつつほほゑみたまへる、はづかしげなり。（初音巻・一七─一八頁）

㋔いとあてに限りもなく聞こえて、（匂宮が）心ばへある古言などうち誦じたまひて過ぎたまふほど、すずろにわづらはしくおぼゆ。（東屋巻・三一六頁）

源氏が手なぐさみにしたためた古歌（㋒例）や、匂宮が口ずさむ古歌（㋔例）は、「あはれなる古言」「心ばへある古言」というように、心を打つ趣の歌であると評されている。そして、明石の君が思いつくままに乱れ書きをした手習は、その書風はもとより、書き付けられた古歌も源氏の心を捉えており、彼女の高い教養を表わしているのである（㋓例）。

そのため、次の例のように、古歌を口ずさみ、したためる人物が、教養の高い源氏（㋕例）や紫の上（㋖例）である場合には、

㋕渚に寄る波のかつかへるを見たまひて、「うらやましくも」と、うち誦じたまへるさま、さる世の古言なれど、珍しう聞きなされ、悲しとのみ御供の人々思へり。（須磨巻・二二五頁）

㋖古言など書きまぜたまふを、取りて見たまひて、はかなき言なれど、げにとことわりにて、（若菜上巻・五六頁）

と、「さる世の古言なれど（世間で言い古された歌であるが）」や「はかなき言なれど（たわいもない歌だけれど）」など

と、その歌に対してやや難点を述べた場合には、「珍しう聞きなされ（けれども素晴らしい歌のように聞こえて）」「げにとことわりにて（いかにももっともで）」と、今の状況には実に相応しいのだという叙述が必ずあわせて記されている。

これらの例と比べて、歌を口ずさむ人物が冷泉帝であるにも関わらず、「憎げなる」という、否定的な響きをもつ言葉のみを記している真木柱巻の叙述のあり方は、『源氏物語』ではゆいいつ、特異な様相を示しているのである。注7

さらに、「憎げなる古言」という叙述の解釈は、「聞きにくい嫌な古歌」（『日本古典文学大系』）・「聞き苦しい感じの古歌」（『日本古典文学全集』）・「耳慣れない古歌」（『新潮日本古典集成』）などとされ、一様ではない。「新編日本古典文学全集」（小学館）はその頭注で、「品のよくない俗っぽい歌謡ぐらいの意か」（三九三頁・頭注一七）と、やや言葉を濁した注釈をして、「憎げなる古言」という叙述の解釈に思案している様を示しているのである。

これら様々な側面に目を向けると、真木柱巻に引用されている「立ちて思ひゐてもぞ思ふ紅の赤裳たれひきいにし姿を」という一首が注目されてくるのである。

五　「赤裳垂れ引き」の表現について

そこで、物語本文に見える「赤裳垂れ引き」（「赤裳裾引き」）という表現について調べてみると、この表現は『万葉集』では五首で詠まれているものの、平安時代では『古今六帖』に『万葉集』の歌を原歌とする二首が見られるばかりである。「赤裳」という語を詠んだ歌さえも、八代集中では、『拾遺集』で『万葉集』の歌の異伝歌二首（四九三・一一二三）を見るに過ぎない。「赤裳垂れ引き」（「赤裳裾引き」）という表現は、『万葉集』の注釈書においては、「女性の優美な姿態の常套表現と言って良い。」[注8]「赤裳の裾を引いて行く女の姿は、当時の男性の心を奪う最も美しい映像の一つであった。」[注9]などと説明されているが、平安時代の用例の少なさからは、『源氏物語』成立時には、すでにこのような詠みには相当古めかしい印象があったと考えられるのである。

そうすると、「憎げなる古言なれど」という叙述は、「赤裳垂れ引き」と詠む引歌が古風であることに対する断り書きと理解され、丁寧に解釈すれば、「古くさくて、若い冷泉帝が口ずさむには似つかわしくない歌なのだけれど」となるだろう。これは言い換えれば、時代遅れの古めかしい歌を、源氏に大変よく似た若く美しい帝の「言種」と記すことに対する、作者の違和感の表われとも読める言葉である。[注10]

それならば、女性を偲ぶ多くの古歌の中から、冷泉帝にふさわしい他の歌を引用すれば問題はないと思われるが、なぜ、「憎げなる古言」と断わらざるを得ない「立ちて思ひ……」という一首が、あえて選択されたのだろうか。

六 「裳」の歌題への着目

「立ちて思ひゐてもぞ思ふ紅の赤裳たれひきいにし姿を」という一首は、『万葉集』（巻十一・二五五〇）に収められ、ほかでは『古今六帖』第五帖「服飾」部の「裳」の歌題に見える歌である。ただ、

立念居毛曽念紅之赤裳下引去之儀乎

と表記される『万葉集』本文の第四句「赤裳下引」を、『万葉集』のほとんど全ての伝本は「アカモスソヒキ」と訓読していて、「あかもたれひき」となっている真木柱巻の本文とは厳密に対応しない。『校本萬葉集』（岩波書店）によると、新点本の「細井本」のみが、「下」の左傍に「スソ」と記して「アカモタレヒキ」とする。しか

し一方、『古今六帖』では、確認できるすべての伝本において、物語本文と同じく「あかもたれひき」となっている。この字句の対応からか、『源氏物語』の注釈書は、この歌の出典としてもっぱら『古今六帖』を示すが、『万葉集』の本文を「アカモタレヒキ」と読む訓が平安時代に存在しなかったとは断言しがたく、字句の対応という一点が、『古今六帖』と物語叙述との因果関係を述べる要因となり得ないのも無論である。ただ、この歌が『古今六帖』の中でも、特に「服飾」部にある「裳」の歌題に並ぶという点から、『古今六帖』へ注意が向くのである。第二章で注目したように、「服飾」部は、物語と深く関わると考えられる歌題が複数ある部立であり、「裳」もまたそこに位置することから軽視しがたい歌題なのである。

そこで、『古今六帖』「裳」の歌題に目を向け、その中でこの歌を捉えてみたい。

裳

①立ちて思ひ居てもぞ思ふくれなゐの赤裳たれひきいにしすがたを　（八〇八）

②やまぶきのにほへる妹がはず色の赤裳がすがた夢にみえつつ　（八〇九）注11

③人めもる君がまにまにわれともにはやくおきゐて裳の裾ぬらす　人丸　（八一〇）

④はしきやしあはぬ子ゆゑにいたづらにこの川の瀬に裳の裾ぬらす　（八一一）

⑤いかならん日のときにかもわぎもこが裳引きのすがた朝あけにみん　（八一二）

⑥なにせんにへたのみるめをおもひけんおきつたまもをかづく身にして　（八一三）

「裳」の歌題には以上六首が並び、物語に引用される「立ちて思ひ……」の歌は第一首目に置かれている。『古今六帖』では、歌題内あるいは続く歌題との連なりにおいて、語句のつながりの妙が見られる場合が多いが、その特徴は「裳」の歌題でも認められ、「くれなゐの赤裳たれひきいにしすがた」と詠む第一首目の歌の隣には、「はず色の赤裳がすがた」という類似の表現を詠んだ歌が並べられて、第一首目と第二首目の歌は、なだらかに連なっている。そして、第三首目・第四首目には「裳の裾ぬらす」という同じ結句の歌が続くのである。

ところで、第一首目の歌に連なる第二首目「やまぶきの……」の歌は、「山吹」の鮮やかな黄色、白味をおびた紅色である「はず色（はねず色）」、そして裳の「赤」と、豊かな色彩感がきわだって印象的な一首である。第一首目の歌との関係では、表現の類似だけではなく、「愛しい人の赤裳の姿が忘れられない」という歌の主意もまた同様の趣である。第一首目と第二首目の二首の歌には密着したつながりが認められるが、今、第一首目の歌を、玉鬘にまつわる叙述の引歌という観点で見るとき、それと密な関係をもっている第二首目の歌が、「咲き匂う山吹のように美しく愛しいあの人のはず色の赤裳の姿がずっと夢に見える」と、女性の美しさを山吹の花になぞらえて歌う一首であることは注目できる。顧みれば玉鬘もまた、にわかに物語に再登場してきた玉鬘巻からのち、くり返し山吹と照らし合わされてきた女性である。

七　玉鬘と山吹との照応

では、真木柱巻にいたるまで、玉鬘は山吹とどのように照応させられてきただろうか、その描写をここで振り返ってみたい。初例から順に拾い上げると、次のようである。

㋐曇りなく赤きに、山吹の花の細長は、かの西の対にたてまつれたまふを、上は見ぬやうにておぼしあはす。内の大臣の、はなやかに、あなきよげとは見えながら、なまめかしう見えたるかたのまじらぬに似たるなめりと、げにおしはからるるを、色には出だしたまはねど、殿見やりたまへるに、ただならず。（玉鬘巻・三二

六頁）

㋑正身も、あなをかしげと、ふと見えて、山吹にもてはやしたまへる御容貌など、いとはなやかに、ここぞ曇れると見ゆるところなく、隈なくにほひきらきらしく、見まほしきさまぞしたまへる。（初音巻・一六頁）

㋒昨日見し御けはひには、け劣りたれど、見るに笑まるるさまは、立ちも並びぬべく見ゆる。八重山吹の咲き乱れたる盛りに、露かかれる夕ばえぞ、ふと思ひ出でらるる。をりにあはぬよそへどもなれど、なほうちおぼゆるやうよ。花は限りこそあれ、そそけたるしべなどもまじるかし、人の御容貌のよきは、たとへむかたなきものなりけり。（野分巻・一三八―一三九頁）

まず、㋐例に見られるように、玉鬘と山吹との重なりは、玉鬘巻で源氏が自身の夫人達に新年の衣裳を選ぶさい、玉鬘に「曇りなく赤きに、山吹の花の細長（真紅の表着に山吹襲の花模様の細長）」という華やかなものを選んだことに始まる。しかも、この夫人たちへの衣裳選びが、

年の暮に、御しつらひのこと、人々の装束など、やむごとなき御列におぼしおきてたる、かかりとも田舎びたることなどやと、山がつのかたにあなづりおしはかりきこえたまひて調じたるも、たてまつりたまふついでに、織物どもの、われもわれもと、手を尽くして織りつつ持て参れる細長、小袿の、いろいろさまざまなるを御覧ずるに、（源氏）「いと多かりけるものどもかな。方々に、うらやみなくこそものすべかりけれ」と、上に聞こえたまへば、御匣殿につかうまつれるも、こなたにせさせたまへるも、皆とうでさせたまへり。（玉鬘巻・一三五頁）

と、田舎育ちの玉鬘の新年の衣裳を、源氏が気遣うところから始まった事情を思いあわせると、玉鬘と山吹とを結び合わせることが、衣裳選びの場面の重要な要素の一つであると考えられるのである。注12

そして、晴着を身につけた玉鬘は、本来の美しさが山吹襲の衣裳に引き立てられて、輝くばかりの華やかさであると、続く初音巻（㋑例）で印象的に述べられる。

次例㋒は、野分の翌日、源氏の野分見舞いに同行し、玉鬘の姿を垣間見た夕霧の視点によるものである。ここで玉鬘の容貌は、「咲き誇る山吹の花に露がかかって、夕日に輝く美しさ」を思い起こさせると叙述されていて、この例にいたって、玉鬘はきわめて直接的に山吹の花によそえられる。しかも、つとに指摘されているように、㋒例の場面の時節は八月であり、山吹は晩春の花であるため季節に合わない景物である。それゆえ、「をりにあはぬよそへどもなれど、なほうちおぼゆるやうよ。（季節に合わない例えだが、やはりそんな感じがするのだ）」という断り書きがなされているのだが、そのような断り書きをしてまであえて山吹を持ち出す叙述は、玉鬘と山吹とを印象強く結びつける上で実に効果的である。

さらに、以上の三例ほどには際だって目立つ用例ではないが、胡蝶巻の描写も注目に値するものである。初音巻につづく胡蝶巻は、いわゆる玉鬘求婚譚が語り始められる巻である。養い親である源氏自身が、玉鬘への恋心を深めていくのも当巻からであり、「女」という男女関係を強く意識した呼称が、玉鬘に対して用いられるのもこの巻からである。[注13] それらが綴られる胡蝶巻は、晩春の三月二十日過ぎという、山吹の花が盛りの季節から語り起こされ、「池の水に影をうつしたる山吹、岸よりこぼれていみじき盛りなり。」（胡蝶巻・三二頁）と真っ盛りの美しさが賞美される山吹の花は、六条院の春の町で催された船楽の場面にも、また秋好中宮の季の御読経の場面にも、盛んに描かれそれぞれの場面に彩りを加えている。

まず、六条院の春の町で船楽が催された際、見物にやってきた秋好中宮の女房たちは、六条院の春の町の素晴らしさを、

風吹けば波の花さへ色見えてこや名に立てる山吹の崎

春の池や井手の川瀬にかよふらむ岸の山吹そこもにほへり（胡蝶巻・三三頁）

と、咲き誇る山吹を詠んだ歌によって賛美する。そして、その船楽の遊宴の叙述は、内大臣家の中将（後の柏木）や兵部卿の宮などの貴公子が、美しいと評判の玉鬘に思いを寄せているというくだりを述べて終えられているのである。

つづく場面では、秋好中宮の季の御読経が描かれるが、その催しの叙述においても、山吹の花は重要な景物として扱われている。

㋐鳥蝶に装束き分けたる童べ八人、容貌などことにととのへさせたまひて、鳥には、銀の花瓶に桜をさし、蝶は、金の瓶に山吹を、同じき花の房いかめしう、世になきにほひを尽くさせたまへり。（三七頁）

㋑蝶は、ましてはかなきさまに飛び立ちて、山吹の籬のもとに、咲きこぼれたる花の蔭に舞ひ入る。（三八頁）

㋒宮の亮をはじめて、さるべき上人ども、禄取り続きて、童べに賜ぶ。鳥には桜の細長、蝶には山吹襲賜はる。（三八頁）

㋓胡蝶にもさそはれなまし心ありて八重山吹を隔てざりせば（三九頁）

女童たちは金の瓶にみごとな山吹の花を挿して、紫の上の手紙とともに中宮に献上し（㋐例）、盛りと咲く山吹の垣根のもとで胡蝶楽を舞う（㋑例）。中宮は、蝶の衣装を着た女童に禄として山吹襲の細長を与えて（㋒例）、「胡蝶にもさそはれなまし……」と山吹を詠んだ歌を紫の上へ贈って（㋓例）、薄雲巻・少女巻・胡蝶巻の三巻にわたる紫の上と秋好中宮との春秋争いは終結する。そして、㋓例の中宮から紫の上への贈歌のすぐ後に、物語は、男性たちが玉鬘に恋心を抱いているという場面へと移っていくのである。

船楽・季の御読経と、今を盛りと咲く山吹の美しさが存分に述べられる二つの催しの描写には、玉鬘を話題の中心にした場面がともに後に続くという、この叙述のあり方は、明らかに咲き誇る山吹の花と玉鬘とを重ねるためのものと考えられる。胡蝶巻においても、玉鬘と山吹は、やはり固く結ばれた関係で描かれていると言えるのである。

このように、山吹色の衣裳から、胡蝶巻における間接的な山吹との結びつき、そして野分巻にいたっては直接的にと、玉鬘と山吹、両者の結びつきは、次第に分かちがたい確かなものとなっていくのである。

八 「立ちて思ひ……」の引歌の方法

以上のような叙述の流れを追ったうえで、あらためて『古今六帖』「裳」の歌題を見直してみる。すると、物語に引用される「立ちて思ひ居てもぞ思ふくれなゐの赤裳たれひきいにしすがたを」という歌はもちろん、それに並ぶ「やまぶきのにほへる妹がはず色の赤裳がすがた夢にみえつつ」の歌もやはり、「やまぶきのにほへる妹」という、女性の美しさを山吹の花に譬える趣向によって、物語との関わりが無視しがたいのである。「咲き匂う山吹のように美しい人」とは、まさに物語に描かれる玉鬘に通じるだろう。何より真木柱巻は、玉鬘巻から野分巻にいたる叙述によって、玉鬘が山吹と固く結びつけられた後に語られるだけに、歌題第一首目の歌の「赤裳たれひきいにしすがたを」という下の句の引用と、歌の親近性に導かれて、「裳」の歌題で連なる第二首目「やまぶきの……」の歌を、第一首目「立ちて思ひ……」の歌が引用される真木柱巻の場面に、ともに思い起こすならば、冷泉帝が玉鬘を恋しくなつかしむ場面は、はるかに具象的に鮮やかなイメージをもって読めるのである。加えてここに、先に注目した「立ちて思ひ……」の歌の引用のあり方、すなわち、「憎げなる古言なれど、御言種になりてなむ」と、若く美しい冷泉帝には似つかわしくない歌であると断りながら、しかし冷泉帝の「言種」とまで記している不可解さを考えあわせれば、「赤裳たれひきいにしすがたを」という引用には、やはり「裳」の歌題第二首目「やまぶきの……」の歌の、山吹の花になぞらえられた美女のイメージが重ねて提示されているのではないかと推察されてくるのである。明確に引用している第一首目の歌のみならず、それに並ぶ第二首目の歌のイメージをも、同時に物語に導入させようと意図されているのではないだろうか。物語がこれまで重ねて強調してきた玉鬘と山吹との強い結びつきを考えあわせるならば、この想定は否定されるものではないだろう。

九　「春の野に……」の引歌の方法

思い起こせば、「立ちて思ひ……」の歌の引用に先立って語られた宮中における冷泉帝と玉鬘との対面場面にも、古歌の引用が見られた。

（冷泉帝）九重に霞隔てば梅の花ただかばかりも匂ひ来じとや

異なることなきことなれども、御ありさまけはひを見たてまつるほどは、をかしくもやありけむ。「野をなつかしみ明いつべき夜を、惜しむべかめる人も、身を抓みて心苦しうなむ。いかでか聞こゆべき」とおぼしなやむも、いとかたじけなしと見たてまつる。

（玉鬘）かばかりは風にもつてよ花の枝に立ち並ぶべきにほひなくとも

さすがにかけ離れぬけはひを、あはれとおぼしつつ、かへりみがちにてわたらせたまひぬ。（真木柱巻・二三九頁）

これは、尚侍として参内した玉鬘が、髭黒の催促によって早々に宮中を退出してしまうことを冷泉帝が惜しむ

くだりである。ここの冷泉帝の発言「野をなつかしみ明いつべき夜を、惜しむべかめる人も、身を抓みて心苦しうなむ」には、

春の野にすみれ摘みにとこし我ぞ野をなつかしみ一夜寝にける

という歌が明らかに引用されている。冷泉帝は、玉鬘の局《つぼね》を「すみれが咲く春の野原」に見立てて、その野原つまり玉鬘のそばで一夜を過ごしたいと述べているのである。結句で「一夜寝にける」と歌う「春の野に……」の歌の相聞の情緒が、たくみに利用されている。この歌は、『万葉集』（巻第八・一四二四）に載録されている赤人の歌であるが、『古今集』の仮名序にも記され、『赤人集』（一六三）や『古今六帖』（第六帖・すみれ・三七三）にも載るなど、平安時代に親しまれていた様子がうかがえる。しかし、冷泉帝と玉鬘との初めての対面場面にこの歌を引用し、玉鬘がいる宮中の一角を「すみれが咲く春の野原」に譬えるという発想は、何を起因とするのであろうか。

これには複数の要因が考えられる。まず一つには、冷泉帝が玉鬘の局にわたり、彼女と対面したおりに二人の間でなされた、「紫」の和歌の唱和の影響が考えられる。

（冷泉帝）「などてかくはひあひがたき紫を心に深く思ひそめけむ

濃くなり果つまじきにや」と仰せらるるさま、いと若くきようにはづかしきを、違ひたまへるところやあると思ひなぐさめて、聞こえたまふ。宮仕への労もなくて、今年加階したまへる心にや。

（玉鬘）「いかならむ色とも知らぬ紫を心してこそ人は染めけれ

今よりなむ思ひたまへ知るべき」と聞こえたまへば、……（真木柱巻・三三六―三三七頁）

この「紫」の和歌の唱和が響いており、そこから紫の色彩であるすみれの花を詠んだ歌が導き出されたと考え

られるのである。

別の視点では、「春の野に……」という引歌が、「野をなつかしみ」と歌うことによって、玉鬘が冷泉帝の美しい姿をはじめて目にした大原野の行幸を、この場面に呼び起こす機能を果たしているとも考えられる。『源氏物語』中の行幸の例は、紅葉賀巻の桐壺帝の朱雀院への行幸を始めとして、朱雀帝が桐壺院を訪問する賢木巻の行幸、藤壺の女院が崩御する直前の薄雲巻における冷泉帝の行幸、少女巻の冷泉帝による朱雀院行幸、行幸巻の冷泉帝の大原野の行幸、そして、藤裏葉巻の冷泉帝と朱雀院の六条院行幸まで、計六例が描かれている。竹田誠子氏は、これら行幸の例のうち、行幸巻の例を除いた五例の行幸は、すべて子が親を訪問するいわゆる朝覲行幸であり、行幸巻の一例だけが、鷹狩りを目的とする野の行幸であると指摘される。[注14]その唯一の野の行幸である大原野の行幸は、玉鬘が冷泉帝の姿を目にする機会をもうけるために描かれていることは否定されないだろう。玉鬘は、行幸のおりに拝した冷泉帝を、「帝の、赤色の御衣たてまつりて、うるはしう動きなき御かたはらめに、なずらひきこゆべき人なし。」（行幸巻・一四八―一四九頁）と最大に賛美して、冷泉帝の姿は彼女の心の中に深く刻みつけられるのである。

この大原野の行幸ののちに、冷泉帝は玉鬘と対面し、すみれを詠んだ歌を引用して、玉鬘がすでに人妻であることを惜しみ、玉鬘もまた、「かばかりは風にもつてよ（お便りだけは風にでも言付けてください）」と、冷泉帝の思いに応えて歌を返すのである。その場面で、あえて「春の野に……」という、すみれを詠んだ歌が引用されているのは、大原野の行幸と「紫」の和歌の唱和、両者の関わりから、野辺に咲く紫の色彩のすみれの歌が選択されているのだと考えられる。

しかし、それら以上に注目されるのは、和歌における「大原野」の歌われ方である。冷泉帝の行幸が大原野であった点に着目して、「大原野」が詠まれた和歌を調べてみると、それらの歌はすべて、次のように「すみれ」をともに詠み込んでいるのである。

・『拾遺集』（巻第九・雑下）

円融院御時、大将はなれ侍りてのち久しくまゐらで、奏せさせ侍りける　藤原兼家

五七四（長歌）……ましてかすがの　すぎむらに　いまだかれたる　枝はあらじ　大原野辺の　つぼすみれ　つみをかしある　物ならば　てる日も見よと　いふことを　……

・『夫木抄』

題しらず、懐中　詠み人知らず

一九五二　けふまつる大原野べのつぼすみれ君もろ共につまんとぞ思ふ

・『林葉累塵集』（春歌下）

大原に山居し給ふ時よみたまへりける　長嘯

一八六　桜さく大原野辺のつぼすみれつみなおかしそ春の山かぜ

・『挙白集』（巻第四）

をしほ山にすみ給ひし比、冷泉為景のもとより

一五六三　春はゆきて君とつむべきつぼすみれ大原野辺の雪まをぞまつ

かへし

一五六四　すみれつみに春はきてとへ大原や野辺の御幸の跡もみてがら

物語と同時代、もしくは先立つ例としては、『拾遺集』の藤原兼家の長歌のみで、他はすべて中世期以降の作

である。しかし、兼家の長歌によって、「大原野辺」と「すみれ」の組み合わせが後世に詠み継がれていったと考えるよりは、「大原野辺」と「すみれ」をともに詠む歌は、古く兼家の作以外にも存在していて、人々に馴染んでいたと考える方が無理がないだろう。

このような「大原野」の詠まれ方に注意するならば、宮中での冷泉帝と玉鬘との対面場面への「すみれ」を詠んだ歌の引用には、玉鬘が冷泉帝に心ひかれた大原野の行幸と、冷泉帝が玉鬘に恋心を抱いた宮中での初対面の場面とを、「大原野の行幸」から生じる「すみれ」への連想によって照応させる意図も含まれているだろうと考えられるのである。

以上のように、「春の野に……」の歌の真木柱巻への引用には、様々な理由が考えられるのだが、玉鬘のいる宮中の一角をすみれが咲く野原に譬えるという発想に関しては、『古今六帖』の「すみれ」の歌題も注目できる。『源氏物語』に先立ってすみれを詠んだ歌は少なく、『万葉集』に四首、三代集では『後撰集』に一首と、先にあげた『拾遺集』の藤原兼家の長歌を見るばかりである。そのような状況の中で、『古今六帖』「すみれ」の歌題には次の三首が採られている。注15

すみれ

①はるの野にすみれつみにとこしわれぞ野をなつかしみひとよ寝にける　（三七三）
②我やどにすみれの花のおほかればきやどる人やあると待つかな　（三七四）
③山ぶきの咲きたる野辺のつぼすみれ此はるさめにさかり成けり　（三七五）

玉鬘に対する冷泉帝の発言に引用される赤人の歌（第一首目）、『後撰集』所載の歌（第三首目）とともに、第三首目には「山ぶきの……」という、すみれと花の時季をほぼ同じくする山吹をともに詠み込んだ一首が採られている。その歌題第三首目の歌は、春雨の中に咲くすみれの紫色と、山吹の黄色という色彩の対照がきわめて鮮やかで印象的な詠みである。しかし、『古今集』よりのち、山吹は水辺に咲く風情を詠むことが主流となるため、野辺に咲くすみれと詠み合わされた歌は、『万葉集』（巻第八・一四四四・高田女王）にも載録されるこの「山ぶきの……」の歌以外には見いだせない。だが、雨の中に咲くすみれを詠む趣向は、

・「禖子内親王家歌合　庚申」　　美作

一八　日にそへて紫ふかきつぼすみれふる春雨ははひにぞ有りける

・『為忠家初度百首』　　百砌菫菜

一〇七　雨だにもとまらぬ宿ののきにきてたれとすみれのひとり咲くらん

一一一　さかりなるすみれの花やしをるらん雨ふるさとののきのしづくに

・『散木奇歌集』（第一・春部）　　殿下にて雨中のすみれをよめる

一〇六　たれとみて忍びかわせんつれづれとこし雨ふりてすみれ咲く野を

・『寂蓮法師集』

三五〇　色ふかきしのだの森のつぼすみれ千枝のしづくや雨にそふらん

・『公衡集』

一一八　ふる里の蓬をわけてすみれつむをりしも袖をぬらす春雨

などの平安時代の歌に詠み継がれているのである。すみれを詠んだ古歌として、『古今六帖』「すみれ」の歌題第

三首目「山ぶきの……」の歌もまた、赤人の歌とそろって平安貴族たちの胸中にあったと言えるだろう。物語叙述において、歌題第一首目の歌を引用する冷泉帝の玉鬘に対する発言が、すみれと山吹という二つの景物を対照させて歌う歌題第三首目の歌をも読者に思い起こさせたと推察するならば、宮中の一角がすみれの咲く野原になぞらえられる真木柱巻のくだりは、すみれとそろって山吹もともに咲いている野原の様子を連想させるものとなり、玉鬘の局を表現するに実に相応しい叙述であると言えるのである。

冷泉帝が、玉鬘に恋心を抱いて引用する、

立ちて思ひゐてもぞ思ふ紅の赤裳たれひきいにし姿を

春の野にすみれ摘みにとこし我ぞ野をなつかしみ一夜寝にける

という二首の歌を、『古今六帖』の「裳」と「すみれ」の歌題内でとらえた場合、二首ながら山吹を詠む歌とともに並んでいるという事実を、まったくの偶然とは処理しがたい。「立ちて思ひ……」と「春の野に……」の二首の引歌はともに、『古今六帖』の同じ歌題に並ぶ山吹を詠んだ歌のイメージをも同時に物語に導入させることによって、玉鬘と山吹とを照応させようという意識から引用されたのではないだろうか。

『古今六帖』の歌の引用場面で、同歌題に並ぶほかの歌の存在を利用し、物語叙述に奥行きを持たせて、より鮮やかなイメージを呼び起こそうとする類似の手法は、続く場面でも見られるのである。

一〇　「くちなし」の歌題への着目

冷泉帝の「言種」として、「裳」の歌題の歌「立ちて思ひ……」が引用された場面につづいて、物語は次のように語り進められる。

三月になりて、六条殿の御前の、藤、山吹のおもしろき夕ばえを見たまふにつけても、まづ見るかひありてゐたまへりし御さまのみおぼし出でらるれば、春の御前をうち捨てて、こなたにわたりて御覧ず。呉竹の籬に、わざとなう咲きかかりたるにほひ、いとおもしろし。「色に衣を」などのたまひて、

「思はずに井手の中道隔つとも言はでぞ恋ふる山吹の花

顔に見えつつ」などのたまふも、聞く人なし。かくさすがにもて離れたることは、このたびぞおぼしける。

（真木柱巻・二四四頁）

晩春の三月へと時節がかわる。六条院の庭で、今が盛りの山吹の花が夕日を受けて美しく輝くのを見るにつけても、源氏には玉鬘の美しい姿ばかりが思い出されてしまう。「思はずに……」という源氏の独詠歌の前と後に記された「色に衣を」「顔に見えつつ」という二つの引用句は、源氏のその慕情をひときわ強く響かせている。二つの引用句はともに、『古今六帖』の歌によるものであり、前者の「色に衣を」は、第五帖「くちなし」の歌題の歌の一句である。一方、後者の「顔に見えつつ」は、第六帖「かほとり」の歌題に見える「夕されば野辺に鳴てふかほとりのかほにみえつつ忘られなくに」（九四五）という歌の句が示されている。「くちなし」「かほとり」の歌題の歌が、「裳」の歌題の歌の引用場面につづく展開に引かれているという事実は、これら一連の玉鬘に関する物語叙述と『古今六帖』とが関わり合っていると推察するうえで、大きな要素となり得るだろう。「裳」と「すみれ」の歌題につづいて、「くちなし」の歌題の歌の引用にも注目できる点がある。次いで目を向けてみたい。

くちなし

①おもふとも恋ふともいはじくちなしの色にころもをそめてこそきめ（九八三）

そせい

②山ぶきの花色ごろもぬしやたれとへどこたへずくちなしにして　（九八四）

③くちなしの色にこころをそめしよりいはでこころにものをこそ思へ　（九八五）

「くちなし」の歌題は第五帖の「色」部にあり、歌題名は色彩の梔子色を示す。梔子色とは、梔子の果実で染めた赤みを帯びた黄色であり、この歌題の第二首目「山ぶきの……」の歌のように、和歌では山吹の花の色との結びつきで多く詠まれている。梔子はまた、「口なし（語らない、思いを口に出さない）」の意味を掛けて詠まれることがきわめて多く、[注16]先の真木柱巻の場面でも、「山吹↓梔子↓口なし」の連想から、「色に衣を」という引用句は、玉鬘への思いは口に出さずあきらめる他ない源氏の胸のうちを表わしているのである。[注17]

ところで、「色に衣を」という句の引歌として、現行の注釈書の多くは、「色に衣を」と詠む『古今六帖』「くちなし」の歌題第一首目の歌を挙げるが、『河海抄』をはじめとする古注釈書の多くは、『六帖』と出典を記して第三首目の歌を、

　くちなしの色に衣をそめしよりいはでこころにものをこそ思へ

と、第二句を「色に衣を」の本文で挙げている。特に、契沖の『源註拾遺』と真淵の『源氏物語新釈』の両者が、

・『源註拾遺』

今案、續古今に思ふともこふともいはしといふ哥も、口なしの色に衣をといふにおなしく六帖第五に有て、くちなしの色の哥なり[注18]

・『源氏物語新釈』

六帖に口なしの色に衣をそめしよりいはで心に物をこそおもへ[注19]

と、「色に衣を」という句でこの歌を記していることは軽視できないだろう。『古今六帖』の研究は契沖に始まるとも言え、真淵の『古今六帖』研究はそれに続くものとして重視されるものである。

現存の『古今六帖』諸本では、歌題第三首目の歌の第二句が「色に衣を」となっている例は見当たらないが、一首のなかに「心」という語が重複している現存本の本文には問題があるとも考えられるため、第一首目・第三首目の歌とともに、「色に衣を」となる『古今六帖』の本も存在したのであろうと推察されるのである。山吹の色の衣となれば、必ず「梔子」が連想されるのであり、当時の『古今六帖』もまた、第一首目と第三首目の二首ともに「色に衣を」という句であったならば、その句の引用は、第一首目と第三首目の歌どちらか一首の引用というよりも、「くちなし」のイメージを示すことがまず目指されているとも考えられるのである。

そこで、「裳」と「すみれ」の歌題に見える歌の引用の場合と同じく、「くちなし」の歌題でもまた、そこに見えるほかの歌にも目を向けてみると、「山吹の花のような色の衣に、持ち主は誰だと尋ねても答えはない」(歌題第二首目)と歌う一首がともに並んでいる。玉鬘は、源氏から玉鬘巻で山吹襲の着物を贈られたことがきっかけとなって、それ以後、山吹で表象されるようになったのである。「(くちなし)色の衣を」という句の引用から、ここでは源氏から贈られた山吹色の衣裳をまとった、かつての玉鬘の姿が呼び起こされていると考えられるのである。その場面に、持ち主のいない山吹色の衣裳に、無駄なこととは知りつつ問いかける「くちなし」の歌題第二首目の歌をともに思いあわせれば、髭黒と結婚して自分の手元を離れた玉鬘をひそかに偲ぶ源氏のわびしさは、いっそう強く伝わるのである。

叙述のありさまを見ても、源氏が玉鬘を偲ぶこの場面は、「藤、山吹のおもしろき夕ばえを見たまふにつけても」と語り出されており、玉鬘が山吹の花ともっとも強く重ねられた野分巻の、「八重山吹の咲き乱れたる盛りに、露かかれる夕ばえぞ、ふと思ひ出でらるる」（一三九頁）という叙述が意識されていることがわかる。「思はずに井手の中道隔つとも言はでぞ恋ふる山吹の花」という源氏の独詠歌では、山吹の名所の井手が詠みこまれ、玉鬘は直接「山吹の花」と表現されている。玉鬘は、突如として物語に再登場してきた玉鬘巻よりのち、比喩の変容はあるものの幾度も山吹と照らし合わされてきたが、この場面では、それら比喩の流れを受けて、山吹は源氏のわびしさを募らせる景物としてきわめて効果的に用いられ、六条院のヒロインであった頃の玉鬘のイメージを鮮明に浮かび上がらせる働きをしているのである。

つづく、源氏から玉鬘への「かりの子」の贈答場面でも、

かりの子のいと多かるを御覧じて、柑子、橘などやうにまぎらはして、わざとならずたてまつれたまふ。（真木柱巻・二四四―二四五頁）

と、かりの子を柑子や橘などのように取りつくろって贈ったとされており、柑子や橘の黄色の色彩感によって、山吹の花の梔子色のイメージをにわかに消し去らないようにとの配慮が見てとれるのである。

そして注目すべきは、この場面をもって、山吹と玉鬘との照らし合わせが終わるという事実である。玉鬘巻から見られた玉鬘と山吹との照応は、彼女が六条院の舞台を去った時点で終息するのである。「はなやかににぎはしきかたは、いとおもしろきものになむありける」（幻巻・一三七頁）と、華やかさが賞美される山吹との重ねあわせは、まさに六条院の華としての玉鬘の存在を彩るためのものであったと認識させられる。

二 山吹のイメージの再現

玉鬘と山吹との照らしあわせは、衣裳選びという源氏の行為がきっかけとなったため、その締め括りもまた、

源氏によってなされるよう意識されたのであろう。「色に衣を」という引用句から、『古今六帖』の「くちなし」の歌題に思い至れば、玉鬘と山吹の照応における初例と最後の場面とが、鮮やかに呼応しあう様子もまた見て取れるのである。しかし、冷泉帝が登場する先の場面で、あからさまに山吹が提示されれば、終息に向かって、わざわざ山吹の花が真っ盛りの晩春三月へと時節を移り変わらせる効果は薄れるだろう。つまり、「憎げなる古言なれど」という断り書きをともなう「立ちて思ひ居てもぞ思ふくれなゐの赤裳たれひきいにしすがたを」という引歌は、『古今六帖』「すみれ」の歌題の歌の引用とともに、あからさまな山吹の提示は控えながら、しかし、「裳」の歌題第二首目の「山ぶきの花色ごろも……」という歌によって、山吹のイメージを間接的に表わし、玉鬘を偲ぶ冷泉帝の思いを具象的なイメージとともに読み取らせる働きをしていると考えられるのである。山吹と玉鬘との照らし合わせが終わる過程として、これまでに与えられた山吹のイメージが叙述の中から自然に浮かび上がってくるのである。野分巻よりのち、ひとたび静まっていた山吹の花の面影を、真木柱巻の源氏が玉鬘を思い慕う場面において終息させるために再び盛り上げる際、前場面で先駆けとして間接的に山吹の花のイメージを浮かび上がらせることによって、なだらかに山吹のイメージの再現がなされていると考えられるのである。

二 『古今六帖』と物語との関係

以上のように、玉鬘の物語への『古今六帖』の関わりを検討してくると、歌の利用だけではなく、「むぐら」と「玉かづら」、「撫子」と「山吹」という歌題の連なりのように、『古今六帖』の歌題の流れと物語の展開とが関係していると考えられる形が一例として挙げられる。そして、「すみれ」「裳」「くちなし」の歌題と物語との関わりにおいては、明確に引用する一首のみならず、『古今六帖』の歌題内でその歌の前後に並ぶ歌をともに物語に導き入れて、より鮮やかで具象的なイメージを呼び起こそうとする引歌の方法が見て取れるのである。玉鬘の物語に限ってみても、『源氏物語』と『古今六帖』の関連のあり方の一端がうかがえるのである。

【注】

（1）「玉かづら」を詠んだ歌は、八代集の中に十二首見られ、そのうち九首は『古今集』と『後撰集』に見られるというように、「玉かづら」は平安初期に多く詠まれた歌材であることが分かる。それら初期の歌の中でも、

・『古今集』（巻第十五・恋歌五）

　　題しらず　　　　　　　　　　詠み人知らず

七六二　玉かづら今はたゆとや吹く風の音にも人のきこえざるらむ

・『後撰集』

（巻第五・秋上）

　　題しらず

二三四　玉鬘たえぬものからあらたまの年の渡はただひと夜のみ

（巻第十二・恋四）

　　逢ひ知りて侍ける人の、まれにのみ見えければ　　伊勢

八三三　日をへても影に見ゆるは玉かづらつらきながらもたえぬなりけり

（巻第十四・恋六）

　　男のまで来てすき事をのみしければ人やいかが

　見るらんとて

一〇〇一　くる事は常ならずとも玉かづらたのみはたえじと思ふ心あり

返し

一〇〇二　玉鬘たのめくる日のかずはあれどたえだえにてはかひなかりけり

など、「玉かづら」が、蔓草か髪飾りのいずれを意味するのか判断しがたい例は多くある。

（2）清水婦久子氏も、「『青やかなるかづら』に『白き花』の夕顔の『ゆかり』ならば、玉鬘巻における『玉かづら』にはつる草のイメージが重ねられていると考えなければならない。」と述べられる（「歌枕『玉かづら』と源氏物語」『源氏物語の風景と和歌』所収、和泉書院、一九九七年）。

（3）紫藤誠也「『古今和歌六帖』と『源氏物語』」（寺島直彦編『「源氏物語」とその受容』所収、右文書院、昭和五九年）

（4）　鴛鴦

乎《ヲ》之《シ》太《タ》加《カ》倍《ベ》。加《カ》毛《モ》佐《サ》戸《ヘ》木《キ》爲《ヰ》流《ル》。波《ハ》良《ラ》乃《ノ》伊《イ》介《ケ》能《ノ》也《ヤ》。太《タ》末《マ》毛《モ》波《ハ》末《マ》禰《ネ》那《ナ》加《カ》利《リ》曾《ソ》也《ヤ》。於《オ》比《ヒ》毛《モ》川《ツ》久《ク》加《ガ》爾《ニ》也《ヤ》。於《オ》比《ヒ》毛《モ》川《ツ》久《ク》加《ガ》仁《ニ》。

（『楽章類語鈔』「日本歌謡集成」巻二所収、東京堂出版、昭和三五年）

という風俗歌「鴛鴦」の大意は、「鴛鴦やたかべ、鴨までがやって来て遊ぶ原の池の、玉藻の根を切ってはいけない。その玉藻がどんどん成長していくように。」となろうが、この風俗歌が当該場面で引用される理由については、古注釈より疑問だとされてきたのである。『弄花抄』などは、

あつまのしらへをすかゝきて玉藻はなかりそ

和琴　五拍子にはすかゝき三ひやうしにはかたかきなと云事有云々玉もの哥此時えん有歟玉かつらをこふる時也　かりのこの事末に有其故歟　私後漢杜詩伝将師　和睦士卒皃藻言観悦如皃戯水藻（『弄花抄』）

と、物語で「鴛鴦」の引用場面のあとに記される、

かりの子のいと多かるを御覧じて、柑子、橘などやうにまぎらはして、わざとならずたてまつれたまふ。御文は、あまり人もぞ目立つるなどおぼして、すくよかに、……など、親めき書きたまひて、

（源氏）おなじ巣にかへりしかひの見えぬかないかなる人か手ににぎるらむ

などかさしもなど、心やましうなむ。（真木柱巻・二四四―二四五頁）

という、鳥の卵を添えて源氏が玉鬘に歌を贈る場面に呼応して引用されているかと推察している。次にあげる『細流抄』では、『弄花抄』で三条西実隆の増補と考えられる「私」の部分の説が見える。

たまもはなかりそ　此事ふとかき出したる不審也心あるへし心は只今ひきはなれても又かならすあふへきこゝろをふくめる歟　後漢杜詩伝将帥和睦士卒皃藻注言観悦如皃戯水藻とあり此心なるへき歟

と、風俗歌「鴛鴦」の引用は、『後漢書』（八十巻・第二十一巻）にある杜詩伝の「将帥和睦して士卒皃藻（喜び騒ぐこと）なり」という一節によっているかと考えられている。ただ、『玉の小櫛』は、「これをうたひ給ふ心、いかならん、さだかならず、細流の説かなはず」（『本居宣長全集』四、筑摩書房）と、「鴛鴦」の引用に疑問を示しながらも、『細流抄』の説には否定的である。また、ほかの見解では、

・風俗歌の「をし　たかべ　鴨さへ来居る　原の池のや　玉藻はま根な刈りそや　生ひも継ぐがに　や　生ひも継ぐがに」を根底としているが、源氏の心中は、次の歌のような意味である。古今六帖、第三、池「原の池に生ふる玉藻のかりそめに君をわが思ふ物ならなくに」。これも、風俗歌によって詠んだ歌である（『日本古典文学大系』岩波書店、『源氏物語三』補注一七〇）。

・この歌をここで謡うのは、意味があるのであろうか。なんの意味もなく謡うとは考えられないが、なんの意味があるのか、古注も困っている。山岸博士は、この風俗歌による『古今六帖』三、「池」の歌「原の池におふる玉藻のかりそめに君をわが思ふものならなくに」を思ってのこと、とされる。下の句「かりそめに君をわが思ふものならなくに」と言いたいのだ、とされるのだ。そういうことがあるとすれば、意味が通ってよろしい（玉上琢彌『源氏物語評釈』角川書店、昭和四一年）。

など、風俗歌「鴛鴦」を踏まえた、

原の池に生る玉藻のかりそめにきみを我おもふ物ならなくに（『古今六帖』第三帖・池・一二二一）

という、古歌を念頭に置いての引用であるとも考えられている。

たしかに、「ほんの仮りそめに、あなたを思っているのではない」と、強い恋情を詠む『古今六帖』の歌が間接的に響いていると考えるならば、源氏が玉鬘を偲ぶ場面で「鴛鴦」が謡われる理由も理解できるが、それは、や

や深読みに過ぎる感は否定できないだろう。

これら様々な解釈がなされてきたのも、当該場面における「鴛鴦」の引用が理解しがたいためであろう。しかし、物語本文に「『玉藻はな刈りそ』と、歌ひすさびたまふも」と、「玉藻はな刈りそ」という歌句が明記されている点に注目するならば、玉鬘を「玉藻」になぞらえて、彼女を髭黒に取られたくはなかった（取ってはいけない）という源氏の心情が表現されているとも解釈できよう。そして、物語本文に引用される風俗歌「鴛鴦」の、「たまもはなかりそ」という句に続く「おひもつぐがに（ますます成長していくように）」という句には、髭黒に玉鬘を奪われなかったならば、玉鬘と自分との関係はより深くなっていっただろうに、という源氏の未練の思いが込められていると解釈される。玉鬘の宮仕えは、彼女への懸想を世間に察せられないための表向きのことであるという、藤袴巻にさらけ出された「げに宮仕への筋にて、けざやかなるまじくまぎれたるおぼえを、かしこくも思ひ寄りたまひけるかなと、むくつけくおぼさる。」（藤袴巻・一九三頁）という、源氏の真情の再度の表出と理解できるのである。

（5）「憎げなる古言なれど」という本文に異文はない。

（6）物語本文に示されている引用句との対応から、当該歌の訓は西本願寺本の訓を記した。

（7）たとえば、冷泉帝の歌に対する語り手の評し方を参照しても、

（冷泉帝）九重に霞隔てば梅の花ただかばかりも匂ひ来じとや

異なることとなきことなれども、御ありさまけはひを見たてまつるほどは、をかしくもやありけむ。（真木柱巻・三三九頁）

というように、「異なることなきことなれども（月並みな詠みではあるが）」と歌に対して難点が述べられた場合には、「帝のお姿やご様子を拝しながらうかがう時は赴き深かっただろうか」という後述がされ、不可のないように処理されているのである。このような用例を考え合わせても、真木柱巻の当該叙述は、やはり特異な例と言えるのである。

（8）稲岡耕二『萬葉集全注』（有斐閣）十一巻・四二五頁。

（9）伊藤博『萬葉集釈注』（集英社）六巻・二一七頁。

（10）「憎げなる古言なれど」の「にくげなり」という語は、『源氏物語』では真木柱巻の当該例以外に十五例見いだせる。それらの用例を検討すると、十五例中、九例が、夫婦関係あるいは恋愛関係にある男女の嫉妬の感情から発する言動や、皮肉めいた態度などを評する言葉として用いられている。例えば、

㋐かかる空にふり出でむも、人目いとほしう、この（北の方の）御けしきも、憎げにふすべ恨みなどしたまはば、なかなかことづけて、われもむかへ火つくりてあるべきを、いとおいらかに、つれなうもてなしたまへるさまの、いと心苦しければ、（髭黒は）いかにせむと思ひ乱れつつ、格子などもさながら、端近うちながめてゐたまへり。（真木柱巻・二二五―二二六頁）

㋑心のうちにも、かく空より出で来にたるやうなることにて、のがれたまひがたきを、憎げにも聞こえなさじ、わが心に憚りたまひ、いさむることに従ひたまふべき、おのがどちの心よりおこれる懸想にもあらず、せかるべきかたなきものから、……（若菜上巻・四五頁）

㋐例で「にくげなり」は、玉鬘との関係をとがめない北の方に対して、いっそ嫉妬でもしてくれたらという髭黒の心情を述べる際に用いられている。夫とほかの女性との関係を嫉妬したり恨んだりする妻の振る舞いが、「にくげなり」という語で評されているのである。また㋑例は、朱雀院のたっての依頼により源氏が女三の宮を六条院に迎えるに際して、源氏が「にくげなり」と感じる恨み事は言うまいと思う紫の上の心情である。辞書類において、「にくげなり」という語は、「『にくげ』が憎悪の意を含む例はむしろ少なく、審美的感情としての、好ましくない意が基盤となる点に中古の時代性がみられる」（『古語大辞典』小学館・担当―原田芳起）と説明されているが、愛情で結ばれた男女間での使用例が多いという『源氏物語』中の用例を概観しても、「にくげなり」は決して対象を拒絶するような感情ではなく、対象に困惑する心持ちを表現している言葉と理解されるのである。

ほかでは、自ら召人と名乗る兵部卿の宮の女房に対する源氏の感情を表す例（胡蝶巻・四六頁）や、人の容姿を対象とする例（帚木巻・五二頁、総角巻・六四頁、宿木巻・二四九頁、東屋巻・二八八頁）、そして、手紙の言葉を評する際に一例（若菜上巻・一一一頁）用いられている。その若菜上巻の、手紙の言葉の評価例とは、明石

の女御が祖父である明石の入道の手紙を目にし、いたく感動する場面であり、「にくげなり」が、親愛の情を覚える対象に用いられている点は注意してよいだろう。このような用例からも、「にくげなり」という語は、対象を全面的に否定するような語ではなく、自身の好みに合わない違和感を表わす言葉と理解されるのである。

真木柱巻の当該例における「にくげなり」も、「立ちて思ひ……」という冷泉帝が引用する歌を全面的に否定しているのではなく、宮中を退出したおりの玉鬘の姿を偲ぶ歌としてはふさわしいと言えるものの、若く美しい冷泉帝が日々口ずさむには古臭くて似合わないという、語り手の違和感が表現されていると考えられるのである。

(11)「はず色」は「はねず色」と同じ意味であり、『古今六帖』の諸本の内では版本が「はねず色」とする。また、この歌は『万葉集』(巻十一・二七八六)を出典とする歌であるが、『校本萬葉集』によれば古点本の嘉暦伝承本が、「翼酢色」を「はすいろ」と訓読していることが知れる。

(12) この場面の山吹は衣裳の色目である。しかし、幻巻に源氏が山吹の花を評した一節が見え、

「対の前の山吹こそ、なほ世に見えぬ花のさまなれ。房の大きさなどよ。品高うなどはおきてざりける花にやあらむ、はなやかににぎははしきかたは、いとおもしろきものになむありける。……」(幻巻・一三七頁)

という叙述を、「内の大臣の、はなやかに、あなきよげとは見えながら、なまめかしう見えたるかたのまじらぬに似たるなめり」という、山吹襲から連想される玉鬘の容姿の描写に照らしてみると、すでにこの場面で玉鬘は、山吹の花の形象に重ねて描かれていると言えるのである。

(13)『源氏物語』の「女」という呼称に関して、森一郎氏は、「『女君』あるいは『姫君』などと呼ばれている人が『女』と呼ばれる場面は、男女の官能ないしは女心、生身の女のきざまれる場面である。」と述べられる(『源氏物語生成論』世界思想社、一九八六年、四一頁)。

(14) 竹田誠子「行幸巻の大原野行幸―その設定と物語的意義―」(『国学院大学日本文学論究』第四四、昭和六〇年一月)

(15) 図書寮叢刊『古今和歌六帖』の「すみれ」の歌題には四首並ぶが、第四首目の「春日野にけぶりたつみゆおとめごし春ののをはぎ摘みてくるらし」は、すみれの歌ではなく「をはぎ」と歌題を改められるべき一首である。『古

今六帖』の歌題目録には、「すみれ」に次いで「をはぎ」の歌題が見える。
(16)「梔子」を詠む歌は八代集の中に八首見られ、その内七首が「口なし」を掛けて詠まれている。
(17)源氏の玉鬘への恋心が、「くちなし（口に出さない思い）」を裏に込めて表現されていると考えられる例は、先立つ野分巻にも見られる。

（玉鬘）吹き乱る風のけしきに女郎花しをれぬべきここちこそすれ

（夕霧には）くはしくも聞こえぬに、うち誦じたまふをほの聞くに、憎きもののをかしければ、なほ見果てまほしけれど、近かりけりと見えたてまつらじと思ひて、立ち去りぬ。御返り、

（源氏）「した露になびかましかば女郎花荒き風にはしをれざらまし

なよ竹を見たまへかし」など、ひが耳にやありけむ、聞きよくもあらずぞ。（野分巻・一三九―一四〇頁）

ここで、玉鬘は自身を「女郎花」に譬えているが、『源氏物語』で女郎花を詠む歌は十一首見られ、それらの女郎花の詠まれ方を調べると、次のようになっている。

㋐女郎花しをるる野辺をいづことて一夜ばかりの宿を借りけむ（夕霧巻・三九頁）
㋑女郎花咲けるおほ野をふせぎつつ心せばくやしめを結ふらむ（総角巻・四六頁）
㋒あだし野の風になびくな女郎花われしめ結はむ道遠くとも（手習巻・二〇四頁）

㋐例は、一条の御息所が落葉の宮のもとへ夕霧の訪れがないのを責めた歌であり、女郎花は、小野の山荘にいる落葉の宮をたとえて詠まれている。㋑例では、宇治の山荘にいる八の宮の二人の姫君が女郎花になぞらえられており、㋒例では、小野の山荘にいる浮舟が女郎花にたとえられている。宇治はもとより、小野もまた、「里遠み小野の篠原わけて来てわれもしかこそ声も惜しまね」（夕霧巻・六二―六三頁）などと歌われる山里である。このように、『源氏物語』における女郎花は、山里にいる女性をたとえて多く詠まれているが、女郎花は山野に自生する花であるため、「野辺の女性」に見立てて詠む類似の例は、『古今集』などにも複数見られる。玉鬘が自身を女郎花に譬えているのは、筑紫という鄙で育った身の上を卑下する気持ちの表われだと考えられる。しかし、源氏の返歌における女郎花には、別の意味が込められていると考えられるのである。『古今集』（巻第四・秋歌上・二

二六）の、「名にめでて折れるばかりぞ女郎花我おちにきと人にかたるな」という僧正遍昭の歌の影響と、花の梔子色の色彩からか、女郎花は山吹に次いで「くちなし（口に出さない思い）」との詠み合わせが注意される景物なのである。次に平安時代の例を示す。

・くちなしの色をぞたのむ女郎花はなにめでつと人にかたるな（『拾遺集』巻第三・秋・一五八・藤原実頼）

・咲きにけりくちなし色の女郎花いはねどしるし秋のけしきは（『金葉集（二度本）』巻第三・秋部・一六九・源縁法師）

・くちなしの色ににほへる女郎花いはで思ふはおとるとぞきく（「宰相中将君達春秋歌合」〔応和三年七月二日〕春・二三）

源氏は、玉鬘に対する返歌の「した露」という語に、〈ひそかに玉鬘を慕う思い〉をこめて、さらに女郎花に「くちなし（口なし）」の意味を重ねて、あからさまに口にできない玉鬘への密かな思いを歌っていると考えられるのである。

(18)『源註拾遺』は、久松潜一校訂『契沖全集』（岩波書店、昭和四九年）所収の本文によった。

(19)『源氏物語新釈』は、国学院編輯部編『賀茂真淵全集』（吉川弘文館、昭和三九年）所収の本文によった。

第四章　「東路の道の果てなる……」の引歌に関して

一　藤袴巻の玉鬘求婚譚

藤袴巻には、祖母大宮の喪に服している玉鬘のもとを夕霧がたずね、藤袴の花にこと寄せて彼女を慕う胸の内をもらす場面が、玉鬘求婚譚の一端として描かれている。夕霧は、源氏の使いとして赴いたのだが、玉鬘はじつは内大臣の娘であり、夕霧にとっては姉ではなく従姉であるという真相がすでに判明している今、好機と思い彼女に胸の内を打ち明けたのである。

かかるついでにとや思ひ寄りけむ、蘭の花のいとおもしろきを持たまへりけるを、御簾のつまよりさし入れて、「これも御覧ずべきゆゑはありけり」とて、とみにもゆるさで持たまへれば、うつたへに思ひも寄らで取りたまふ御袖を、引き動かしたり。

（夕霧）同じ野の露にやつるる藤袴あはれはかけよかことばかりも

「道の果てなる」とかや。いと心づきなくうたてなりぬれど、見知らぬさまに、やをら引き入りて、

（玉鬘）「尋ぬるにはるけき野辺の露ならば薄紫やかことならまし

かやうにて聞こゆるより、深きゆゑはいかが」とのたまへば、……（藤袴巻・一八七―一八八頁、当箇所の句読点は一部私に改めた）

この場面には、夕霧の歌の第五句「かことばかりも」と、それに続く「道の果てなる」という句によって、東路の道の果てなる常陸帯のかことばかりもあひみてしがな[注1]

という一首が明確に引用されている。

本章では、ここに引用される「東路の……」の歌に注目し、その引用の意義などの検討を通して、当該場面を深く読みとることを目指したい。また、「東路の……」の歌は『源氏物語』中にもう一例、竹河巻にも明らかな形で引用されているのだが、その再度の引用についても考えてみたい。

二 「『道の果てなる』とかや」の主体について

『源氏物語大成』（中央公論社）所収の諸本では、本文の「かことばかりも」と「『道の果てなる』とかや」の部分に異文はない。[注2] ただ、後者の「『道の果てなる』とかや」という叙述についての理解は、古くから一定しておらず、検討する必要がある。

まず、次に示す三例のように、現行の注釈書はほぼ一致して、「『道の果てなる』とかや」を玉鬘の心内語であると解釈している。

・「新潮日本古典集成」

さては、夕霧は自分に思いを寄せていたのかと、（玉鬘は）とても不愉快でいやな感じがしたが。（一八八頁・頭注一）

・「新日本古典文学大系」

（夕霧の歌は）「道のはてなる」の（古歌にいう、逢いたいという）つもりなのかと、（玉鬘は）たいそう不愉快でいやになったが。（九四頁・脚注二）

・「新編日本古典文学全集」

さては、「道のはてなる」の申し訳程度の逢瀬をも、のおつもりなのかしらと、じっさい厭わしく気味悪い心地になられるけれど、（三三二頁・該当口語訳）

「『道の果てなる』とかや」を玉鬘の心内語と理解した場合、それに続く「いと心づきなくうたて」という彼女の不快な感情は、夕霧の歌の「かことばかりも」という句から、「東路の……」の歌を思い起こしたことによって生じたと理解される。そのため、この場面の玉鬘の感情の対象は、夕霧の詠みかけた歌であるとのみ考えられて、彼女は、夕霧の自分に対する恋心を「東路の……」の歌から察して不愉快になったのだ、という解釈がもっぱらなされてきた。[注3]

しかし、この場面で夕霧は、藤袴の花を御簾のつまから差し入れた折に、「うつたへに思ひも寄らで取りたまふ御袖を、引き動かしたり」と、玉鬘の着物の袖を取るという振る舞いをしているのである。「うつたへに思ひも寄らで（一向に気づきもせず）」と記されているように、夕霧がそのような行動をとるとは、玉鬘にはまったく思いがけず、「やをら引き入りて」と、部屋の奥に引き込んでしまう彼女の行動は、この夕霧の振る舞いに反応したものであると考えられる。玉鬘が不快な感情を抱いた理由として、彼女の着物に手を掛けたという夕霧の行為は無視できないだろう。

なにより、夕霧の歌の後、「『道の果てなる』とかや」というわずかな玉鬘の心内語が挿みこまれ、すぐに「いと心づきなく……」という地の文が綴られるという文脈では、叙述主体の移り変わりがあまりに目まぐるしいと言えるだろう。さらに、実の弟である柏木から恋心をほのめかされた時にも不愉快な感情を示していない玉鬘が、夕霧の場合にかぎっては、恋心を訴えた歌のみによって、「いと心づきなくうたて」という強い不快感を抱いたとする解釈もまた、不自然と言えるのである。

このような点から、「『道のはてなる』とかや」という部分を玉鬘の心内語と解釈して、夕霧の詠みかけた恋歌のみが玉鬘の不快な感情を生じさせた、とする物語本文の読み方には疑問を覚えるのである。

そこで、古注釈を参照してみると、『一葉抄』（室町後期成立か）は、「道の果てなる」という引用句に対して、

　みちのはてなる　ひたち帯のかことハかりもあはむとそ思といふ哥の心ハおもてハ誓によせて下ハすこしもあはんと也夕霧もあはんといふ心にの給ふ也

と記し、歌に続けて「道の果てなる」という句もまた、夕霧が述べた言葉であるとする。ほかでは、『弄花抄』『孟津抄』が、これと同様の注を記している。[注4]

『一葉抄』などが解釈するように、「道の果てなる」を夕霧の発言とすれば、引歌の一句をそえて歌が詠まれていることになる。物語中、そのような例は幾例も見られ、決して特異な形式ではない。また、それらの例を一覧すると、次に示すようにほとんど全ての用例において、歌に続く句は歌を詠んだ本人によって添えられていることが分かるのである。物語本文と、引用の歌をあわせて示す。

・（源氏）「見し夢をあふ夜ありやと嘆くまに目さへあはでぞころも経にける
　寝る夜なければ」など、目も及ばぬ御書きざまも、（帚木巻・九五頁）
〈恋しきを何につけてか慰めむ夢だに見えず寝る夜なければ〉（『拾遺集』巻第十二・恋二・七三五・源順）

・（源氏）「いはけなき鶴の一声聞きしより葦間になづむ舟ぞえならぬ
同じ人にや」と、ことさらをさなく書きなしたまへるも、（若紫巻・二二〇頁）
〈堀江漕ぐ棚なし小舟漕ぎ返り同じ人にや恋ひわたりなむ〉（『古今集』巻十四・恋四・七三二・詠人不知）
・（夕霧）「あめにますとよをかびめの宮人もわが心ざすしめを忘るな
みづがきの」とのたまふぞ、うちつけなりける。（少女巻・二五八頁）
〈をとめごが袖ふる山の瑞垣の久しき世より思ひそめてき〉（『拾遺集』巻第十九・雑恋・一二一〇・柿本人丸）
・（右近）「ふたもとの杉のたちどを尋ねずは古川のべに君を見ましや
うれしき瀬にも」と聞こゆ。（玉鬘巻・三〇八―三〇九頁）
〈祈りつつたのみぞわたる初瀬川うれしきせにもながれあふやと〉（『古今六帖』第三帖・川・一一九）
『弄花抄』などが、「道の果てなる」という引用句は、夕霧が歌に続けて述べた句であると考える理由は、『源氏物語』中の類似の用例においてはほとんど、歌とそれに続く引用句の発話主体が同じであるためと考えられる。[注5]

ところが、『休聞抄』『紹巴抄』には、
・『休聞抄』みちのはてなると　　東路の道のはてなる双也
・『紹巴抄』みちのはてなるとかや　　双也[注6]
と記されていて、先だつ『一葉抄』などの説は受け継がれず、「双」すなわち草子地であるとの見解が示されているのである。[注7]

このように、「『道のはてなる』とかや」という叙述は、近年では玉鬘の心内語であるとの解釈が支持されているが、古くには、夕霧の発言、または草子地とする解釈もなされてきており、この部分の叙述の主体が誰であるかという捉え方は、必ずしも一定していないのである。藤袴巻の当該場面を考察するに際して、まずこの点について検討しておきたい。

たしかに、「『道のはてなる』とかや」という短い言葉ゆえに、その叙述主体の分かり難さは否定できない。しかし、先述したように、玉鬘の不愉快な感情の対象として、彼女の着物に手を掛けたという夕霧の行為が見落とされてしまうなどの不都合さから、これを玉鬘の心内語とすることには疑問を抱くのである。そこで、

「同じ野の露にやつるる藤袴あはれはかけよかことばかりも

道の果てなるとかや」いと心づきなくうたてなりぬれど、

というように、「道のはてなるとかや」を、夕霧が述べる言葉と想定してみると、その場合には、「東路の……」の歌の句が二句引用されるというくどさもさることながら、[注8]主語がはっきりとは示されずに、にわかに「いと心づきなくうたて」という玉鬘の心情が続いて語られる文脈となり、主語の移り変わりが唐突であるという難点があるだろう。なにより、「とかや」までが夕霧の発言という意識で書かれているならば、引用形式を踏まえる「とかや」という語で発言が終えられる不明瞭な文脈ではなく、「『……とかや』との給ふ。」など、明確にそれと分かるように記されているだろうと考えられるのである。また、

「同じ野の露にやつるる藤袴あはれはかけよかことばかりも

道の果てなる」とかや、いと心づきなくうたてなりぬれど、

と、「道の果てなる」までを夕霧の発言としても、和歌の引用句に「とかや」という語がつづく『源氏物語』中の他の三例を参照すると、

・「篝火にたちそふ恋の煙こそ世には絶えせぬ炎なりけれ
いつまでとかや、ふすぶるならでも、苦しき下燃えなりけり」と聞こえたまふ。（篝火巻・一一七頁）
〈夏なればやどにふすぶるかやり火のいつまでわが身した燃えをせむ〉（『古今集』巻第十一・恋歌一・五〇〇・詠人不知）
・「をかしの人の御匂ひや。折りつれば、とかやいふやうに、うぐひすも尋ね来ぬべかめり」など、わづらはしがる若き人もあり。（宿木巻・二五〇頁）
〈折りつれば袖こそにほへ梅の花有りとやここにうぐひすの鳴く〉（『古今集』巻第一・春歌上・三二・詠人不知）
・「みそぎ河瀬々にいださむなでものを身に添ふ影とたれかたのまむ
引く手あまたに、とかや。いとほしくぞはべるや」とのたまへば、（東屋巻・三〇二頁）
〈おほぬさのひくてあまたになりぬれば思へどえこそたのまざりけれ〉（『古今集』巻第十四・恋歌四・七〇六・詠人不知）

というように、すべての用例で引用句と「とかや」は同じ主体となっているため、藤袴巻の例においても、「とかや」は夕霧の発言を受ける語ではなく、「道の果てなる」と同じ発話主体による言葉であろうと考えられるのである。[注9]

これらの点を考え合わせるならば、「『道の果てなる』とかや」は、『休聞抄』などが解釈するように、物語の語り手による言葉、すなわち草子地とのとらえ方が最も適すると考えられる。[注10] そして、「『道の果てなる』とかや」を草子地とした場合には、夕霧の歌の「かことばかりも」という句のみでは、読者が「東路の……」の歌に思い至らないことを危惧して、記された言葉であると理解されるのである。[注11]

三　藤袴巻の「東路の……」の引歌の意義

ところで、藤袴巻の当該場面に「東路の……」の歌が引用された理由としては、この歌が「逢いたい」という恋心を詠んでいること以上の理由は、これまで特に考えられてこなかった。しかし、夕霧の歌の「かことばかりも」という句に、さらに、語り手の立場から「『道の果てなる』とかや」という説明を加えてまで、この場面で「東路の……」の歌が強調されている事実は、今少し注意されてよいだろう。そこで続いて、この歌が、あえて玉鬘に関連する場面に引用された意味について検討してみたい。

玉鬘は、母夕顔の行方が知れなくなったため、幼いときに乳母一家とともに筑紫へ下り、十数年にわたって、筑紫という京から遠く隔たった地で成長している。そのため、玉鬘が源氏の六条院に引き取られる際には、

・（右近）「……さりとも姫君をば、かのありし夕顔の五条にぞとどめたてまつりたまへらむとぞ思ひし。あないみじや、田舎人にておはしまさましよ」（玉鬘巻・三〇八頁）

・容貌はいとかくめでたくきよげながら、田舎び、こちごちしうおはせましかば、いかに玉の瑕ならまし、いで、あはれ、いかでかく生ひ出でたまひけむ、と、（右近は）おとどをうれしく思ふ。（玉鬘巻・三〇九頁）

・（源氏）「さる山がつのなかに年経たれば、いかにいとほしげならむとあなづりしを、かへりて心はづかしきまでなむ見ゆる。……」（玉鬘巻・三二二頁）

などと、玉鬘が田舎じみていないかという点が、源氏や、かつて夕顔の女房であった右近の大きな関心事として語られている。右近が、玉鬘の消息を源氏に伝える場面では、

（源氏）「げに、あはれなりけることかな。年ごろはいづくにか」とのたまへば、ありのままには聞こえにく

くて、（右近）「あやしき山里になむ。昔人もかたへはかはらではべりければ、その世の物語し出ではべりて、堪へがたく思ひたまへられし」など聞こえゐたり。（玉鬘巻・三一三頁）

と、玉鬘の今までの居場所をたずねる源氏に対して、右近は「あやしき山里」とのみ伝え、筑紫という地名を明らかにしないが、これは「ありのままには聞こえにくくて（ありのままには申し上げにくいために）」と断わられているように、筑紫のような京から遠く離れた土地で育ったことは、玉鬘の経歴上の大きな欠点であるために、ことさら明確には述べないのである。

夕顔巻よりのち、玉鬘が物語に再び登場してきた玉鬘巻は、玉鬘の生い立ちが大きな話題となるところから、田舎じみている状態を表わす「田舎ぶ」という言葉の用例数は、『源氏物語』の中で目立って多く、玉鬘自身も源氏への返歌をしたためる際には、「いとこよなく田舎びたらむものを、とはづかしくおぼひたり。」（玉鬘巻・三一六頁）などと、地方で育った生い立ちから、負い目をいだく様子が語られているのである。

このような点をあわせて考えるならば、女性を恋い慕う多くの歌の中から、特に「道の果てなる」と歌う京から遠く離れた地方にまつわる一首が、玉鬘に関わる場面に引用されている理由を、単にこの歌が「逢いたい」という恋心を歌う一点のみとは考えがたいのである。

そこで、夕霧に対する玉鬘の返歌が、「尋ぬるにはるけき野辺の露ならば」と歌い出されている点に注目したい。次に、玉鬘の歌を解説している古注釈の三例をあげる。

・『花鳥余情』

今案はるけき野へとは武蔵野をいへり歌の心は玉かつらの君夕霧と連枝のゆかりなくてはるけき野へならはむらさきのうすきゆかりをかこち侍るへきにはるけき中にてもなきほとにかこつへき事はよも侍らしと玉か

つらの君のいひのかれたる歌の心はせ也おもてのことをかくしてうらをいへる哥なり下の詞にかやうにてきこゆるよりふかきゆへはいかゝといへるにてうたの心はきこえ侍るなり

・『弄花抄』

此哥の心は玉鬘と夕霧とよく尋ぬれは兄弟ならす故にはるけきといへりうす紫とは実にはいとこにてそ有へき也とをきゆかりなれは薄紫とよめり哥の心たくみ也

・『玉の小櫛』

初句は、我身の本を尋ぬるに也、二三の句は、我もし實は内大臣の子にて、源氏君の御子にあらずは、といふ意也、さるはみづからも、もとよりしり給へることなれども、此度はじめて聞てしりたるやうに、おぼめきて、ならばとよめる、……[注12]

玉鬘の歌の解釈は古くから一様ではなく、「はるけき野辺の露ならば」という上の句をいかにとらえるか、という点に違いが見られる。『花鳥余情』は、夕霧とは「はるけき中」、つまり全くの他人であることを言うととらえ、『弄花抄』は遠縁、すなわち従姉弟の関係を意味するとする。そして『玉の小櫛』は、夕霧と姉弟でないことを、はぐらかす言葉であると解釈している。現行の注釈書は、おおよそ、これら三種のいずれかに基づいて彼女の歌を解釈している。

しかし、玉鬘が上の句で歌う「はるけき野辺」とは、「東路の……」の歌にある「道の果てなる」という句を玉鬘が強く意識し、それに敏感に反応した言葉とも考えられよう。そもそも、「『道の果てなる』とかや」という叙述が記された理由として、「同じ野の露にやつるる」と夕霧が詠む歌に、「はるけき野辺の露ならば」と玉鬘が返す両者の唱和を理解しやすくする役割とともに、読み手の記憶に作用して、田舎で育った玉鬘の生い立ちを、読者に思い起こさせるという効果も注目できるのである。すると、玉鬘の生い立ちに思い至らせた後に記される彼女の歌は、「尋ねるのに『道の果て』ほど、京から遠く隔たった田舎育ちの者と私のことをおっしゃるならば」と、自身の身の上を自嘲的にほのめかす表現とも解釈できるのである。はかなさを象徴する「露」には、頼る者のいない自身の心細い境遇を響かせていると理解される。

玉鬘の歌は、表面的には夕霧の恋心を拒む歌となろうが、彼女は夕霧の歌を地方で育った自身の身の上を暗に言ったものととらえ、不快感を表わしているとも読めるのである。その感情が、「いと心づきなくうたて」という叙述のみならず、玉鬘の返歌にも表現されていると考えられる。[注13]

このように、引歌によって夕霧が思いがけなく玉鬘の心情を傷つけていると推察される例は、この一例かぎりではない。次に示すのは、玉鬘との和歌の唱和につづいて、彼女に自身の胸のうちを訴える夕霧の言葉である。

「浅きも深きも、おぼし分くかたははべりなむと思ひたまふる。まめやかには、いとかたじけなき筋を思ひ知りながら、えしづめはべらぬ心のうちを、いかでかしろしめさるべき。なかなかおぼしうとまむがわびしさに、いみじく籠めはべるを、今はた同じと思ひたまへわびてなむ。頭の中将のけしきは御覧じ知りきや。人の上になど思ひはべりけむ。……」など、こまかに聞こえ知らせたまふこと多かれど、かたはらいたければ書かぬなり。（藤袴巻・一八八―一八九頁）

ここで夕霧は、「今はた同じと思ひたまへわびてなむ」の部分に、

事いできてのちに、京極御息所につかはしける　　もとよしのみこ

わびぬれば今はたおなじなにはなる身を尽くしてもあはんとぞ思ふ（『後撰集』巻第十三・恋五・九六〇）

という元良親王の「身を尽くしても逢いたい」と、女性を激しく恋い慕う歌を引用して、先に「東路の……」の

歌を用いて表現した「逢いたい」という玉鬘への抑えかねる思いを、より感情を高ぶらせてくり返し訴えている。ここで夕霧が引用する元良親王の歌は、難波潟の澪標によせて恋心を詠んでいるが、この難波潟、つまり淀川尻は、大夫監の追跡を恐れて上京して来た玉鬘にとっては、ようやく少し生き返った気持ちになった感慨深い場所として、玉鬘巻に次のように語られていたのである。

「海賊の船にやあらむ、小さき船の、飛ぶやうにて来る」など言ふ者あり。海賊のひたぶるならむよりも、かの恐ろしき人の追ひ来るにやと思ふに、せむかたなし。

（乳母）憂きことに胸のみ騒ぐ響きには響きの灘もさはらざりけり

「川尻といふ所、近づきぬ」と言ふにぞ、すこし生き出づるここちする。例の船子ども、「韓泊より、川尻おすほどは」と歌ふ声の情なきも、あはれに聞こゆ。（玉鬘巻・二九四頁）

夕霧は玉鬘の生いたちを詳しくは知らないが、「東路の……」の歌の引用につづき、「今はた同じ……」という彼の発言には図らずもまた、玉鬘に過去のつらい経験を思い出させる響きが含まれているのである。いつまでも続く玉鬘に対する夕霧の発言は、「こまかに聞こえ知らせたまふこと多かれど、かたはらいたければ書かぬなり」と中断されているが、「かたはらいたし」という言葉によって、玉鬘の気持ちを傷つける夕霧の発言に、気を揉む語り手の心が表現されているとも考えられる。[注14]

「あひみてしがな」や「あはむとぞ思ふ」という句によって、愛しい人に逢いたいという思いを詠む歌は数多くある中から、「道の果てなる」という言葉を詠む歌と、川尻（難波潟）に触れる歌が、あえて玉鬘に対する贈歌・発言に取り合わされていることは、たしかに意図的であると言えるだろう。「東路の……」の歌と元良親王の歌、これら二首の引用には、玉鬘に不愉快な感情を抱かせるという共通の役割が認められるのである。

四　夕霧と柏木との照応

さらに加えて、藤袴巻では当該場面のすぐ後に、柏木による玉鬘訪問の場面が描かれている点が注目できる。夕霧と柏木の二人は、物語中、絶えず照らし合わされて描かれている人物であるが、藤袴巻における二人の玉鬘訪問の両場面でもまた、弟から懸想人の立場へと変化する夕霧の姿と、それとは逆に、懸想人から弟へと転じる柏木の姿は、玉鬘との和歌の唱和を中心に対照的に語られている。玉鬘訪問の理由は、二人とも父親の使いとして描かれ、対応させられている。

（柏木）「妹背山ふかき道をば尋ねずて緒絶の橋にふみまどひけるよ」と恨むるも、人やりならず。

（玉鬘）まどひける道をば知らで妹背山たどたどしくぞ誰もふみ見し（藤袴巻・一九六頁）

ここで柏木は、「妹背山」と「緒絶の橋」という二つの歌枕を用いて玉鬘に歌を詠みかけているが、その「緒絶の橋」とは、

　　また同じところにむすびつけさせ侍ける　　左京大夫道雅

みちのくの緒絶の橋やこれならんふみみふまずみ心まどはす（『後拾遺集』第十三・恋三・七五一）

と、藤原道雅によって「みちのくの緒絶の橋」と歌われる陸奥の国の歌枕である。夕霧と玉鬘のやり取りの場面に引用される歌は、「東路の道の果てなる常陸帯の……」と常陸の国にまつわるものであった。「緒絶の橋」は、その常陸と同じく東国の陸奥の国の歌枕であり、「緒」も「帯」と同類の物なのである。このような「緒絶の橋」という歌枕を詠む柏木の歌もまた、先の場面で記された夕霧の歌との対応が意識されていると考えられる。

歌枕「緒絶の橋」を詠んだ歌は、確認が可能なところでは平安中期から見え始める。しかし、平安時代においては、まだこの歌枕を詠む歌は多くは見いだせず、『源氏物語』の柏木の歌のほかでは藤原道雅の歌と、

・『狭衣物語』

一六〇　口惜しや緒絶の橋はふみ見ねど雲井に通ふあとぞひまなき

・『高倉院昇霞記』

一二八　しらかはの　せきのあなたに　ふみみてし　をだえのはしを　わたつうみの　……（長歌）

の二首が見られるばかりである。しかも、『源氏物語』と同じ時代に詠まれた例となると、『後拾遺集』に採られた道雅の一首が確認できるのみという状況である。

歌枕「緒絶の橋」については、奥村恒哉氏と佐々木忠慧氏の先行研究があり、佐々木氏はこの歌枕について、

・「緒絶えの橋」は道雅によって初めて詠われたものではなく、既に「緒絶えの橋」という歌枕はかなり一般化していたらしい。

・道雅の「緒絶えの橋」の詠作は長和五（一〇一六）年であるから、この頃には『源氏物語』は完成していたとみられ、このゆえに、「緒絶えの橋」の文献初出は『源氏物語』においてであったといえるのである。

との見解を述べられている。注15　たしかに、道雅の「緒絶の橋やこれならん（緒絶の橋とはこれのことだろうか）」という詠み方からは、佐々木氏が指摘するように、当時「緒絶の橋」という歌枕は、すでに人々の聞き及ぶものであった状況がうかがえる。しかし一方、「これならん（これだろうか）」という推量の表現からは、「緒絶の橋」が歌枕としてまだ手探りの未発達である状況もうかがえ、この頃、歌枕としての模索・構築が始まった段階も見てとれるのである。

奥村氏は、「緒絶の橋」は『万葉集』（巻第十六・有由縁雑歌）に載録される、

贈歌一首

三八一四　真珠者《しらたまは》　緒絶為尓伎登《をだえしにきと》　聞之故尓《ききしゆゑに》　其緒復貫《そのをまたぬき》　吾玉尓将為《わがたまにせむ》

答歌一首

三八一五　白玉之《しらたまの》　緒絶者信《をだえはまこと》　雖然《しかれども》　其緒又貫《そのをまたぬき》　人持去家有《ひともちにけり》

という贈答歌の、答歌（三八一五番）の第二句「緒絶者信」が、「ヲダエノハシ」と誤って訓読されたことから発したとされる。[注16] 実際には、『万葉集』本文の第二句を、「ヲダエノハシ」と訓読している例は確認できないものの、「しらたまのをだえのはし」と詠む歌は中世期以降に、

・『続後撰集』

建保三年内大臣家百首歌に、名所恋　　藤原定家

八九三　しら玉の緒絶の橋の名もつらしくだけておつる袖のなみだに

・『続千載集』

恋の心をよませ給ふける　　院御製

一二五一　うき中はあすの契りもしら玉の緒絶の橋はよしやふみみじ

・『続新古今集』

延文二年百首歌に、寄橋恋　　前大僧正賢俊

一四四〇　ながらへむ契りの程もしら玉の緒絶の橋にかけて恋ひつつ

など数首見られるところから、『万葉集』本文の誤読の可能性は否定できない。そして、梨壺の五人が『万葉集』

に訓点をほどこす際に、その誤った訓読がなされたと考えるならば、「緒絶の橋」が平安中期から見え始めることも納得されるのである。

「緒絶の橋」を詠む歌は、平安時代においては柏木の歌を含めて四首が見られるばかりであるが、平安時代以後は多く見られるため、平安中期に興り、流行し出してきた歌枕と言えるだろう。『源氏物語』が「緒絶の橋」の文献初出であるか否かは証明しかねるが、物語が執筆された当時において、「緒絶の橋」はまだ歌に詠まれることのきわめて少ない歌枕であったことは推察されるのである。

一方、夕霧の歌に引用されている「東路の……」の歌は、

・『俊頼髄脳』

是は常陸の國に鹿島の明神の祭りの日、女のけさう人の数多くあるときに、そのをとこの名どもぬの丶おびにかきあつめて、神の御前におくなり。それが多かる中にすべきをとこの名かきたるおびのおのづからうらがへるなり。それを取りて禰宜が取らせたる女みて、さもと思ふをとこの名あるおびなれば、やがて御前にてうへのかけおびのやうにぞちかづくなり。それを聞きてをとこかこちか丶りて親しくなりぬ。[注17]

・『奥義抄』

ひたちの國にはをとこ女のなからひをうらなはむとては、をといふものをおびにして、一には我名をかき、ひとつにはをとこの名をかきて、彼神の御前にてのと申して、帯をりかへして、中をばかくしてすゑをねぎにむすばする也。それにわろかるべきなからひは、はなればなれにむすばれ、よかるべきは、かけ帯のやうにまろにむすびつながはる丶を、さもと思ふをとこなれば、やがてかけ帯のやうにうちかけつ。[注18]

などと、平安時代の複数の歌学書が、このような常陸帯にまつわる恋の伝承とともに取りあげている点、また、

『更級日記』の「あづまぢの道のはてよりも、なほ奥つかたにおひ出でたる人、……」(『日本古典文学全集』)という冒頭への引用や、『狭衣物語』の「中務といふ人、『道の果てなると嘆きし人のありしこそ、ことわりにくからね』とひとりごつを、後目に見おこせたまひて」(『新潮日本古典集成』上・五二頁)などの叙述から、当時、広く知れ渡った有名な歌であった事実がうかがえるのである。

そして、「道の果てなる」という句を詠む歌は、平安時代の歌では「東路の……」の歌一首のみであるが、「かごとばかりも」という句を詠む歌は、「東路の……」の歌のほか平安時代に次の二首が見られる。

・『郁芳門院安芸集』

あづまのかたなる人のもとへやらむとて、人の恋ひしに

五九　こえばやなあづまぢ遠き常陸帯かごとばかりもあふさかの関

・『教長集』

讃岐院の百首のなかの恋歌

七〇七　恋ひわぶる心なぐさにあひ見んとかごとばかりもたのめやはせぬ

しかし、これらは明らかに「東路の……」の歌を本歌とした詠みであり、このような歌からも、当時「東路の……」の歌が広く人々に知れ渡っていた状況が理解できるのである。

以上のように、夕霧と柏木の玉鬘への贈歌には、すでによく知られている歌を引用する夕霧の歌と、流行のきざしを見せ始めた歌枕を詠む柏木の歌、という対照的な側面も認められるのである。これら、両者の歌に用いられる引歌、歌枕の当時の受け止められ方をも視野に入れて、夕霧・柏木と玉鬘とのやり取りの場面をとらえるならば、物語が執筆された当時において、まだ歌に詠まれることがきわめて少なかった「緒絶の橋」を詠む柏木の

玉鬘への贈歌は、彼女のすぐれた性質である「今めかし」を見極めて詠んだと思わせる歌であり、それが東国という地方の歌枕であっても、夕霧の歌のように、自分を鄙育ちの劣ったものだと玉鬘に思わせる詠みではないと言えるのである。そして、このような「緒絶の橋」を詠む柏木の歌があとに置かれていることによって、「東路の……」の歌を引用する先の夕霧の歌でも、東国という都から遠く離れた土地に触れられていたことがほのめかされるとともに、そこにおいては、「道の果てなる」という句によって、鄙のイメージが非常にあからさまに表現されていた点が強調されるのである。

藤袴巻における「東路の……」の歌の引用は、夕霧の恋心を表わすのみならず、鄙のイメージを強く持つことで、玉鬘に不快感をもたらすという多層的な意味を持つと考えられる。また、そう解釈することで、玉鬘の心理もより深く掘り下げられ、地方で育った生い立ちに過敏になっている心の内が探られるのである。

五　竹河巻の「東路の……」の引歌の意義

「東路の……」の歌は藤袴巻だけでなく、もう一例、竹河巻にも明確に引用されている。竹河巻には、夫の髭黒が亡くなったあと、二人の娘の将来に悩む母としての玉鬘の姿が描かれている。次に示すのは、花盛りの桜を賭け物に碁を打っている玉鬘の大君と中の君、二人の容貌が描かれた一節である。

姫君（大君）は、いとあざやかに気高う、今めかしきさましたまひて、げにただ人にて見たてまつらば、似げなうぞ見えたまふ。桜の細長、山吹などの、をりにあひたる色あひの、なつかしきほどに重なりたる裾まで、愛敬のこぼれおちたるやうに見ゆる、御もてなしなども、らうらうじく、心はづかしき気さへ添ひたまへり。今一所（中の君）は、薄紅梅に、御髪、色にて、柳の糸のやうにたをたをと見ゆ。いとそびやかになまめかしう、澄みたるさまして、重りかに心深きけはひはまさりたまへれど、にほひやかなるけはひは、（大君に）こよなしとぞ人思へる。（竹河巻・二一四頁）

玉鬘はかつて、華やかな美しさが山吹の花によそえられて印象的に描かれていたが、大君は、「いとあざやかに」「にほひやかなるけはひ」などと述べられる華やかさが際立つ点において、中の君よりいっそう玉鬘に似かよった容貌であることが語られている。かつて玉鬘巻から真柱巻にいたる間、玉鬘はいく度も山吹と照らし合わされ、玉鬘と山吹、両者の結びつきは、分かちがたい非常に強いものとして描かれていた。それは、玉鬘巻で源氏が彼女に新年の衣装として「山吹襲の細長」をあてがったことがきっかけとなっていたが、大君の容貌がはじめて描かれる竹河巻の場面では、彼女もまた「山吹などのをりにあひたる色あひの……」と、山吹襲の袿を着ているというように、大君は、若かりし頃の玉鬘を強く連想させる人物として描かれているのである。

その大君に、夕霧の息子である蔵人の少将が思いをよせる。美しいと評判の大君に求婚者は多いが、なかでも蔵人の少将の熱心さは格別であり、大君への蔵人の少将の恋心の激しさは、竹河巻でいく度も重ねて描かれ強調されているのである。大君は冷泉院へ参院し、蔵人の少将の恋は成就しないが、しかし、大君が冷泉院の御子をもうけた後も、なお蔵人の少将は彼女への思いを捨てきれず、その様子は竹河巻の終わり近くに、次のように語られている。

この中将（かつての蔵人の少将）は、なほ思ひそめし心絶えず、憂くもつらくも思ひつつ、左大臣の御女を得たれど、をさをさ心もとめず、「道の果てなる常陸帯の」と、手習にも言種にもするは、いかに思ふやうのあるにかありけむ。（竹河巻・二四五頁）

この場面で、「東路の……」の歌が再び引用されている。藤袴巻で、夕霧が玉鬘に胸のうちを告白する場面に用いられた歌は、その息子が玉鬘の娘を恋い慕う場面で再び引用されており、藤袴巻、一場面かぎりの引用では終わらないのである。「東路の……」の歌の引用が『源氏物語』で見られるのは、藤袴巻・竹河巻の二場面のみでもあり、親子同士という人物のつながりをも考え合わせるならば、蔵人の少将と大君の物語には、かつての夕霧と玉鬘のやり取りを無視することはできないだろう。

竹河巻は、冷泉院と玉鬘との関わりあいや男踏歌の記事などから、先だつ物語を思い起こさせる創作方法で描かれていると言えるだろうが、藤袴巻における夕霧と玉鬘のわずかなやり取りもまた、「東路の……」の歌の引用によって、この巻で確かに再燃しているのである。

睦月の朔日ころ、尚侍の君の御兄弟の大納言、高砂歌ひしよ、藤中納言、故大殿の太郎、真木柱のひとつ腹など参りたまへり。右の大臣（夕霧）も、御子ども六人ながらひき連れておはしたり。……世とともに、蔵人の君は、かしづかれたるさま異なれど、うちしめりて思ふことあり顔なり。大臣は、御几帳隔てて、昔に変らず御物語聞こえたまふ。「そのこととなくて、しばしばもえうけたまはらず。……」（竹河巻・二〇四―二〇五頁）

正月、玉鬘のもとに年賀のあいさつに来た夕霧と彼女との対話の場面は、「大臣は、御几帳隔てて、昔に変らず御物語聞こえたまふ。」と語り始められるが、「昔に変わらず」という言葉が、藤袴巻での二人のやり取りを思い出させるのである。

玉鬘と夕霧が実の姉弟のように、取り次ぎなしの対応であることは、先だって語られた藤袴巻でも、「なほ御簾に几帳添へたる御対面は、人伝ならでありけり。」（藤袴巻・一八五頁）と断られており、その叙述を受けて「昔に変わらず」と言うのである。さらに、竹河巻の「大臣は、御几帳隔てて、……」という一文が、玉鬘の大君を思ってふさぎ込む蔵人の少将の様子を述べたくだりに続くことは注目される。かつての夕霧と玉鬘のやり取りに、蔵人の少将と大君の問題が意識的に対応させられている様子が読みとれるのである。

女性の宮仕えによって相手が手の届かない人となる点も、夕霧と蔵人の少将の場合ともに同じである。藤袴巻での夕霧とのやり取りに先立ち、すでに玉鬘は尚侍に就任している。もちろん、夕霧もその事実を承知しており、「まめやかには、いとかたじけなき筋を思ひ知りながら、えしづめはべらぬ心のうちを、いかでかしろしめさるべき。」（藤袴巻・一八八頁）と、玉鬘に語っているのである。

藤袴巻で「東路の……」の歌が引用されるのは、夕霧が玉鬘に恋心をほのめかす場面であったが、竹河巻で「東路の……」の歌が再び引用されるのは、大君が冷泉院へ参院して御子をもうけた後という、大君をめぐる求婚譚がほぼ終結した巻末近くである。しかも、竹河巻におけるこの一首が引用される際の叙述のありようは、蔵人の少将が大君を恋い慕いつつ、すさび書きや口癖にしている歌であると、特別に取り立てて記されている。このような叙述のあり方、ならびに、歌が引用された場面性は重要視するべきであろう。竹河巻における「東路の……」の歌の引用は、藤袴巻が強く意識されていると考えられ、蔵人の少将の恋の不成就に、夕霧が玉鬘に胸のうちを告白した場面が重ねられている様相が見て取れるのである。またそれは、単に親同士のやり取りに引用された歌の再度の引用というのみならず、藤袴巻の夕霧の玉鬘に対する告白の不首尾における、「東路の……」の引歌の役割の大きさも理解されるだろう。

六　「帯」の歌について

その「東路の……」の歌は、常陸帯によって恋心を詠んだ一首である。『古今集』よりのち、『源氏物語』と同時代に至るまでの帯の詠まれ方を検討し、そこから考察を加えてみたい。

『万葉集』では、必ずしも恋歌で詠まれるとは限らない帯も、『古今集』よりのちは、しだいに恋歌の歌材としての色が濃くなっていく。『古今六帖』では、八首見える帯の歌のうち七首が恋歌であり、「帯」の歌題にいたっては、そこに並ぶ五首すべてが恋歌であるという状況である。

まず、『古今集』において帯を詠む歌は二首見られる。

・（巻第八・離別歌）

道にあへりける人の車にものを言ひつきて、別れける所にてよめる　　とものり
四〇五　下の帯の道はかたがた別るとも行きめぐりても会はんとぞ思ふ

・（巻第二十・神あそびの歌）

一〇八二　まがねふくきびの中山おびにせるほそたに河の音のさやけさ

このうち、一〇八二番は『万葉集』の歌（二一〇二番）の異伝歌であるが、四〇五番の紀友則の歌「下の帯の……」は、『万葉集』に類似の詠み方は見られず、新しい趣向の詠みと言えるものである。やや時代の下る『頼基集』の、

亭子院の御使ひにこしへ行く人に、帯とらするにただなるよりはとて
一八　結ふ帯のとくはありともわかれなばこしをめぐらんほどの久しさ

は、恋歌ではないものの、別れに際して「めぐる」という言葉で再会を望む気持ちを詠む点など、あきらかに友

則の歌の影響を受けていると言えるだろう。

そして、『頼基集』につづく『忠見集』『好忠集』では、『万葉集』の歌の影響を受けた帯の歌が見られる。

・『忠見集』

みぎがたを、またかすみ

七〇　あさみどり春をきぬとやみ吉野の山のかすみの帯にみゆらん

・『好忠集』（恋十）

四一二　恋わびてわが結ふ帯のほど見れば身はなきまでにおとろへにけり

両者のうちでも、特に好忠の「恋い焦がれて帯が何重にもまわるほど痩せてしまった」という詠み方は、『万葉集』の、

七四二　一重耳《ひとへのみ》　妹之将結《いもがむすばむ》　帯乎尚《おびをすら》　三重可結《みへむすぶべく》　吾身者成《あがみはなりぬ》　家持

（巻第四・相聞）

三二六二　楉垣《みづがきの》　久時従《ひさしきときゆ》　恋為者《こひすれば》　吾帯緩《わがおびゆるふ》　朝夕毎《あさよひごとに》

三二七三　二無《ふたつなき》　恋乎思為者《こひをしすれば》　常帯乎《つねのおびを》　三重可結《みへむすぶべく》　我身者成《あがみはなりぬ》

（巻第十三・相聞）

などの歌の影響を受けるものであるが、恋心の激しさを帯にたくして詠むこの発想は、平安貴族にも大変印象的なものであったらしく、同じ趣向の歌は『古今六帖』にも三首（第五帖―四七二・四八〇・八三七）採られている。

ここで特に、『源氏物語』が執筆された当時の帯の詠み方を一覧するため、『古今六帖』第五帖の「帯」の歌題に注目したい。

おび

①ちぎりけんことやはたがふ下帯のめぐりてあへるつまやなになり　（八二三）

②下帯の道はかたがたわかるともゆきめぐりてもあはんとぞ思ふ　　とものり　（八二四）

③あづまちの道の果てなる常陸帯のかごとばかりもあひみてしがな　（八二五）

④いにしへのしづはた帯を結びたれたれといふとも君にはまさじ　　やかもち　（八二六）

⑤みづがきの久しきよより恋られればわが帯ゆへあふあさに日ごとに　（八二七）

「帯」の歌題には以上の五首が並び、そのすべてが恋歌である。当時親しまれていた友則の歌は第二首目に見えるが、第一首目に置かれている歌もまた、友則の歌の類歌と言えるものである。当時の帯の詠みは、やはり友則の歌の影響が強く、これが典型の一つとなっていたことがうかがえる。友則の詠みの「お互いの道がそれぞれの方向に別れてしまっているとしても、下帯のように一まわり回ってでも再会しようと思う」に代表されるように、「帯」の歌に「別れと再会」という発想が定着していたならば、物語において、帯の歌にこと寄せて告げた夕霧の玉鬘への思いが、世代をめぐって夕霧の息子の玉鬘の大君への恋、という形で再現されている点は注目されるのである。

物語に引用される「東路の……」の歌は、歌題第一首目の「めぐりてあへる」、第二首目の「道はかたがた」「ゆきめぐりてもあはんとぞ思ふ」という表現によって連なる第三首目に位置している。そして、「帯」の歌題には他に、第四首目に「他の誰をもってしても、とてもあなたには及ばない」という歌や、第五首目に「帯が何重にも巻けるほどに恋やつれてしまった」という、恋心の激しさや思うにまかせない恋の嘆きを詠む『万葉集』の歌（第四首目―二六二八・第五首目―三二六二『万葉集』では第四句「我が帯ゆるふ」）が採られている。

当時の帯の歌の発想で注目されるのは、まず、「めぐる」という言葉に示される「別れと再会」であり、次に、「帯が何重にも巻けるほど恋やつれてしまう」という詠みに見られる恋心の激しさの表出であろう。

そこで、蔵人の少将の物語を読みかえすと、先に述べたように、蔵人の少将の玉鬘の大君への恋は、彼女に対する薫の態度とは対照的に非常に激しく描かれており、大君の冷泉院への参院が決定した折の蔵人の少将の嘆きようは、「死ぬばかり思ひて」（竹河巻・二二二頁）とまで述べられている。その他にも、大君への思いが望み通りにならなかった蔵人の少将の憔悴ぶりは、「思ひ嘆きたまふこと限りなし」（竹河巻・二二二頁）や「あさましきまで恨み嘆けば」（竹河巻・二二三頁）などと、くり返し述べられていて、玉鬘の女房も「（蔵人の少将が）生き死にをと言ひしさまの、言にのみはあらず、心苦しげなりし」（竹河巻・二二五―二二六頁）と、玉鬘に報告するほどである。

両親の夕霧や雲居の雁までが口添えしてくるという、あまりに熱心な蔵人の少将の大君への求婚に、玉鬘は、次女の中の君との結婚なら承知しようという意向を示す。実際、大君の求婚者の中には中の君に心を移す者もいた。しかし、蔵人の少将は、

・男（蔵人の少将）は、さらにしか思ひ移るべくもあらず、ほのかに見たてまつりてのちは、面影に恋しう、いかならむをりにとのみおぼゆるに、かう頼みかからずなりぬるを、思ひ嘆きたまふこと限りなし。（竹河巻・二二二頁）

・聞こえたまひし人々、中の君をと、うつろふもあり。少将の君をば、母北の方の御恨みにより、さもやと思

ほして、ほのめかし聞こえたまひしを、（蔵人の少将は）絶えておとづれずなりにたり。（竹河巻・二三二頁）と、いかに姉妹と言えど、大君以外の女性には一向に気を移そうとしないのである。「東路の……」の歌が引用される直前にも、左大臣の娘と結婚した後でさえ、蔵人の少将はその妻には「をさをさ心もとめず」と、大君への執ような恋心が示されている。

蔵人の少将の大君恋慕に関わるこのような叙述をたどってみると、平安時代の帯の歌は、「別れと再会」のほかにも、「たれたれといふとも君にはまさじ（他の誰をもってしても、とてもあなたには及ばない）」という詠みや、「ずっと長いこと恋い焦がれているので、朝ごと宵ごとに、身は痩せ細り、帯はゆるくなっていく」と、やせ衰えるほどの激しい恋心を表現する詠みが、『万葉集』から受け継がれていたことが、あわせて注目されてくるのである。蔵人の少将の大君恋慕の物語には、帯の歌の発想も取り入れられていると考えられ、帯を詠む「東路の……」という引歌の物語における存在意義の大きさが理解されるのである。

ところで、先立つ藤袴巻において、「東路の……」の引歌は、夕霧が玉鬘に不愉快な感情を抱かせた原因の一つであったと考えられるのだが、では、ひとたびそのような役割で引用された歌が、竹河巻で再び引用されることには、どのような意味が示されているのであろうか。

七　引歌への着目から窺えること

竹河巻における、「『道の果てなる常陸帯の』と手習にも言種にもするは、いかに思ふやうのあるにかありけん」という叙述は、「『ほんの少しでも逢いたい』という意味の古歌を、蔵人の少将がすさび書きや口癖にしているのは、いったいどのような思惑があってのことなのだろうか」と解釈できるであろう。これが、大君が冷泉院へ参院したのちに語られ、また、先学が指摘されるように、[注19]蔵人の少将の大君への恋の物語には、柏木の女三の宮恋慕の物語との似かよった点が多く見られるために、まるで柏木と女三の宮に起きた密通の可能性をほのめかすような叙述となっている。もっとも、竹河巻に描かれる蔵人の少将の大君恋慕の物語は、池田和臣氏が「草子地や戯画化の方法によって深化を抑制され」ていると述べられるように、[注20]もともと重大な問題には発展しない前提で描かれていると言ってよいだろう。[注21]ここに、夕霧が玉鬘に恋心を訴える場面で、不用意に「東路の……」の歌を用いたために、思いがけず玉鬘を不愉快にさせてしまったという、やや滑稽な藤袴巻の場面を背後に重ねあわせるならば、竹河巻の叙述から緊張感はなくなり、密通などという深刻な事態の起こり得ないことは、いっそう強めて読み取れるのである。

さらに、玉鬘に対する夕霧の告白の不首尾の原因となった引歌を、夕霧の息子が玉鬘の大君に対する思いが遂げられなかった後に、毎日「手習」や「言種」にして親しんでいるという、より誇張された状況は、揶揄的な意味をおびて戯画化されて読め、「蔵人の少将の大君への恋が成就しなかったのも無理はない」という意味を含んで理解されるのである。

本章では、主に「東路の……」の歌の引用について考察し、この歌への注目によって、藤袴巻の夕霧の不用意さや、生い立ちに過敏になっているという玉鬘の深い心理が読み取れること、また、竹河巻の「東路の……」の歌の引用には、蔵人の少将に道化性をつけ加える役割のあることなどを論じてきた。以上の考察を通して、物語場面をより細やかに読み解く手がかりとなる引歌の役割とともに、一首の引用にも注意深く気を配っている物語叙述のありようが確認されるのである。

【注】

（1）『古今六帖』「おび」より引用した。『新古今集』（一〇五二）では結句が「あはむとぞおもふ」となる。

（2）調べた限りでは、「道の果てなるとかや」は、穂久邇文庫本では「道の果てなるとや」となる。しかし、「とや」と「とかや」の異文は、『源氏物語大成』で確認する限りにおいても、物語中、ほかにも複数見られる例である。

（3）本論に示した以外の注釈書を時代順に一覧しても、

・『新講源氏物語』（池田亀鑑、至文堂、昭和二六年）

かごとばかりも逢いたいの意味と知って、玉鬘はいやになったが。

・「日本古典文学大系」（山岸徳平校注、岩波書店、昭和三六年）

申し訳だけ（かりそめ）でも逢おうという意味なのであろうか。玉鬘は大層不快で、いやになってしまったけれども。

・『源氏物語評釈』（玉上琢彌、角川書店、昭和四一年）

申し訳にでも会ってとの意味なのか、ひどくうとましく嫌になったけれども

・「日本古典文学全集」（秋山虔他校注、小学館、昭和四七年）

申しわけほどとは、「道のはてなる」の逢瀬を遂げようというのかしらと、まことにいとわしく気味わるい気持ちになられたけれども、

というように、先行の解釈が、ほぼそのまま受け継がれていると言え、「『道のはてなる』とかや……」という一連の叙述が、これまでさほど注意深く解釈されてこなかった様子がうかがえるのである。現行の注釈書の中では「日本古典文学大系」が、「『道のはてなる』とかや。」と当該箇所を句点で画し、これを草子地と理解しているかと推察されるが、玉鬘の不愉快な感情は夕霧の歌によって呼び起こされたととらえる点は、他の注釈書と同じである。

（4）・『弄花抄』

道のはてなる　　哥の心は面は誓によせて下はすこしもあはんとよめる哥也あはんといへる心に夕霧のの給

ふ也
・『孟津抄』
みちのはてなるとかや　東路のみちのはてなるひたち帯のかことはかりもあはんとそおもふ
哥の心は誓によせて下はすこしもあはんと読る哥也あはんといへる心に夕霧のの給ふ也かことはかりもとい
へる哥の末の詞にかけていへる也

（5）歌につづけて引歌の一句が添えられるすべての用例を確実に把握することは、現在にまで伝わらない歌もあるため困難ながら、調べた限りでは、歌とそれにつづく引用句を発言したり記したりする人物が同じかどうか判断に迷う例は、総角巻の一例だけである。

例の、こまやかに書きたまひて、
ながむるは同じ雲居をいかなればおぼつかなさを添ふる時雨ぞ
「かく袖ひつる」などいふこともやありけむ、（総角巻・九五頁）
〈神無月いつも時雨は降りしかどかく袖ひつる折はなかりき〉（出典未詳）

「神無月……」の歌は、『花鳥余情』（室町中期）を始めとする注釈書が、ここの引歌として挙げているが、現存の歌集では確認できない歌である。そのため、「かく袖ひつる」という言葉が、確かにこの歌の一句であることは証明しがたいが、七音という点から古歌の一句であろうとは推察される。現行の注釈書では、「かく袖ひつる」から草子地と考えて、「『かく袖ひつる』などいふこともやありけむ」は、語り手が手紙の内容を推察する文であると理解している。これは『湖月抄』が、「かく袖ひつる」からの叙述に「地」と記しているため、それを受け継いだ解釈であろうと思われる。しかし、物語の文脈では、「かく袖ひつる」から主体が変わるとあえて読まなければならない理由はなく、「かく袖ひつる」という言葉までを、手紙に書かれた言葉と捉えることも十分に可能だと思われるのである。

（6）『紹巴抄』の引用は、「翻刻平安文学資料稿」（広島平安文学研究会）による。

（7）ここで記される「双」が現代の「草子地」の用語と同じであるか、という点は検討が必要だろう。榎本正純『源

氏物語の草子地　諸注と研究』（笠間書院、昭和五七年）には、古注から現在にいたる草子地の注記がまとめられており、草子地の注記を一覧するのに非常に便利である。同書により、『休聞抄』の「双」「双地」「草子地」という注記の見える箇所を調べると、わずかな例外を除き、『休聞抄』で「双」「双地」「草子地」の注記がなされている箇所のほとんどが、今日言うところの草子地と重なっており、この箇所の「双也」という注記もまた、現代の用語と同じに考えて差し支えないと思われる。わずかな例外とは、次に示す四例である。『休聞抄』の該当箇所と、それに対応する物語本文とをあわせて記す。

㋐物にはあらずや　双

（本文）女ばかり、身をもてなすさまも所狭う、あはれなるべきものはなし、もののあはれ、をりをかしきことをも、見知らぬさまに引き入り沈みなどすれば、何につけてか、世に経るはえばえしさも、常なき世のつれづれをもなぐさむべきぞは、おほかたものの心を知らず、いふかひなきものにならひたらむも、生ほしたてけむ親も、いとくちをしかるべきものにはあらずや、心にのみ籠めて、無言太子とか、小法師ばらの悲しきことにする昔のたとひのやうに、あしきことよきことを思ひ知りながら埋もれなむも、いふかひなし、わが心ながらも、よきほどにはいかで保つべきぞ、とおぼしめぐらすも、今はただ女一の宮の御ためなり。（夕霧巻・六七―六八頁）

㋑かくのみやは　双

（本文）さりとてかくのみやは、人の聞き漏らさむこともことわりと、はしたなう、ここの人目もおぼえたまへば、（夕霧）「うちうちの御心づかひは、……」（夕霧巻・八七頁）

㋒心つきなく　双　ころになんまて匂の文詞と也弄

（本文）御忌も果てぬ。限りあれば、涙も隙もやとおぼしやりて、いと多く書き続けたまへり。時雨がちなる夕つかた、

（匂宮）牡鹿鳴く秋の山里いかならむ小萩が露のかかる夕暮

ただ今の空のけしきをおぼし知らぬ顔ならむも、あまり心づきなくこそあるべけれ。枯れゆく野辺も、分

きてながめらるるころになむ。

などあり。（椎本巻・三二七頁）

㋓心にはなれす　双

（本文）さしもいかでか、世を経て心に離れずのみはあらむ、なほ浅からず言ひそめてしことの筋なれば、名残なからじとにや、など（中の君は）見なしたまへど、（東屋巻・三〇一頁）

㋐例に示した夕霧巻の本文の「ものにはあらずや」という言葉に、『休聞抄』は「双」と注記していて、文頭の「女ばかり」から「ものにはあらずや」までの一連の文章を草子地と捉えていると考えられる。しかし、現行の注釈書は、その部分を紫の上の心内語であると理解している。たしかに、「ものにはあらずや」につづく「心にのみ籠めて」からの叙述は、「とおぼしめぐらす」という言葉で受けられているため、明らかに紫の上の心内語であると分かる。そしてそれは、夕霧とのあいだに恋の噂が立っている落葉の宮に同情し、自分が育てている女一の宮のことを心配する思いである。すると、同じく親心をつづった文頭の「女ばかり」から「ものにはあらずや」までの一連の叙述もまた、紫の上の女一の宮を気づかう心内語と理解するのが無理がないと考えられるのである。㋑例は、「と、はしたなう、ここの人目もおぼえたまへば」という、夕霧の心のうちを解説する言葉によって、その「と、」という語で受けられている「さりとて……ことわり」は、草子地ではなく夕霧の心内語であると言える叙述である。また㋒例は、後ろに「など」という引用を示す言葉があるため、『弄花抄』の指摘のごとく、「こころになむ」までが手紙の言葉と理解されるのである。そして㋓例は、「なほ」という前を受ける副詞によって、「さしも……のみはあらむ」と「浅からず……など見なしたまへど」は、同じ主語による文と理解でき、前者の「さしも……のみはあらむ」も「浅からず……」以下と同じく、中の君の心内語であると考えられるのである。

（8）一首の句を二句引用しているかと推察される例は、わずか四例であるが物語中に見られる。

㋐　袖濡るるこひぢとかつは知りながらおりたつ田子のみづからぞ憂き

山の井の水もことわりに。

とぞある。（葵巻・八一―八二頁）

〈くやしくぞくみそめてける浅ければ袖のみ濡るる山の井の水〉（『古今六帖』第二帖・山の井・一五九）

㋑「いぶせくも心にものをなやむかなやよやいかにと問ふ人もなみ言ひがたみ」と、（明石巻・二八三頁）

〈恋しともまだ見ぬ人の言ひがたみ心にもののむつかしきかな〉（出典未詳、『河海抄』〔玉上琢彌編『紫明抄 河海抄』角川書店、昭和四三年〕より引用）

㋒「年月をまつにひかれて経る人にけふ鶯の初音聞かせよ音せぬ里の」と聞こえたまへるを、（初音巻・一三一―一四頁）

〈けふだにも初音きかせよ鶯の音せぬ里はあるかひもなし〉（出典未詳、『河海抄』〔玉上琢彌編『紫明抄 河海抄』〕より引用）

㋓「鶯の声にやいとどあくがれむ心しめつる花のあたりに千代も経ぬべし」と聞こえたまへば、（梅枝巻・二六〇頁）

〈いつまでか野辺に心のあくがれむ花しちらずは千代もへぬべし〉（『古今集』春歌下・九六・素性）

しかし、これら四例は、引歌の句と物語本文とは若干の違いがあり、一首の中の句を明確に二句引用している藤袴巻の例と同じには扱いがたい。さらに、㋑㋒例の本文に諸注が示す引歌は、出典未詳の歌であるため、実際にその歌が引用されているのかという点は判断しがたく、逆に『源氏物語』の叙述によって、後世に作られた歌である可能性も否定できないのである。

仮に、㋒例の「けふだにも……」という歌が当時実際に存在していたとすれば、㋒例の物語本文の歌は、明石の君から明石の姫君への贈歌であるため、幼い子供が理解しやすいようにとの心づかいから、一首の句を二句重ねて引用することによって、姫君の声に触れられない母親の悲しみを分かりやすく表現しているとも考えられる。ともかく、これら四例のいずれの例も、今問題としている藤袴巻の例とは同じには扱いがたく、「道のはてなる」を「かことばかりも」という引用句に重ねて夕霧が述べた言葉と想定すると、かなり特異な例になるのである。

（9） 和歌の引用句に「とかや」という語がつづく『源氏物語』中の例は、藤袴巻の例以外には三例が見られるだけで

あるが、和歌の引用句につづく以外の「とかや」の用例を調べてみても、
・仰せ言には何とかや、さやうのをりのことまねぶ、わづらはしくなむ。（行幸巻・一五〇頁）
・青鈍の細長一襲、落栗とかや、何とかや、昔の人のめでたうしけるあはせの袴一具、（行幸巻・一七〇頁）
・「何とかや今日のかざしよかつ見つつおぼめくまでもなりにけるかな
あさまし」とあるを、（藤裏葉巻・二九五頁）
・「いかにとかや。いで、思ひのほかなる御ことにこそ」とて、（鈴虫巻・三五三頁）
・「いかにとかや。この名こそ忘れにけれ」とのたまへば、（幻巻・一四三頁）
・薬王品などに、取り分きてのたまへる、牛頭栴檀とかや、おどろおどろしきものの名なれど、（東屋巻・三〇四頁）
・「ありと見て手にはとられず見ればまたゆくへもしらず消えし蜻蛉
あるかなきか」と、例の、ひとりごちたまふとかや。（蜻蛉巻・一七〇頁）
というように、「とかや」という語から叙述主体が変わる例は見出せないのである。

（10）「『道の果てなる』とかや」を草子地と考えるところから、第一節の本文（藤袴巻・一八八頁）の引用に際しては、「新潮日本古典集成」の本文処置をあらため、『道の果てなる』とかや」を句点で画して示した。
（11）玉鬘の心のうちを代弁する草子地という解釈についても検討の必要はあるだろうが、しかし、その場合には心内語と解釈した場合と同じく、玉鬘の着物に手を掛けたという夕霧の行為が、彼女の不愉快な感情の対象として見逃されてしまうという不都合がある。

（12）『玉の小櫛』の引用は、「本居宣長全集」（筑摩書房）による。

（13）諸説の中では村井順氏が、玉鬘の歌の上の句を「元を尋ねると、九州で育った内大臣の落とし胤の私ですから」と、自身の身の上を述べた言葉と解釈されており示唆に富む（『源氏物語論』上、中部日本教育文化会、昭和三七年）。しかし、玉鬘の不快感は夕霧の恋心により呼び起こされたとする理解は、他の注釈書と同じである。

（14）夕霧が恋心を訴えているにも関わらず、不本意にも相手の女性を不愉快にさせてしまうという構図は、玉鬘との

やり取りに限るものではない。夕霧巻の落葉の宮とのやり取りには、より発展した形で見られるのである。一条の御息所の見舞いに小野の山荘を訪れた夕霧は、「心のうちに、またかかるをりありなむや（宮に言い寄るのに、二度とこのような良い機会があるだろうか）、と思ひめぐらしたまふ。」（夕霧巻・一九頁）と、玉鬘の場合と同じく、今を好機と思い落葉の宮に胸のうちを告白しようと決意する。そして、取りつぎの女房の後について宮のいる部屋に入り込み、これも玉鬘の場合と同様に、宮の着物を手に取るのである。

（女房が）あさましうて見返りたるに、宮はいとむくつけうなりたまうて、北の御障子の外にゐざり出でさせたまふを、（夕霧は）いとようたどりて、（宮を）ひきとどめたてまつりつ。御身は入り果てたまへれど、御衣の裾の残りて、障子は、あなたより鎖すべきかたなかりければ、引きたてさして、水のやうにわななきおはす。（夕霧巻・二〇頁）

夕霧の思いがけない行為に対して激しい恐怖を感じる落葉の宮に、「世の中をむげにおぼし知らぬにしもあらじを（男女の仲を何もご存じでない訳でもないでしょう）」（夕霧巻・二三頁）などと、思いやりのないことを述べて宮を不愉快にさせ、宮がふと口ずさんだ歌を無神経に復唱し、さらに、

おほかたはわれ濡衣を着せずとも朽ちにし袖の名やは隠るる（夕霧巻・二四頁）

と、「柏木とのことですでに消えぬ汚名は立っているではないですか」という歌を詠みかけるなど、宮の気持ちを理解しない振る舞いを重ねてしまい、心ならずも宮の不快感を増大させてしまうのである。この夕霧巻の場面では、自身の恋心を伝え、相手の女性に心を開いてもらうために重ねる夕霧の言動が、不本意にもすべて裏目に出てしまうという構図が見られるが、藤袴巻の玉鬘とのやり取りもまた、これと同じ例と考えられるのである。

（15）佐々木忠慧「歌枕『緒絶えの橋』考」（『歌枕の世界』桜楓社、昭和五四年）
（16）奥村恒哉「源氏物語における歌枕の種々相」（『源氏物語と和歌 研究と資料―古代文学論叢』第四輯、武蔵野書院、昭和四九年）
（17）同様の説は『和歌童蒙抄』にも見られる。
（18）同様の説は『和歌色葉』にも見られる。

(19)鷲山茂雄「匂宮・紅梅・竹河三帖論―その方法を中心として―」(「国文学研究」五九集、昭和五一年六月)をはじめ、池田和臣「竹河巻と橋姫物語試論―竹河の構造的意義と表現方法―」(『源氏物語及び以後の物語　研究と資料』武蔵野書院、昭和五四年)などの先学によって指摘されている。

(20)池田和臣、前掲論文(注19)。

(21)竹河巻の蔵人の少将の描かれ方については、彼に対して敬語がほとんど用いられないことや、「御懸想人」(竹河巻・二二五頁)という呼称などから、蔵人の少将の扱われ方の軽さが、玉上琢彌氏(『源氏物語評釈』角川書店)や、池田和臣氏(注19論文)などによってこれまで指摘されてきた。たしかに、胸のうちを訴える蔵人の少将の振る舞いに対しては、「夜昼あたりさらぬ耳かしかましさ」(竹河巻・二〇二頁)と軽んじた表現がなされ、大君を目当てに玉鬘邸にたびたび出入りする様子は、「この立ち去らぬ蔵人の少将」(竹河巻・二〇三頁)と、玉鬘邸からは歓迎されない人物のように述べられているのである。

また、大君を花にたとえて、「この春は、花(大君)のことを思って過ごした」と詠む蔵人の少将の贈歌「花を見て春は暮らしつ今日よりやしげき嘆きのしたにまどはむ」(竹河巻・二二五頁)に対して、大君に代わって返歌を詠む女房は、

　今日ぞ知る空をながむるけしきにて花に心をうつしけりとも

「あないとほし。たはぶれにのみも取りなすかな」など言へど、うるさがりて書きかへず。(竹河巻・二二六頁)

と、「あなたが心を移していたのは、大君ではなく花だったのですか、今日初めて知りました」と、蔵人の少将の大君への熱烈な思いを殊更にはぐらかしてからかうのである。他の女房がさすがに、「あないとほし」と蔵人の少将に同情を示しても、「うるさがりて書きかへず」と処理され、女房にさえ軽んじられている人物として描かれている。さらに、

　今は限りと思ひ果つる命の、さすがに悲しきを、あはれと思ふ、とばかりだに、一言のたまはせば、それにかけとどめられて、しばしもながらへやせむ。(竹河巻・二二八頁)

という、竹河巻の中で、もっとも悲痛に自身の思いを大君に訴える蔵人の少将の手紙も、

……などかうすずろごとを思ひ言ふらむ、とあやしきにも、限りとあるを、まことにやとおぼして、やがてこの御文の端に、

「あはれてふ常ならぬ世のひと言もいかなる人にかくるものぞは

ゆゆしきかたにてなむ、ほのかに思ひ知りたる」と書きたまひて、「かう言ひやれかし」とのたまふを、やがてたてまつれたるを、（竹河巻・二二九頁）

と、大君からは「すずろごと（くだらないこと）」と処理されており、さらに「かう言ひやれかし」という発言などによって、蔵人の少将をまったく相手にせず軽んじる大君の態度が示されているのである。蔵人の少将のこのような描かれ方から、竹河巻の蔵人の少将の大君恋慕の物語は、深刻な展開にはならないことが読み取れるのである。

第五章　『河海抄』に引用された『古今六帖』の歌の様相

一　『河海抄』の『古今六帖』引用への着目

『源氏物語』の古注釈書において、『古今六帖』を示す出典表記は『紫明抄』あたりから見え始めるが、細かな点まで詳しく引歌を指摘する『河海抄』においては、その数も飛躍的に多くなる。もちろん、『河海抄』ではすべての引用に出典が示されているわけではなく、また『河海抄』の伝本による違いも認められる。出典が記されている場合でも、それらすべてが確かに原典からの引用であるかどうかも定かではない。

しかし、『古今六帖』は成立年代・編者に関してともに定説がないなど、さまざまな問題を抱える歌集である。なかでも、現存の『古今六帖』はわずかな古筆切を除いては、中世末期より以前の諸本が存在しないという資料的な制約は、最大の問題点である。加えて、現存諸本はすべて定家本を祖本とする同系統のものであり、校合すべき異本すら存在しないとされる。このような伝本状況のなか、現存の『古今六帖』が書写された以前に成立した『河海抄』は、その出典表記などに問題を抱えるにせよ、『古今六帖』の研究においても精査に値する資料であると考えられ、注1そこには現存本以外の『古今六帖』の歌の形態が留められているのではないかと期待される。

『古今六帖』の歌は、他の歌集や歌学書などにも多く採られているが、『河海抄』は特に注釈書という性格から、『河海抄』と『古今六帖』両者の間でただ歌を照合するのみに終わらず、該当の『源氏物語』本文と挙げられた歌とを見あわせ検討を加えることも可能となる。『河海抄』において『古今六帖』を示す出典が記されている歌を、十六本の『河海抄』間で校合し、現存の『古今六帖』所載の歌と照合するという手続きを踏まえたうえで、『河海抄』が引用している『古今六帖』の歌の様相を探っていきたい。

二 『河海抄』所引の『古今六帖』本文と現存『古今六帖』本文との対照表

本表は、『河海抄』に見える『古今六帖』の出典が記された歌の校異と、『古今六帖』所載の歌との対照を一覧化したものである。

【凡例】

・表上段には、諸本間の異同を広く確認する目的から、十六本の『河海抄』の校異を示した。使用した『河海抄』の略号と本文は、次の通りである。大津有一氏が示された分類を参考に、識語によって四種にまとめて示す。[注2] なお、＊印を付した本の閲覧は、国文学研究資料館所蔵のマイクロフィルムおよび紙焼本によった。

a　散位基重本（中書本）系統の諸本

天1…天理図書館本（天理図書館善本叢書・伝兼良筆本）、天2…天理図書館本（九一三―三六―イ三五九）、天3…天理図書館本（九一三―三六―イ二五九）、静1…静嘉堂文庫本（物語文学書集成マイクロフィルム版・二二一五二―一〇―五二一―一一）、蓬…蓬左文庫本（二―一〇）＊、三…三手文庫本（国文―卯―一〇八）＊

b　三条西実隆本系統の諸本

秋…秋田県立秋田図書館本（任―二九―一〜一〇）＊、熊…熊本大学付属図書館本（一〇七―三六―九）＊

c　散位基重本系統と三条西本系統の二種の奥書を持つ諸本

天4…天理図書館本（野分巻〜真木柱巻欠本・九一三―三六―イ一二五）、刈…愛知県刈谷市立刈谷図書館本（一〇一八）＊、鶴…鶴舞中央図書館本（河カ三二）＊

d　奥書のない系統不明の諸本

宮…宮内省図書寮本（源氏物語古注釈大成・日本図書センター）、天5…天理図書館本（玉上琢彌編・角川書店）、静2…静嘉堂文庫本（物語文学書集成マイクロフィルム版・一八四九七―二〇―一〇四―二九）、神…神宮文庫本（一五八八）＊、初…国文研初雁文庫本（一二―四七四）＊

以上のなかで、宮内省図書寮本を底本としている「源氏物語古注釈大成」の『河海抄』は、複数の『河海抄』諸本によって補欠校合された校訂本であるため、本表において他の『河海抄』本文と同一に並べることは躊躇されたが、同書は広く流布し『河海抄』のテキストとしても使用されてきた本である点を考慮し、校合本の一本として用いた。

・表上段の『河海抄』の本文および配列は、〔天5〕（天理図書館本、玉上琢彌編・角川書店）により、その頁数も示した。同書は、桃園文庫本と天理図書館蔵五冊本を用いて校異を示しているが、それらの校異は管見の『河海抄』本文中に見られるため記載しない。また、用例には便宜上通し番号をつけ、〔天5〕に記載されていない歌はほかの『河海抄』の本文で示した。いずれの本文であるかは、表中に明らかにしておいた。

・『河海抄』諸本の校異において、同一の歌句が複数の本に見られる場合の本文表記は、（　）内に最初に名前を記す本の表記で示した。

・〔天5〕に『古今六帖』の出典表記がない場合でも、管見の『河海抄』のいずれかに『古今六帖』の出典表記がある場合には、それらの歌をすべて記した。該当の歌に『古今六帖』の出典表記が見られない場合は、「出典なし」と示した。

・〔天5〕と他の十五本の『河海抄』との校合において、校合本のすべてに共通する校異の場合は〔全〕と示した。

・『河海抄』諸本の校異、および『河海抄』と『古今六帖』の歌の対照においては、たとえ歌の本文が同じであっても、異文注記の異なりや有無が見られる場合には、それらがすべて確認できるよう示した。したがって、表上段および下段で校異を示さない場合は、本文ならびに異文注記まですべてが、照合している本文と一致していることを表わす。しかし、仮名遣いの問題は除外し、異文に関する以外の注記、たとえば「忍《シノ》ひ〳〵に」・「こゑ《聲》もいとなく」のように、読み仮名・文字のみを示す注記は取り上げなかった。

・出典が、細字で傍注または脚注の形で示されるのではなく、『河海抄』の本文中に『古今六帖』の歌であることが明記されている例は、それが分かるように歌の前後の本文も示したが、異同に関しては、歌に関するものと出典表記に関するものに限り問題にした。

・『河海抄』の「同」という出典表記は、前述の表記から、それが『古今六帖』を示すと判断される場合に取り上げている。

・『河海抄』の出典表記・作者名など、歌の本文以外の異同に関しては、『古今六帖』の出典を示す異同のみ確認し、それを(出)として示した。

・『古今六帖』は、図書寮叢刊本（宮内庁書寮部編）と版本（寛文九年刊、吉田四郎右衛門開版）を使用し、それぞれ

「図」「版」と記した。歌番号・作者名ならびに両者共通の本文は図書寮叢刊本のものによった。本表において版本の本文も確認した理由は、図書寮叢刊本の下巻の校異編では、版本系の諸本は校合の対象となっていないため、『古今六帖』の異同に関してもより広く確認する目的からである。なお、仮名遣いの問題は除外し、図書寮叢刊本が示す書陵部蔵御所本の校異は記載しない。また、図書寮叢刊本に示されている写本系統の『古今六帖』十二本の校異を、本の別は示さず［　］内に記した。その際、歌題名・作者名の校異は除外した。

たとえば用例46に、③図「いさく《ら》めの」［③いさくめ・いさらめ］とある場合、図書寮叢刊本の本文が「いさく《ら》めの」であり、版本の第三句目は〔天5〕の本文と同じ「いさゝめの」であること、そして図書寮刊本の校異編に［いさくめ・いさらめ］という第三句目の校異が示されていることを意味する。

・現存の『古今六帖』に存在しない歌の場合には「未詳」と記し、該当の歌が『古今六帖』内に重出している場合は、㊟としてすべての例について校異を示した。

・該当歌が『源氏釈』『紫明抄』においても、『河海抄』と同じ箇所に引用されている場合は表上段にそれを示した。『奥入』には物語本文が示されていないため、該当の巻にその歌があげられている場合を示した。それぞれの略号と本文は、次の通りである。

釈…『源氏釈』（前田家本、『源氏物語大成』所収）、奥…『奥入』（定家自筆本、『源氏物語大成』所収）、紫…『紫明抄』（京都大学国文研究室本、玉上琢彌編・角川書店）。

上の句のみの記載など、歌の本文すべてが記されていない例もあるが、該当の歌であると考えられる場合は示した。また、『紫明抄』において『古今六帖』の出典表記をともなう歌の場合には、その出典表記を（　）内に記した。

・『河海抄』『古今六帖』ともに、歌の初句から結句は、それぞれ①〜⑤と記した。また、私に施した注は〔　〕内に記した。

『河海抄』内の『古今六帖』の出典表記を伴う歌	該当する『古今六帖』の歌（帖・歌題・歌番号・作者名）
1ことしけき心よりさく物思の花の枝をやつらつえにつく《六帖》（帚木巻・二二一頁） 出典なし（秋天4）㊤六（天1静1蓬刈鶴静2）・六帖哥（初）③④物思ひ花の枝とや（天4）③〜⑤物思ひのつらつえ《花のえたをや》にせん（秋）④⑤花の枝と《イを》やつらづえにつく《イせん》（静1）⑤つらつゐにせん（天2熊）・つらつえにせん《つくイ》（三）	（四・雑の思・二二二一・貫之）
2菊の花露とおきゐていさおらんぬれなは袖のかこそにほはめ《六帖》（帚木巻・二二七頁） 該当歌なし（鶴）出典なし（天1蓬秋天4刈）㊤六帖哥（初）①②きくの露とおきゐて（天1）・きくの露とおきて（蓬）・きくのつゆつとにおきゐて（刈）③いさむらん（初）④ぬるれは袖の（天3神）⑤香こそにほらめ（静1）	（一・九日・一九三）
3風ふくと人にはいひてとはさゝしあけんと君にいひてし物を《六帖》（空蝉巻・二三四頁）紫（六帖上） 出典なし（天3秋鶴）①風ふけと（秋）③戸さゝし（天1蓬）・とはさらし（天2三秋）④逢むと君に（秋）	（二・戸・五四三）④図・版「あはむと君に」
4なにせんに玉のうてなも八重むくらはへらむ宿にふたりこそねめ《六帖》（夕顔巻・二三七頁） 出典なし（天3秋天4鶴）③八重むつら（熊）④しけらん宿に（秋）	（六・葎・三三二一）④図「いつらんなかに」・版「はへらんなかに」［④はへらん］

5あひ思はぬ人を思はおほてらのかき《餓鬼》のしりへにぬかつくかこと六帖（夕顔巻・二四三頁）
該当歌なし（天3） 出典なし（秋神初） ③古寺の（三） ④かき《餓鬼》のしり《るイ》へに（宮静2）・かき《餓鬼》のしるへに（神）・垣のしりへに（初）

（五・あひ思はぬ・一〇六）［④しもへ《六二しりへ》に⑤ぬかつくること・わかつくかへと」

6つれもなき人をこふとて山ひこのこたへするまで歎きつるかな六帖（夕顔巻・二四六頁）
出典なし（静1秋天4鶴）

（二・山彦・一六四）

7君によりよゝよゝよゝとよゝよゝとねをのみそなくよゝよゝよゝと六帖（夕顔巻・二四八頁）
出典なし（天3秋宮） ②よゝ《よゝ》〱よゝと（静1）

（四・雑の思・二〇四）④⑤図「ねをのみそなくよゝよゝよゝと《ヨゝヨゝヨゝトネヲノミソナク》」［④⑤ねをのみそなくよゝよゝと・よゝよゝよゝとねをのみそなく」

8……六帖哥にさゝ波やしかの山ちのつゝらをりくる人たえてかれやしぬらん此哥につきてつゝらをりは志賀寺歟といふ説あり僻事也……（若紫巻・二五三頁） [紫]（六帖第六）
(出)六帖に（天1蓬）・六帖哥〔細字で傍注〕（静1鶴）・木帖《テウ》に（静2）『六帖』の歌である記述なし（天2） ⑤かれし《やイ》ぬらん（神）

（二・寺・六〇七）④⑤図「くるひとたえかり《本ノマゝ》やしぬらん」［②つらゝ、③くる人たえて⑤かれや」

9秋の野に行てみるへき花の色をたかさかしらに折てきつらん六帖（若紫巻・二五六頁）
出典なし（刈鶴） ①秋の野を（三） ②ゆきみるへき（鶴） ⑤折て〔後の歌詞なし〕（天2）・折てまつらん（熊）

未詳

10ことの音を聞しる人のあるなへに今そたちいてゝをゝもすくへき（末摘花巻・二六四頁） [紫]

（五・琴・八六七）③図・版「ありけれは」

出典なし（天1蓬三秋熊刈鶴宮天5静2初）㊥六帖五（静1天2天4神）・六帖（天3）③有へくは（鶴）④今そたちいてし（天1）・今そたちはてし（天2天3静1蓬天4刈静2）④いまそ立出《はてし》て（熊宮）④を、もす《つイ》くへき（宮）⑤をしもすくへき（天2鶴）・を《をイ》にもすくへき（神）

11 し《六帖》たにのみこふれはくるし山のはにまたる、月のあらはれはいかに（末摘花巻・二六五頁）釈奥紫（六帖）

出典なし（天3鶴初）②みふれはくるし（天1蓬）③山の《に》はの（熊）④またれ《る、》は月の（秋）

12 とこしへに夏冬ゆけや皮衣扇はなたす山に住人《なりイ》（末摘花巻）〔「源氏物語古注釈大成」本文〕

該当歌なし（天1天2天3静1蓬天4天5静2神初）㊥六帖五（三秋熊刈鶴）⑤山にすむ人（三秋熊刈）・山にすむなり（鶴）

13 しら雪はけふはなふりそ白妙の袖まきほさん人もあらなくに《なき身にイ》（末摘花巻・二六八頁）

釈奥紫

出典なし（天1天2天3蓬鶴天5初）㊥六帖（静1三秋熊天4刈宮静2神）①あは雪は（天1天2天3蓬秋天4刈鶴宮）・あは《しらイ》雪は（静1静2）・白《あは》雪は（熊）②今日は降そ（秋）⑤人もあらなくに（天1蓬熊刈鶴静2）・人もなき身に《あらなくにイ》（秋）・人もなき身に（宮）

14 あたらしくあへることしを百とせの春やきぬると鶯そなく六帖貫之（葵巻・二九五頁）

釈奥紫（六帖貫之）

出典なし（天3静1天4鶴神）①あたらしや《くイ》（熊）②こゆることしを（天3静1天4）・あへ《くイ》ることしを（天2）・あくる今年を（三静2神）⑤鶯はなく（天2）・うくひ《はイ》すのなく（三）・鶯の《そ》なく（天4）・鶯のなく（初）

（一・雑の月・三三六）④図・版「いてくる月の」

（五・皮衣・七九二）⑤図・版「山にすむ人」

（一・雪・七五五）①②図・版「あは雪はけさはなふりそ」⑤図・版「人もあらなくに」

（一・朔日の日・一六）②図・版「あくるこよひを」④図・版「春のはしめと」〔①あらしふく〕

15さほ川にこほりわたれるうすらひのうすき心をわかおもはなくに万葉十
うすらひうすき氷也と八雲抄にもあり而六帖の樋の所にうすらひの哥を入たる如何
（賢木巻・三〇四―三〇五頁）
該当歌なし（三）①さほ河も（神）④うすき心も（天1天2蓬秋刈鶴）・うすき心を《もイ》（熊）⑤わかまはなくに（鶴）・われおもはなくに（神）

16わきもこかきてはよりたつまきはしらそもむつましやゆかりとおもへは六帖（須磨巻・三一三頁）[紫]
出典なし（三熊鶴神）②きてはよりゐし（天3秋）・わきもよりゐし（静1）・わきてよりゐし（天4）③そもむつましき（天2三鶴宮）・そもむつか《ま》しや（初）⑤ゆかへりと思へは（天2）・ゆかりおもへは（鶴）

17おもひくれなけきあかしのはまによるみるめすくなくなりぬへら也六帖（明石巻・三二五頁）
該当歌なし（天2三）出典なし（天3静1鶴）(出)六帖三（天1蓬天4刈静2神）③はまにより（天1天3静1蓬秋天4）

18いまさらにむつことのねにひきかゝりこけの山路を忘れやらなん六帖一（明石巻・三二七頁）
出典なし（天1天2天3蓬秋鶴）(出)六帖（静1三刈宮初）①いまさらは（蓬）・いさ《ま》さらに（秋）・いさゝらに（鶴）⑤わすれさらなん（宮）

19おほつかなけふはねのひかあまならはうみ松をこそひくへかりけれ六帖貫之（澪標巻・三二二頁）
出典なし（天3静1蓬熊天4）②けふのねのひか（静2）・けふはねのひは（刈）②③けふは子日にあふならは（秋）

（三・橋・一五七）①図「さほか《或本氷ニ在之》はに」③図「鶯《うすらひすにイ》の」「歌ナシ」③うすらひの・うくひすの・うくひす《うすらひイ》の・うくひす《うすらひに》の」(重)（三・樋・一六九）

未詳

（三・浜・四六六）④図「みるめすく《らイ》なく」

（二・法師・六一九）②図「むへことのねに」⑤図・版「忘れやはせん」

（一・子日・四〇・貫之）④図・版「うみまつをしそ」⑤図・版「ひくへかりける」

20ほりえには玉しかましを大君のみふねこかんとかねてしりせ《井出左大臣幸難波時作歌》は六帖（澪標巻・三三三頁）
出典なし（天2天3蓬三秋熊天4鶴静2神初）「井出左大臣～」の傍注なし（天1刈鶴）傍注―「井出左大臣六帖幸難波時作歌」（宮）
未詳

21津国のなからへゆかは忘れなて又もみまくのほり江なるらん貫之（澪標巻・三三三頁）
出典なし（天1天3静1蓬秋熊天4刈鶴天5静2神）㊥六帖（天2宮初）②なからの《へ〃》ゆかは（熊）③忘る聲（秋）④又もみましの（三）⑤ほり江ならなん（天2三静2）
（三・江・二〇五・貫之）③④図「わすられ《れなイ》てなをも《またもイ》みくまの」・版「忘られて猶そみくまの」「④なを《またもイ》そみくまの・猶そみまくの⑤なるらし《む六イ》」

22あはた山こゆともこゆと思へとも猶あふ坂ははるけかりけり六帖（関屋巻・三四一頁）
出典なし（天2天3静1蓬三熊）⑤はるかなりけり（静2）
（二・山・七一）

23秋の野に行てみるへき花の色をたかさかしらに折てきつらん六帖（関屋巻・三四二頁）
該当歌なし（天2）出典なし（天3蓬熊鶴）④たかさかしそ《ら》に（刈）
未詳

24秋霧のたちまふみねの山口はかねてそしるきうつろはんとて六帖（松風巻・三五二頁）
該当歌なし（天2三）出典なし（天3蓬）㊥同（天1静1天4静2神）・六（秋熊）②③立ちまふみね山口は《を》（宮）③山口を（静2）・山口を《はイ》（初）
（一・霧・六五九）

25人よりもおもひのほれる君なれはむへ山くちはしるく成けり同（松風巻・三五三頁）
24の歌と前後する（天1天3静1蓬秋熊天4刈鶴宮静2神）出典なし（天3蓬神）㊥六帖（天1天2静1三天4刈鶴宮静2）・六（秋熊）⑤しるくそありける（三）・しるく《き》成けり（初）
未詳

26……又六帖哥に
なよ竹に枝さしかはすしのすゝき夜ませに見ゆる君はたのまし……（松風巻・三五四―三五五頁）紫

六帖の出典を示す記述なし（天2三）①なよ竹の（三）④一よませなる（天2三）⑤契たのまし（天3静1天4静2）・君はたのもし（鶴）・君はたのま《もイ》し（宮）

（五・一夜隔つ・二一九）④図・版「よませにみえむ」

27犬上の床の山なるいさら川いさとこたへてわか名もらすな古今六帖（朝顔巻・三六六頁）紫

出典なし（蓬秋鶴神）①犬上や（天2）③いさやかは（天1蓬秋熊鶴）・いさらかい《は歟》（天4）・いなや河（刈）・いさや《らイ》川（静2）・いさ《さイ》や《らイ》川（宮）・いさゝ川（初）④いさとこたへよ（天1蓬熊刈）

（五・名を惜しむ・五三六・あめのみかと）①図・版「いぬかみや」③版「いさゝ川」

28吹よれは身にもしみける秋風を色なき物とおもひける哉六帖（少女巻・三七五頁）

出典なし（天1天3静1蓬天4鶴神）①吹とき（鶴）

（一・秋の風・四二三）①図・版「吹くれは」

29いのりつゝたのみそわたるはつ瀬川うれしきせにもなかれあふやと（玉鬘巻・三八九頁）

出典なし（天1静1蓬秋天4刈鶴天5初）㊦六帖（天2宮神）・六帖三（天3三熊静2）①かのりつゝ（静1）④うれしせ《きイ》にも（神）⑤流あふかな（天2）

（三・川・一一九）

30ひな鶴の白妙衣けふよりはちとせの秋にたちやかさねん六帖（初音巻・三九七頁）

出典なし（天4鶴）④ちとせの秋や（天1蓬）・千年の秋を（秋）⑤記載なし（天1蓬）

未詳

31名にしおへは八重欵冬そうかりけるへたてゝおれる君によそへて六帖六（胡蝶巻・四〇四頁）

出典なし（静1秋鶴神）㊦六帖之（天1蓬三）・六帖（刈）

（五・もの隔てたる・二二八）
㊥（六・山吹・七二）⑤図・版「君かつらさに」［④〔へたてゝ〕たれか」

32恋侘ぬおほたの松の大かたは色に出てやあはむといはまし六帖（胡蝶巻・四〇六頁）
釈奥紫
出典なし（天2三秋神）①恋わひて（天3静1天4）・恋わひた（三）③おほかたの（熊）

未詳

33六帖かも河のせにふすあゆのいをとりてねてこそあかせ夢にみえつや大和物語（常夏巻・四一〇頁）
出典なし（天1天2天3静1蓬三秋天4刈鶴宮静2神）③うほとりて（天1天3静1蓬三秋天4宮神）・いをりて（鶴）④ねてこそゆかめ（天1蓬秋熊天4刈鶴）・ねてこそゆるせ（天3静1）・ねてこそゆかめ《あかせイ》（宮）⑤夢にみるやと（天1静1蓬天4）・夢に見ゆやと（秋熊鶴）・夢に見え《ゆやとイ》つや（宮）・夢にみえつゝ（初）・記載なし（刈）

未詳

34君ませは物も思はすかも川の瀬にふす鮎やなほこりにして六帖（常夏巻・四一〇頁）
出典なし（天1蓬秋刈鶴）①君にませは（鶴）④せにふす鮎の（天1天2天3静1蓬三熊天4刈鶴静2神）・瀬にふす鮎や《の》（初）④⑤せゝにふす鮎のやなをよりして（秋）・せにふすあゆのやなこもり《やなほこほりイ》して（宮）⑤やなこもりして（天1静1蓬熊天4刈鶴）・やなこほりして（天2三静2）・やなほこもして（天3）・やなほこりして（神）・なほこりにして（初）

（三・鮎・七一）③～⑤図・版「たまかはのせにふすあゆのやなほこりして」

35あたら夜のいもともねなてとめかたにあゆとる〳〵と岩のうへにねて同（常夏巻・四一〇頁）
出典なし（天1蓬秋刈鶴）③とりかたに（天3）・とめかたて《本不祥》（静1）・とめかたき（鶴）⑤いはのうへにゐて（天1天2天3静1蓬秋天4刈鶴静2神）・岩の上にて（三）・いはのうへにゐ《ねイ》て（宮）

（三・鮎・七二）①図・版「あたらよを」③図・版「とりかたき」⑤図「いわの上にゐ《しイ》て」・版「岩の上にゐて」「④鮎とり・鮎とり《る六》」

36逢みてはおもてふせやに思ふへしなこその関におひよは、き、六帖（常夏巻・四一五頁）釈奥紫
出典なし（天1天2天3静1蓬三秋熊天4刈鶴静2神）①かけみては（刈）②おも《りか》てふせやに（天2）・おもてぶせにや（静1天4）②③面ふせにや思ふへき（秋）③思へ《りか》りし（静1）・思ひ《え》りし（天4）⑤ひよは、き、（初）

未詳

37にくさのみますたの池のねぬなはのいとふにはゆる物にそ有ける六帖（常夏巻・四一五頁）釈奥紫
出典なし（天1天2天3静1蓬三秋熊天4刈鶴静2神）④いとふに《も》はゆる（天3）⑤ものにこそあれ（天4）

未詳

38あしきてを猶よきさまにみなせ河底のみくつの数ならね《すイ》とも（常夏巻・四一五頁）釈奥紫
出典なし（天1天2天3蓬三秋刈鶴宮天5初）六帖（静1熊天4静2神）①あしきても（三）②猶よこさまに（天4）⑤数ならすとも（天1天3静1蓬秋熊天4鶴静2神）・数ならねとも（天2三宮）・数ならすも（刈）・数ならぬ《すイ》とも（初）

未詳

39初かせのす、しくふけはわかせこか衣のすそのうらそさひしき六帖（篝火巻・四一六頁）釈紫
出典なし（天1天2蓬三熊刈鶴）

未詳

40しらぬひのつくしのわたは身につきて又はみねともあた、かにみゆ六帖人丸（野分巻・四二〇頁）
出典なし（天1天3静1蓬秋熊静2神）③身につき《け》て（三）・身につみて（刈鶴宮）④〃又《いまた》はみねとも（三）・きては見ね共（秋熊鶴）〃⑤あたか、にみゆ（静1）

（五・綿・一〇一二）④図「またはきねとも」・版「またききねとも」［④またはきぬとも・またききねとも］

41秋の、に行てみるへき花の色を誰《かイ》さかしらに折てきつらん（御幸巻・四二七頁）
該当歌なし（天1天2蓬三秋熊刈鶴） 出典なし（天3宮天5神初） ㊝六帖（静1静2） ④たれさかしらに（宮）・たかさかしらに（天3静1静2神）・誰さかしらに（初） ⑤折りしきぬらん（天3）

42てをおり《さへイ》て吉野の滝をせきつとも人の心をいか、たのまん《とそ思イ》六帖連哥（藤袴巻・四二九頁）紫（六帖連哥）
出典なし（天1蓬熊刈鶴） ㊝六帖［「連歌」なし］（天2天3静1三秋宮静2神）
①てをさへて（天1蓬秋熊刈鶴）・てをかへて（静1）・てを折て（天2天3静2神初）・てをさへて《をりてイ》（宮） ②吉野の瀧を《は》（熊） ④人の心は（天1静1蓬秋熊刈鶴）・人の心は《をイ》（宮） ⑤いか、とそ思ふ（天1蓬秋熊鶴）・いか、たのまん（天3静1神）・いか、こそ思（刈）・いか、とそ思ふ《たのまんイ》（宮）

43……案之過路《ヨキ》無かなるをと読へし其故は六帖第三哥
わすれ川よくみちなしとき、てしはいとふのうみのたちはよりけれ《り歟》とあり如此心歟
……（真木柱巻・四三三頁）
該当歌なし（天1天2蓬三秋熊刈鶴） ㊝六帖歌（静1）・六帖《第三》哥（静2神） ③
④聞えしはいとふのがみの（静1） ⑤たちはよりけれ（天3静1宮静2神初）

44道もなしいかてかゆかむ白雪のふりおほふ竹のよも深にけり（真木柱巻・四三三頁）
該当歌なし（天1天2蓬三秋熊刈鶴宮初） 出典なし（静1天5静2） ㊝六帖（天3神） ①みちはなし（静1） ④ふりおもふ竹の（神） ④⑤ひだりみぎにもぬる、袖かな（静1）

45たき物のこのした煙ふすふともわれひとりをはしなすへしやは六帖（真木柱巻・四三四頁）

未詳

（四・雑の思・二六二一）①②図「てをさへてよしの、たきは《かは》」・版「てをさへてよしの、瀧は」⑤図・版「いか、たのまん」「③せきつ《かはく》・かはく《せきつ》」

（三・川・一二一九）②版「よ、みちなしと」③図・版「き、てこそ」④⑤図・版「いとふのかみも《ハイ》たちはよりけれ」

（一・雪・七二六）①図・版「道もあらし」

（五・火取り・八三九）⑤図・版「しなすましやは」

該当歌なし（天3刈） 出典なし（天1蓬熊鶴神） ㊥六條（天2三） ①焼物の（静1） ②した煙（静2） ⑤しなすへ《まイ》しやは（三）・しる《り》すくしやは（神）

46真木柱つくるそま人いさゝめのかりほのわさ田つくりけるかな六帖（真木柱巻・四三四頁）

出典なし（天1天3蓬三熊刈鶴） ②つくる仙人《杣歟》（天1蓬）・作る仙人（鶴） ④かりほのために（天1蓬秋熊刈鶴）・かりほのために《わさ田イ》（静1）

47思あまりわひしき時は宿かれてあくかれぬへき心ちこそすれ同（真木柱巻・四三四—四三五頁）

該当歌なし（天1天2蓬三熊刈鶴） 出典なし（天3静1秋宮初） ⑤心ちこそせね（静1秋静2）

48くちなしの色に衣をそめしよりいはて心に物をこそ思へ六帖（真木柱巻・四三八頁）

該当歌なし（天1天2蓬三刈鶴） 出典なし（天3）

49い《紫明抄》はぬまをつゝみしほとにくちなしの色にやみえし山吹の花《万葉》六帖（真木柱巻・四三八頁） 奥 紫

出典なし（天1天2天3蓬三秋刈鶴神初） ④色にはみえし（鶴）

50よしとてもよき名もたゝすかるかやのいさみたれなんしとろもとろに（梅枝巻・四四七頁） 紫

出典なし（天1天2天3静1蓬三秋熊天4刈鶴天5静2神初） ㊥六帖（宮） ①よし《うイ》とても（宮）・う《よ》しとても（静2） ④いさみたれけん（秋）

51みこもりの神しまさしきすちならは我かた恋をもろこひになせ六帖（藤裏葉巻・四四九頁）

出典なし（天3三秋熊鶴神） ②我しまさしき（鶴）・神もまさしき（初） ⑤もろ恋にせん（熊）

（二・杣・一八九）③図「いさく《ら》めの」④⑤図・版「かりほのためとおもひけんやは」「③いさくめ・いさらめ」

（二・宿・四八六）②図・版「わひぬるときは」

（五・梔子・九八五）②図・版「色にこゝろを」

未詳

（六・刈萱・二四二）①図・版「まめなれと」「④いと」

（四・片恋・四九）②③図・版「神しまことの神ならは」

52 みとりなる松にちきれる藤なれとをのか此とそ花はさきける六帖（藤裏葉巻・四五一頁）
出典なし（天3秋熊刈鶴神）①ときはなる（天1蓬秋熊天4刈鶴静2）③藤なれは（天1静1蓬秋熊天4刈鶴）④をのか比こそ（天4）

（六・藤・七〇一・同〔貫之〕）②図・版「松にか丶れ《る》る」⑤図「花はさきけり《〃》」・版「花は咲ける」［⑤散ける・さきけり］

53 河《六帖》口の関のあらかきまもれともいて丶われねぬしのひ〳〵に（藤裏葉巻・四五一頁）
紫
出典なし（天2天3三秋熊鶴初）②せきのあしかき（蓬）・せきのあし《ら》かき（天4）④いて丶わかねぬ（三）・いて丶我ねぬや（秋）・いで丶我ねん（天4）

（二・関・二〇一）④図「いらてわれねぬ」

54 ねくたれの朝かほの花秋きりにおもかくしつ丶みえぬ君哉六帖（藤裏葉巻・四五二頁）
該当歌なし（天2）出典なし（天3三秋熊天4鶴神）②朝かほの花の（三）④おもかへ《り》しつ丶（熊）・おもかはしつ丶（蓬天4）

未詳

55 いかにかとおもふ心のある時は我身を丶きて人そかなしき六帖（若菜上巻・四六八頁）
該当歌なし（天2）出典なし（天1蓬三秋熊天4鶴）⑤人そ恋《かなイ》しき（天3神）・人そこひしき（静2初）・人そくるしき（初）

未詳

56 しら露はうつしなりけり《六帖もみちする秋はきにけりイ本》水鳥のあをはの山の色つくみれは
青葉山童蒙抄と云物には……六帖の哥にも其心歟（若菜上巻・四七〇頁）
傍注の出典表記なし（天1天2蓬秋熊天4鶴宮初）㊥六帖哥（天2）①②紅葉する秋はきにけり（初）②うへしなりけり（天2天4刈鶴宮静2）・むへしなりけり（三）「もみちする〜」の異文注記なし（天1天2蓬三秋熊天4刈鶴宮静2）

（一・八月・一六八）①②図「しら露はうへ《つ歟》しなりける」・版「白露はむへしなりける」④版「音羽の山の」［②うつしなりける《り歟》」㊩（二・山・九三・三原大）①②図・版「しら露はうつしなりけ

57身をすて、山に入にし我なれはくまのくらはんこともしられす六帖二（若菜上巻・四七六頁）

該当歌なし（天2）　出典なし（天1天3蓬秋熊天4刈鶴）　(出)六帖（静1三宮）　②山にも入にし（鶴）　③我ならは（秋）・われなれ《ら》は（熊）・我なれと（宮）　④くまにくらはん（静2）

58御狩するこまのつまつく青つゝら君こそ我はほたしなりけれ拾遺六帖（柏木巻・四九四頁）

出典なし（全）　②つまつく「「こまの」なし」（天2）　⑤ほたしなりけり（初）

59奥入うくも世に心に物のかなはぬか誰もちとせの松ならなくに小野小町六帖（柏木巻・四九四頁）　釈奥紫

出典なし（天1蓬天4刈鶴神初）　①うくも世の（秋熊）　③かなはぬは（天3天4宮）

60ひくらしの声もいとなくきこゆるは秋夕くれになれはなりけり六帖（夕霧巻・五一一頁）

出典なし（天3秋天4刈鶴）　②こへもいとなき（刈）　④⑤秋の夕くれになれるなりけり（静2）　⑤なれはなりける（静1）

61我のみそ哀と思はむ日くらしのなく夕くれのやまとなてしこ同（夕霧巻・五一一頁）

紫

り」④版「音羽の山の」(重)（三・水鳥・一七）①②図・版「もみちするあきはきにけり」④版「音羽の山の」「①ちる④音羽・音羽《青葉》」

未詳

未詳

（四・恨み・一一二五）②③図・版「おもふこゝろにかなはぬか」

（六・蜩・四六二）③④図・版「鳴なるは秋のゆふへに」

（六・撫子・八一・素性）①～④図・版「我のみやあはれとは

出典なし（天2天3秋天4刈鶴神） ㊤六帖（宮） ①我のみや（秋熊天4刈鶴初） ②あはれとは見る（天1蓬宮）・あはれと思ふらん（天3） ④なく夕かけの（天1蓬熊刈）・なく夕かせの（天4鶴） ⑤記載なし（秋）

おもふきり〳〵す鳴夕かけの」

62あな恋しいまも見てしか山かつのかきほにさけるやまとなてしこ同（夕霧巻・五一一頁）

（六・撫子・八七）

該当歌なし（天2） 出典なし（天3蓬秋天4刈鶴神） ㊤六帖（宮） ①あなこひしそ（天4）・あなこひしと（鶴） ②いまもみてしは（天1蓬） ⑤記載なし（秋）

63よと丶もに我ぬれ衣になる物はわふる涙のきするなるへし六帖人丸（夕霧巻・五一二頁）

（五・濡れ衣・七九九） ②図・版「わかぬれきぬと」

該当歌なし（天4鶴） 出典なし（天3秋） ②我ぬれきぬと（天3神） ③成物を（天2）・なる物は《は》（秋）・成物を《はイ》（宮）

64心にはちへにおもへと人にいはぬわか恋つまをみんよしもかな六帖（夕霧巻・五一三頁） 釈奥紫

（四・恋・一九） ⑤図「見ん《ル》よしもかな」

該当歌なし（天2三） 出典なし（天3秋熊天4刈鶴） ②ち丶に思へと（天3静1静2神） ③人にいは《は》ぬ（静1）

65いかにしていかによからんをの山のうへよりおつる音なしの滝六帖（夕霧巻・五一五頁） 釈奥紫

未詳

出典なし（天2天3秋熊天4刈鶴） ①いかににして（神） ②いかによるらん（天2）・いかによる《かイ》らん（宮）

66かひすらもいもせはありといふ物をうつし人にて我ひとりぬる六帖（夕霧巻・五一八頁） 釈奥紫

未詳

出典なし（天1天2天3蓬秋熊天4刈鶴宮） ②いもせになれて（天1天2天3

蓬秋刈宮神）・いもせはなれて（熊）・いかてになれは（天４鶴）②③いもせになれ《はありといふイ》てある物を（静１三）・いもせになれ《はありといふ物を》てある物を（静２）③有物を（天１天２秋熊刈鶴宮）④うつくし人そ（天３）・うつらへ人にて（鶴）

67霜枯の野辺をしうしと思へはや垣ほの草と人のあるらん六帖（御法巻・五二二頁）
該当歌なし（天２）　出典なし（天１天３静１蓬三秋熊天４刈鶴宮静２神）②野へをはうしと（天１蓬秋熊天４刈鶴宮）・野へをもうしと（神）③思へ共《はや》（秋）④かきほの草も（天３）・かほほの草と（熊）・垣ほの草に（静２）⑤人のかるらん（三）

68見るからに袖そひちぬるなき人のかたみにみよとうへし花かは六帖（幻巻・五二四頁）
出典なし（天２天３秋天４刈鶴）①見るまゝに（天３静１三）④形見〃の《に》みよと（秋）・かたみみよと（初）⑤うへし花かな（刈）

69をく露をわかれし君とみるからにあさな〱そ恋しかりける六帖（幻巻・五二八―五二九頁）
出典なし（天３蓬秋天４刈鶴静２）(出)六（天１）①をく露の（秋）③みることに（天４鶴）④あさな〱に（天３天４鶴）⑤恋しかりけり（天４鶴）

70かひなしとおもひなわひそ水茎の跡そちとせのかたみなりける六帖（幻巻・五二九頁）
該当歌なし（天２）　出典なし（天１天３蓬秋熊天４刈鶴）⑤かたみなりけり（鶴）

未詳

（四・悲しひ・五一九）①図「見ること《から》に」・版「見ることに」③図・版「なきはる《ことイ》の」［①見るからに・見るからに」

（一・露・五四八）③図・版「思ひつゝ」⑤版「悲しかりける」(重)（四・悲しひ・四八九）②③図「わかれし人《キミ》とみること《カラ》に」版「別れし人とみる《レ》ことに」⑤図「こひしかりける」

（五・文・八五四）②図・版「思ひなけちそ」⑤図・版「かたみともなる」

71みな人の老をわするといふ菊にもゝとせをやる花にそ有ける六帖（匂兵部卿巻・五三五頁）
出典なし（天2天3三秋鶴初）①皆人は《の》（秋）③いふ菊の花（静1）・いふ菊《菊》の《は》（秋）・いふ菊は（天4刈鶴）・いふ菊の《〃》（天3静2神）・いふ草《菊は歟》に《の本》（熊）④百年をふる（秋熊天4刈鶴）⑤花にそあけ《り》ける（蓬）

（一・九日・一九四）③図・版「いふ菊は」④版「もと《も、イ》ゝせをやる」

72うち川のひをのよらねは音をそなくあしろもるてふ人のつらさに六帖貫之（橋姫巻・五四九頁）
出典なし（天1天2天3静1蓬秋）②ひをもよらねは（三天4刈宮）・ひをよらねは（鶴）⑤人のつゝさに（天2天4）・人のつらさよ（秋鶴）

（三・網代・一九九）①②図「うち川のなみ《にほひを〃イ》のよる〳〵」②版「浪のよる〳〵」

73ひとつたにきるはわひしきふち衣かさなる秋を思ひやらなん六帖貫之（橋姫巻・五五〇頁）
出典なし（天1天3静1蓬鶴）①ひとへたに（天1天2天3静1蓬三秋天4刈鶴宮静2神）・ひとつ《へ〃》たに（熊）②きるはかなしき（天2）

（四・悲しひ・四九五）①版「ひとへたに」②図「きれはか《ワ》な《ヒ》しき」・版「きれはかなしき」③図・版「かさぬるあきを」

74藤衣かさぬる思ひおもひやるこゝろはけふもやすまさりけり同（橋姫巻・五五〇頁）
出典なし（天1天3静1蓬三天4鶴初）②かさなる思ひ（天3静1熊鶴）③思やれ（鶴）

（四・悲しひ・四九六・貫之ある本）⑤図・版「やますさりける」

75いなむしろ川そひ柳みつゆけはおきふしみれとそのねたえせす六帖貫之（椎本巻・五五二頁）
出典なし（天1天2天3静1蓬秋天4）②川そひ極水行は（天2）

（六・柳・六一二）④図・版「おきふしすれと」

76しらぬひのつくしのわたは身につきてまたはみねともあたゝかにみゆ六帖人丸（椎本巻・五五四頁）
該当歌なし（天3）　出典なし（天1天2静1蓬秋刈）　出典不読（三）　④又はみねをも（三）

（五・綿・一〇一二）④図「またはきねとも」・版「まただききねとも」「④またはきぬとも・またききねとも」

77かたすかのむかひの岡にしゐつまはこんとしことの夏かけになれ六帖人丸（椎本巻・五五六頁）
該当歌なし（天3）出典なし（天1蓬秋鶴）①かた岡の（静2宮）③しゐつまむ《はイ》（三）・椎まかは（静2）

78我やと、きみこししゐのなかたえてつみのむくひやあひみさるらん同（椎本巻・五五六頁）
該当歌なし（天3）出典なし（天1静1蓬秋天4刈鶴初）①我やとの（天1天2静1蓬三）・我やとも（静2神）

79紅葉、のなかれてとまるあしろには白浪もまたよらぬ日そなき六帖貫之（総角巻・五六一頁）
出典なし（天1天3蓬秋天4初）

80祈つ、たのみそわたる初瀬川うれしきせにもなかれあふやと六帖三（早蕨巻・五六六頁）
出典なし（天1天3蓬秋）(出)六帖（天4）③泊瀬川（天1静1蓬三）④うれしきせ、に（天1天2天3静1蓬三熊刈鶴静2神）・うれしきせにも《せ、にイ》（宮）⑤あわれあふやと（天1天2蓬）

81恋しさのかきりたにある世なりせはつらきをしゐてなけかさらまし六帖（宿木巻・五七〇頁）釈奥紫（六帖）
出典なし（天1天3静1蓬秋天4刈鶴初）

（六・椎・七一八・人丸）①②図・版「かたをかのむかひのみねに」③図「しゐまくは」・版「椎まかは」④図・版「ことしの夏の」⑤図「かけにせんと《か〃》も」・版「陰にならんかも」〔②〔むかひの〕岸〕

（六・椎・七二〇）①図・版「我やとに」

（三・網代・一九六・貫之）〔⑤日も〕

（三・川・一一九）

（五・年へていふ・四六）④図「としへはものは」・版「年へて物は」⑤図・版「おもはさらまし」

82夏の月ひかりをましててる時はなかる、水にかけろふそたつ（蜻蛉巻・五九二頁） 出典なし（秋熊天4刈鶴）①夏の〔「月」なし〕（天1蓬）①②夏の日の光を益て（秋）	（一・夏の月・二八七）
83たとへてもはかなき物はかけろふのあるかなきかの世にこそ有けれ（蜻蛉巻・五九二頁）釈奥紫 出典なし（天4鶴）出六帖（熊刈）・六（秋）⑤よこそありけれ（三）	（一・蜻蛉・八二〇）①②図・版「世のなかと思ひしものを」〔⑤よにそ《こイ》〕
84かけろふのそれかあらぬか春雨のふるひとなれは袖そぬれける（蜻蛉巻・五九二頁） 85の歌と前後する（静2）出典なし（天4鶴）出以上六帖哥（静2）・同（秋熊刈）③春春《雨〃》の（秋）④ふるひとしれは（天1天2蓬）・ふるひとみれは（天3静1三天4鶴刈神）⑤袖そぬれぬる（静2神）	（一・蜻蛉・八二一）④⑤図・版「ふる人みれは袖そぬれぬる」〔歌順八二一・八二二―八二三・八二二〕
85かけろふのさやにこそみめむは玉のよるの人めは恋しかりけり以上六帖哥〔82～85〕（注3）（蜻蛉巻・五九二頁） 出典なし（秋）出六帖（熊天4刈鶴）②さやかにこそみめ（天2）・さやにみめ〔「こそ」なし〕（天3）④よるの人〃《本人〃》は（天1）・よるのみ人は（天2三）・よるの人《本人〃》は（蓬）⑤恋しかりけれ（静1《め》）・くるしかりけり（秋）	（一・蜻蛉・八二二）②図「さやに《かに見えぬイ》こそみね」・版「さやにこそみね」③図「むま玉の」・版「うは玉の」
86つれもなき人をこふとて山ひこのこたへするまてなけきつる哉六帖貫之（手習巻・五九四頁） 出典なし（天3秋天4鶴初）出六条（静2）	（二・山彦・一六四）
87紅葉《六帖三》する秋はきにけり水鳥のあをはの山の色つくみれは（夢浮橋巻・六〇三頁） 該当歌なし（天1天2蓬）出典なし（天3静1三鶴神初）出六帖（秋熊天4刈宮）	（三・水鳥・一七）④版「音羽《青鰍》の山の」〔①ちる④音羽・音羽〕

以上の表において、十六本の『河海抄』諸本の異同を示した。管見のすべての『河海抄』の校異を表中に収めることはしなかったが、『河海抄』は「あらゆる文献学の参考とすべき宝典」[注4]と評価されながら、しかし「末流の写本ばかりで、一本をそのまま翻刻したのでは使用にたえない」[注5]と解説されるように、著者による増補、後世の書き入れなどにより、『河海抄』の本文ならびに出典表記に異同が生じていると考えられる状況にあっては、『古今六帖』本文と『河海抄』所引の『古今六帖』の歌を照合するに際しても、まず広く『河海抄』本文を校合するという手続きを踏まえることが必要であると考える。以下、考察を行う。

三　『河海抄』の『古今六帖』出典注記

『河海抄』に見える『古今六帖』所収の歌は、『河海抄』が引用している約一四〇〇首の和歌のうち、およそ五二〇首である。[注6]そして、その五二〇首ほどの歌の一部と、現存の『古今六帖』には見当たらない二十首ほどの歌に、『古今六帖』の出典が注記されているのである。

表を通覧すると、『河海抄』諸本間の異同は、歌句の大小の異なりだけではなく、出典注記の異同および有無、さらに歌そのものの記載の有無さえ確認される。『河海抄』の現存諸本は、識語から四種に大別されているが、[注7]前掲の表によって『河海抄』が引用する『古今六帖』の歌について調べれば、それらの歌句および出典注記の異同は、四種の識語通りには明確に整理されがたい状態がうかがえる。この実態は、現存する『河海抄』の伝本がそれぞれに干渉しあい、混在したものとなっていることを示しているだろう。それら『河海抄』諸本のなかでも、特に流布している〔天5〕（天理図書館本、玉上琢彌編・角川書店）[注8]の七十四例という『古今六帖』の出典注記の数は、表に収めた十六本の『河海抄』諸本の中ではもっとも多く、もっとも少ない〔鶴〕との差は、およそ六十例ある。[注9] 総対的には、奥書を持たない、いわゆる系統不明の諸本で出典が注記された歌の数が多い傾向が見られる。出典が記される位置にも本による違いが見られ、歌の右上に記される場合が原則のようであるが、〔天5〕および〔初〕では歌の下に記されている。とりわけ〔天5〕は、『古今六帖』の出典が注記された歌の数が、管見の『河海抄』の中ではもっとも多い本でもある。[注10] これらの点において、〔天5〕はやや特異な本とも言え、不安な要素もある『河海抄』の伝本状況をも考え合わせると、玉上氏が判断されるように善本ではあるにしても、[注11] 同書一本のみによって『河海抄』引用の『古今六帖』の歌を検討することは、やはり危惧されるのである。

四　『河海抄』所引の『古今六帖』本文と現存『古今六帖』本文との相関

引用歌に出典が注記されている場合でも、それがいつの段階で記されたものであるのか、また、『河海抄』で『古今六帖』の出典が記されている歌が、たしかに『古今六帖』から直接引用されたものであるのか、という疑問が存在する。前者に関しては、表に示した通し番号の36・37・58・67といった、ほとんどの本で『古今六帖』の出典が記されていない例では、〔天五〕や〔初〕という特定の本の祖本で出典が書き加えられたのであろうと推察されるものの、現存する『河海抄』の伝本が混在した状態のものであり、また、本文と細字で記された出典との筆の違いなどの問題も介在するため、解き明かすことは困難である。しかし、後者については幾らか確かな手がかりが存在する。まず、本文中に『古今六帖』の歌であることが明示されている次のような例である。

43……案之過路《ヨキ》無かなるをと読へし其故は六帖第三哥
わすれ川よくみちなしときゝてしはいとふのうみのたちはよりけれ《り歟》とあり如此心歟……（真木柱巻・四三三頁）[注12]

他、8・15・26・56が同じような例である。もっとも、『河海抄』内に見える文献の引用に関しては、先行する注釈書をそのまま受け継いでいるだけではないのか、という疑問もある。しかし、15・56といった『古今六帖』の書名を示して考えを記している例、および所収の帖までがはっきりと示されている43は、『源氏釈』を初め『奥入』『紫明抄』でも引用されておらず、[注13]『河海抄』の時点で『古今六帖』の歌と認識して記された歌であると言えるのである。

あわせて、次のような例に注目したい。『河海抄』の本文と、その下に該当の歌の『古今六帖』における所収の帖・歌題・歌番号を示す。

㋐『河海抄』（常夏巻・四一〇頁）

34君ませは物も思はすかも川の瀬にふす鮎やなほこりにして六帖　（三「鮎」七一）

35あたら夜のいもともねなてとめかたにあゆとる〳〵と岩のうへにねて同　（同右・七二）

㋑『河海抄』（橋姫巻・五五〇頁）

73ひとつたにきるはわひしきふち衣かさなる秋を思ひやらなん六帖貫之　（四「悲しび」四九五）

74藤衣かさぬる思ひおもひやるこゝろはけふもやすまさりけり同　（同右・四九六）

㋒『河海抄』（蜻蛉巻・五九二頁）

83たとへてもはかなき物はかけろふのあるかなきかの世にこそ有けれ　（一「蜻蛉」八二〇）

84かけろふのそれかあらぬか春雨のふるひとなれは袖そぬれける　（同右・八二一）

85かけろふのさやにこそみめむは玉のよるの人めは恋しかりけり以上六帖哥　（同右・八二二）

これら㋐〜㋒例は、『河海抄』が同じ項目に『古今六帖』の出典を注記して連続して挙げている二首以上の歌の並びが、『古今六帖』内での歌順と一致する例である。[注14] もっとも、管見のすべての『河海抄』の本において、これらの歌が同じ状態で示されている訳ではない。本によっては出典が注記されていない場合もあり、『河海抄』諸本間での歌句のわずかな異同も見られる。しかし、四系統のいずれにも、これらの歌に出典を記す本は存在しており、また諸本間での歌句の異同に関しても、書写の誤りなどが原因と考えられるささいなものばかりで、特に問題視されるものではない。そもそも、ある歌が管見の『河海抄』のすべての本において、『古今六帖』の出典とともに記載されているという例は皆無であり、また一首の歌に、わずかな異同が見られない例もきわめて少ないのである。

なによりも、これら㋐〜㋒例の歌は、管見のすべての『河海抄』の本において該当の項目に記載されており、『河海抄』成立当初から記されていた引用歌であったと考えられる。しかも、㋒例の83の歌のみは、『源氏釈』など先行の注釈書においても同じく蜻蛉巻に引用されているものの、ほかの歌（㋐例34・35、㋑例73・74、㋒例84・85）は先行の注釈書では該当項目への提示は見られない。すなわち、これら㋐〜㋒例の歌は、『河海抄』成立の時点で『古今六帖』内の歌順と一致する状態で記された歌であると言え、『河海抄』作者の机上に『古今六帖』が置かれ、歌が直接引き写された場合も確かにあったことを示唆する例と考えられるのである。

ただ、㋐〜㋒例のそれぞれには、『河海抄』と『古今六帖』の両者で記載される歌のあいだに、書写の誤りによるとは考えがたい異同が存在する。まず㋐例は、34「君ませは……」の歌の第三句「かも川の」が、『古今六帖』所載の歌では「たまかはの」となっており、㋑例では、73の第二句「きるはわひしき」が、『古今六帖』の歌では「きれはかなしき」となる。そして㋒例は、83の初句・第二句「たとへてもはかなき物は」が、『古今六帖』の歌では「世のなかと思ひしものを」と大きな違いが認められる。もっとも、㋑例の二首は『貫之集』にも連ねて載録されている歌であるため、「六帖」という出典が注記されてはいても、かならず『古今六帖』が関わっているとは想定しがたい。しかし、㋐例の34・35および㋒例の85は、検索が可能な限りでは『古今六帖』以外の歌集には見当たらない歌である。そのような歌が、特に㋒例においては三首の歌順が、『河海抄』と『古今六帖』との間で偶然に一致するとは考えがたい。そもそも、『河海抄』に引用されている『古今六帖』所載の歌のうち、『古今六帖』の出典が注記されていない歌およそ四五〇首についても同じく、現存の『古今六帖』内の配列と照合を試みても、双方の歌順が一致するという例は、前掲の㋐〜㋒例のほかには見出せないのである。この点からは、『河海抄』内の出典注記には誤認も存在するにしても、『古今六帖』の出典注記に関して言えば、一様に軽視するべきではないと言えるだろう。そして、㋐〜㋒例における『古今六帖』と『河海抄』両者の歌句の異なりは、『河海抄』作者の手元に存在した『古今六帖』本文と、現存本の本文との違いを示すのではないかと推察されるのである。

㋐〜㋒例に加えて、もう一例に注目したい。『河海抄』で同じ項目に連ねて記されている77・78は、『古今六帖』では第六帖「椎」の歌題に一首を隔てて並ぶ歌（七一八・七二〇）である。「椎」の歌題内において、77・78のあいだには「おとはせん君をばまたんむかへをのしゐの」（七一九）という、『万葉集』（三五一四）の異伝歌かと思われる一首が挟まれているが、この歌は、現存の『古今六帖』の諸写本では第四句の途中から欠落した状態となっている。[注15] 現存本以前の本文の姿は知り得ないものの、「椎」の歌題の「おとはせん……」（七一九）の歌は、『河海抄』作者の所持していた『古今六帖』の本においても、すでに完全な形では記されていなかった、あるいは、かつては七一八番と七二〇番の歌の行間に細字で挿入されていた、などの可能性も考えられるだろう。

この七一九番の歌に不備があることもさることながら、『河海抄』の77・78の二首と『古今六帖』「椎」の歌題の歌との関わりについては、77の歌に注記された作者名にとりわけ注目したい。『河海抄』の諸本では、77の歌に『古今六帖』の出典とともに、「人丸」という作者名が見える。[注16] この77の歌「かたすかの……」は、『万葉集』（一一〇三）に見える歌であり、『古今六帖』のほかでは『雲玉集』（一三六）にも採られている。しかし、『万葉集』ではこの歌に作者名は明記されておらず、『雲玉集』にも作者に関する記載はない。調べた限りでは、歌集・歌学書のたぐいでは、『古今六帖』だけがこの歌を人丸の作としているのである。すると、『河海抄』がこの歌の作者に関する情報を知り得た資料として、『古今六帖』があったのではないかと推察されるのである。『河海抄』で77の歌に連ねて記される78「我やと、……」の歌は、先に述べた34・35・85と同じく、ゆいいつ『古今六帖』にのみ見られる歌であり、さらに『古今六帖』「椎」の歌題の七一九番の歌の不備をも考え合わせるならば、77・78という『河海抄』内に連ねて記される二首もまた、直接『古今六帖』から作者名とともに引き写されているかと考えられる。その77の『河海抄』所載の本文とまったく同じ訓読は『校本萬葉集』の訓には見えないのだが、細井本などの訓に近い現存の『古今六帖』の本文は、それらの訓読によって改められているとも考えられるだろう。

五　『河海抄』所引の『古今六帖』の歌の作者名表記

『河海抄』に引用された歌に出典と作者名があわせて記されている場合、その作者名はおよそ一緒に記されている出典によるものであることは、『河海抄』で三代集の出典が記された該当の例を調べてみると分かる。したがって、『古今六帖』の出典とあわせて記されている作者名もまた、『古今六帖』における作者名注記によっていると考えられるのである。『河海抄』内に『古今六帖』の出典と一緒に見える作者名は、「人丸」が四例（40・63・76・77）と「貫之」が八例（14・19・21・72・73・75・79・86）、そして「小町」が一例（59）ある。[注17] 先の77の例では、ほかの資料で作者名の記されない歌が、『古今六帖』と『河海抄』の両者では人丸の作とされている点に注目したが、『河海抄』に引用された『古今六帖』の歌の作者名注記についての不審は、早くに契沖の『源註拾遺』において一例指摘されている。

河　六帖貫之哥、いな筵河そひ柳水ゆけはおきふしすれとそのねたえせす○今案、此哥は顕宗天皇の御哥を載せたるなり。……此次に柳とて今の哥ある故に、河海抄には上をうけて貫之哥と思ひたまへるは誤りなり。[注18]

これは、75の例に関する指摘である。『源註拾遺』が指摘しているように、『河海抄』が「貫之」と作者名を注記する75「いなむしろ……」の歌は、『日本書紀』に見える顕宗天皇の歌である。『和歌童蒙抄』などの歌学書にも顕宗天皇の作と記されており、貫之の作としてこの歌を収める資料は見当たらない。『古今六帖』では、第六帖「柳」の歌題に見えるこの歌（六一二）に、直接に貫之という作者名は記されていないが、『古今六帖』の並びではこの歌の二首前に位置する歌「くれなゐに色をばかへて梅の花かぞことごとに匂はざりける」（六「紅梅」六一〇）に、「貫之」という作者名が記されている。ゆえに、『源註拾遺』は、その二首前の作者名によって、『河海抄』における75の歌の作者名が誤って記されたと考えているのである。

『河海抄』に引用された『古今六帖』の歌の作者名注記に関しては、他、21「津国の……」の歌に対して、『河海抄』の諸本は「貫之」という作者名を記しているが、この歌は『貫之集』などには見受けられず、『古今六帖』（三「江」二〇五）のみに載録されている歌である。そして、その『古今六帖』が、この歌に貫之という作者名を記している。すると、第四節で述べた77の例（「人丸」の作者名注記）と同じく、『河海抄』が当該歌の作者名を知り得た資料として、『古今六帖』の存在が注目されるのである。さらに、21「津国の……」の歌と『古今六帖』

内の並びでは五首しか隔たらない「うぢ川のなみのよる〳〵ねをぞ鳴く網代もるてふ人のつらさに」（三「網代」一九九）という歌も、『河海抄』（例72）では「貫之」の作となるが、21と同じくこの歌もまた『貫之集』などには見えず、『古今六帖』「網代」の歌題のみに載録されている歌である。現存の『古今六帖』では、この歌に貫之という作者名は記されていないが、一首前に位置する「うぢ川のなかにながれて君ませば我も網代によりぬべきかな」（三「網代」一九八）という歌に、「貫之」という作者名が記されている。実際には、「うぢ川のなかにながれて……」の歌も、『後撰集』（一一三六・第二句「浪にみなれし」）では大江興俊の作とされる歌であり、『古今六帖』の他ではこの歌を貫之の作とする資料は見られない。すると、『河海抄』の72の歌に注記される「貫之」という作者名は、『源註拾遺』が指摘した75の例と同じく、『古今六帖』で前にある歌に記された作者名を、次の歌も受けるものと判断して『古今六帖』から写されたものであろうと考えられるのである。

その72の歌は、『河海抄』の引用歌では「ひをのよらねは」となる第二句が、『古今六帖』の本文では「なみのよる〳〵」となり、かなりの違いがある。ただこの歌は、『河海抄』において「網代は人騒がしげなり。されど氷魚も寄らぬにやあらむ」（橋姫巻・二八五頁）という物語本文の引歌として挙げられており、この本文の引歌という観点で見れば、表現・歌意ともに、第二句が「ひをのよらねは」となる『河海抄』記載の本文のほうが、より適切であると言える。その72の歌と同じく、『古今六帖』「網代」の歌題にならぶ「もみぢばのながれてとまる網代には滝のみなわぞおちまさりける」（一九六）の歌は、『貫之集』（四五四）では「ながれておつる」となる第二句が、『河海抄』の79と『古今六帖』記載の本文では、ともに「ながれてとまる」となっている。もちろん、『貫之集』諸本の異同の問題があるが、『私家集大成』所収本および『貫之集全釈』（風間書房、平成九年）では、第二句が「ながれてとまる」となる本は示されていない。先に、作者名注記に関して触れた21の歌も、これら72・

79の歌と『古今六帖』第三帖内で歌の位置が近接しているのであり、『古今六帖』第三帖の「網代」「江」の歌題のあたりの表記は、作者名とともに、『河海抄』作者が所持した『古今六帖』の本文が、『河海抄』に複数例記し留められているのではないだろうか。

六　『河海抄』所引の『古今六帖』本文の様相

『河海抄』の本文中に『古今六帖』の歌であることが明記されている例、および歌順や作者名が注意される例のほかには、先述の72のように、『源氏物語』本文との関わりにおいて注目し得る例がある。次に、特に明瞭な例について、①『源氏物語』本文・②『河海抄』所載の歌の本文・③『古今六帖』における載録の状況の三点をあわせて記す。

(1)①八月二十余日、宵過ぐるまで待たるる月の心もとなきに、星の光ばかりさやけく、（末摘花巻・二五八頁）
②11六帖したにのみこふれはくるし山のはにまたるゝ月のあらはれはいかに（同巻・二六五頁）
③（一「雑の月」三三六）―第四句「いてくる月の」

(2)①「春や来ぬる」ともまづ御覧ぜられになむ、参りはべりつれど、（葵巻・二二三頁）
②14あたらしくあへることしを百とせの春やきぬると鶯そなく六帖貫之（同巻・二九五頁）
③（一「朔日の日」一六）―第四句「春のはしめと」

(3)①「色に衣を」などのたまひて、「思はずに井出の中道隔つとも言はでぞ恋ふる山吹の花……」（真木柱巻・二四四頁）
②48くちなしの色に衣をそめしよりいはて心に物をこそ思へ六帖（同巻・四三八頁）

③（五「梔子」九八五）─第二句「色にこゝろを」

(4)①「松に契れるは、あだなる花かは。ゆゆしや」とて責めたまふ。（藤裏葉巻・二八八頁）

②52みとりなる松にちきれる藤なれとをのか此とそ花はさきける六帖（同巻・四五一頁）

③（六「藤」七〇一）─第二句「松にかかれる」

物語本文（①）の傍線をつけた箇所は、『河海抄』の該当項目においての掲載本文である。(3)例の物語本文は、「衣を（ころもを）」の箇所が「心も」となる本も存在するが、「ころも」と「こころ」では書写の誤りが生じる可能性は否定できないだろう。しかし、他の例（(1)(2)(4)例）においては、『源氏物語大成』所収諸本では二重傍線の部分に異文はない。(3)例の歌については、他の資料において『河海抄』と『古今六帖』両方の本文（「色に衣を」と「色に心を」）が確認できるのだが、『万葉集』（三八二五）に載る(1)例の歌では、『校本萬葉集』による限り、「出来月」と表記される第四句の本文および「いてくるつきの」という訓に異なりはない。(2)例や(4)例の歌についても、両者を『河海抄』と同じ本文で載せる歌集・歌学書のたぐいは見いだせない。それら(1)(2)(4)例では、『河海抄』が該当の項目に引歌として挙げているのは一首のみであり、特に(1)(2)例の歌の場合、『河海抄』作者の認識している歌の句が「いてくる月の」や「春のはしめと」であったならば、物語本文（①）の引歌として、当該歌を挙げるとは考えがたいのである。[注19] もちろん、『源氏物語』本文による歌句の変化、また『河海抄』作者の記憶違いによるという原因は否定できない。しかし、これら(1)〜(4)例の歌（②）の点線部分に見える『河海抄』と『古今六帖』間の本文の異なりについては、『河海抄』および『古今六帖』両方の諸本間においては互いに異文は一切なく、異文注記すら見られないのである。『河海抄』諸本間にも歌句の異文が多く見られるという実情を考え合わせるならば、これらの『古今六帖』と『河海抄』両者の歌句の異なりを検討してみる余地はあるだろう。

そこで、『河海抄』特有の本文が見られる(1)(2)(4)例の歌の、『古今六帖』内での位置を確認してみる。＊印の歌が、『河海抄』所引の歌である。

(1)　山のはにいさよふ月をいでんかと待ちつつをるによぞ更けにける（一「雑の月」三三五）

＊したにのみ恋ふればくるし山のはにいでくる月のあらはれはいかに（同右・三三六）（『河海抄』―第四句「またる月の」）

をそく出る月にもあるかなあし引の山のあなたもをしむべらなり（同右・三三七）

(2)　きのふよりのち《ヨィ》をばしらずももとせの春のはじめはけふにぞ有りける（一「朔日の日」一五・貫之）

＊あたらしくあくるこよひをももとせの春のはじめと鶯ぞなく（同右・一六）（『河海抄』―第四句「春やきぬると」）

(4)　＊みどりなる松にかかれる藤なれどおのが比とぞ花はさきけり《る》（六「藤」七〇一・同〔貫之〕）（『河海抄』―第二句「松にちきれる」）

かけてのみみつつぞしのぶから衣うす紫にさける藤波（同右・七〇二・躬恒）

すると、現存の『古今六帖』の本文でならぶ場合、(2)(4)例においては取りわけ、「ももとせの春のはじめは」（一五）「ももとせの春のはじめと」（一六）、「松にかかれる」（七〇一）「かけてのみ」（七〇二）と、前後の歌と語句レベルでのつながりが非常になだらかになっていると言えるのである。これと似かよった例はほかにも見え、『河海抄』の60の第三句「きこゆるは」と、「鳴なるは」（『古今六帖』六「蜩」四六二）の違いにおいて、『古今六帖』「蜩」の歌題を見ると、その歌は「ひぐらしのこゑに山のはちかければなきつるなへに入ひさしけん」（六「蜩」四六一）という歌に続いている。また、先に第五節で物語本文との関わりで注目した72の第二句「ひをのよらねは」と、「なみのよる〳〵」（『古今六帖』三「網代」一九九）の異なりにおいても、『古今六帖』ではこの歌に「やなみれば川かぜさむく吹くときぞなみのはなさへ落ちまさりける」(三「やな」二〇〇)という歌が連なっていて、語句のつながりのなだらかさが注目できるのである。

『古今六帖』の編纂においては、語句的なつながりにかなり関心が寄せられているであろうことは、すでに指摘されており、[注20]また現存の『古今六帖』には、事実そうであると頷ける箇所が多く見受けられる。『古今六帖』は、歌の増補や歌句の改変を重ねて現存の姿になったとすれば、これらの『古今六帖』の歌については、前後に配置された歌の影響によって、歌句の変移が生じたとも考えられるだろう。

七　『古今六帖』現存本の様相の一端

『河海抄』諸本による歌数の違いはあるものの、『古今六帖』と出典が記されている歌から、現存の『古今六帖』には見えない歌を除けば、実際に『古今六帖』の歌と照合できる歌は五十首以下である。『古今六帖』の出典が記された歌の中でも、とりわけ『河海抄』と『古今六帖』間の歌句の異なりが大きく、しかも双方の諸本間には、当該歌句に異なりがないという例は、4・11・14・34・48・50・51・52・59・60・61・68・72・77・81・83の十六例を挙げることができる。思いがけず、これらのおよそ半数の例は、これまでの考察において取りあげてきた例の中に見える。特に、『古今六帖』内で連接する歌との語句のつながりに注目した例(11・14・52・60・72)は、すべてこの十六例の中に含まれており、連なる歌の影響により、歌句の変移が生じるという可能性を払拭しきれないのである。この十六例においては他、たとえば『河海抄』81の下の句「つらきをしるてなけかさらまし」と、『古今六帖』本文の「としへはものはおもはさらまし」(五「年へていふ」四六)の違いについては、この歌が『古今六帖』で「年へていふ」という歌題に収められていることから、より歌題に適するよう『古今六帖』の本文が改められたかとも推察される。よく似た例では、第四節で歌順について注目した73は、先述のように管見のほとんどの『河海抄』諸本が「わひしき」とする歌句を、『古今六帖』（四「悲しび」四九五）には「かなしき」で載る。この場合もまた、この歌が収められる歌題が「悲しび」である点を見過ごせないのである。別の注目では、50「よしとてもよき名もた、す……」の歌は、『河海抄』の引用歌では「よし」という語が一首の中で重なっているという欠点があるが、『古今六帖』の歌を見ると初句が「まめなれと」となっており、語の重なりが避けられている。51「みこもりの……」の歌の場合には反対に、『古今六帖』の歌「みこもりの神しまことの神ならは」で、「神」という語が重なっているのだが、しかし、この場合は『河海抄』の歌句では意味が理解しにくく、語の重なりはあっても『古今六帖』の本文のほうが理解しやすいと言えるのである。このように、『河海抄』と『古今六帖』のあいだに目立った異なりがある例においては、『古今六帖』内で連接する歌の影響に加えて、歌題の作用や、歌の不備による歌句の改変の可能性が推察される例が見られるのである。

『古今六帖』が幾度もの変移を経て現存本の形になったならば、『河海抄』には、現存本の姿となる以前の『古今六帖』の状態が留められていると考えられる。以上の検討から、『河海抄』には『河海抄』作者が所持した『古今六帖』の歌の形態が留められていること、そして『古今六帖』においては、『河海抄』成立以後も歌句の変移が生じたであろうことが推察され、『河海抄』は、現存本以外の『古今六帖』の姿がうかがい知れる資料の一つであると言えるのである。

【注】

(1)『河海抄』に見える『古今六帖』の歌の考察に関しては、奥村恒哉氏が「『古今六帖拾遺』補正―河海抄の場合―」(『平安文学研究』第四一輯、昭和四三年十二月)および「『河海抄』所引の古今六帖―『古今六帖拾遺』補正―」(『平安文学研究』第四三輯、昭和四四年十一月)(ともに奥村恒哉『古今集・後撰集の諸問題』風間書房、昭和四六年所収)において、現存本には存在しない、いわゆる「古今六帖拾遺歌」に注目した考察をされている。

(2)大津有一「河海抄の伝本」(『金沢大学国語国文』二、一九六六年三月)および同「河海抄の伝本再論」(『皇学館論叢』一―五、一九六八年十二月)による。

(3)82~85の四首は連続して記されているため、85の歌の後に見える「以上六帖哥」という記述は、82~85の四首に対して記されていると考えられる。したがって、85の後に「以上六帖哥」という記述のない本(熊・秋・天4・刈・鶴)に限ってのみ、82~85の歌の個々の出典を問題にした。

(4)池田亀鑑編『源氏物語事典』下巻(東京堂出版)、『河海抄』解題(大津有一担当)。

(5)玉上琢彌『紫明抄 河海抄』(角川書店、昭和四三年)

(6)玉上琢彌編『紫明抄 河海抄』(角川書店)の本文による数量である。なお、同じ歌が異なる巻に引用されている場合には、それぞれを一首として総計し、『古今六帖』本文との照合は図書寮叢刊『古今和歌六帖』によって、一句だけが異なる場合は同じ歌とみなした。

(7)(注2)に同じ。

(8)以下、表の凡例に示した略称を用いる。

(9)散位基重本系統と三条西実隆本系統の二種の奥書を持つ〔鶴〕において、『古今集』の出典が注記された歌を調べてみると、その数は〔天5〕のおよそ二割であり、『古今六帖』の出典注記に限って少ないものではないことが分かる。

(10)前掲の表に収めた十六本の諸本、および以下に示す八本の計二十四本の『河海抄』写本中である。
○中書本系統〔龍門文庫本(七〇)・内閣文庫本(二〇三―二二・M)＊・学習院日語日文本(九一三・三六/

五〇〇二．M）＊・関西大学本・京都府立総合資料館本」〇三条西実隆本系統〔京都大学図書館本〕〇取り合わせ本系統〔学習院日語日文本（九一三．三六／五〇〇七．M）＊」〇系統不明〔東大本居本（本居技二二九／国文二二九．M）＊」

＊を付した本の閲覧は、国文学研究資料館所蔵のマイクロフィルムおよび紙焼本による。また、これらの諸写本のなかで中書本系統の龍門文庫本・内閣文庫本・学習院本、そして表に収めた三手文庫本には、表に示した例のほかに、葵巻に「ことしけき《六帖四貫之》心よりさく物思の花の枝をやつらつえにつく」という例が存在する。

(11) 玉上琢彌編『紫明抄 河海抄』（角川書店）における「編者のことば」による。

(12) 以下、『河海抄』の本文は特に断らないかぎり〔天5〕の本文で示し、その巻名と頁数も記す。また、歌には表の中に示した通し番号をつける。

(13)『奥入』は『源氏物語大成巻七』所収の定家自筆本（中央公論社、昭和三一年）に、そして『紫明抄』については玉上琢彌編『紫明抄 河海抄』（角川書店）により確認する。

(14) 83〜85の歌順は、管見の二十四本の『河海抄』諸本の中では、〔静2〕のみで84・85の歌順が逆になっていて、この三首に対応する『古今六帖』（一「蜻蛉」八二〇〜八二二）の歌順は、図書寮叢刊『古今和歌六帖下巻』の校異篇によると、神宮文庫蔵宮崎文庫旧蔵本、内閣文庫蔵「和学講談所」印本、久曽神昇氏蔵本という非常に似かよった三本において、八二一・八二二の歌順が逆に記されている。

(15) 神宮文庫蔵宮崎文庫旧蔵本では、七一八・七一九番の歌のあいだに「万をそはやも猶こそまためむかつ尾のしゐのさえたのときはすくとも こやてのあひはたかはし」という、七一九番の整った本文を示しているかとみなされる一首が細字で記されている。図書寮叢刊本の校異篇によると、内閣文庫蔵「和学講談所」印本と久曽神昇蔵本においても同じである。

(16) 出典注記と同じく作者名注記もまた、『河海抄』諸本によって記載の有無が見られ、すべての『河海抄』の本において同じではない。

(17) 74・78の歌についている「同」という注記は、「前の歌と作者まで同じ」という意味で記されているのかは判断しがたいので、該当の例には含めていない。

(18)『源註拾遺』の本文は、久松潜一監修「契沖全集」第九巻（岩波書店、昭和四九年）所収のものによった（四二〇頁）。

(19) 奥村恒哉「源氏物語『古註』所収の古今六帖及び古今六帖拾遺歌」（「皇学館論叢」六―六、昭和五〇年十二月）で⑴例の歌について、そして滝本典子「紫明抄所引の古今六帖について」（「皇学館論叢」九―一、昭和五一年二月）では、⑴⑵例の歌の引用について、現存の『古今六帖』の歌句では引歌の意味をなさないと述べられている。

(20) 平田喜信「作品としての古今和歌六帖―古今集との関係をめぐって」（「横浜国大国語研究」三、昭和六〇年三月）

第六章　人物の古歌の利用と出典との関係

一　さほど高貴でない人物の利用する古歌の出典一覧

『源氏物語』には、登場人物が会話や消息、また作歌や口ずさみなどの部分で、その人物が古歌を利用[注1]していることの明らかなところが数多く見られる。古歌を用いる人物は、およそ男性三十人、女性五十人ほど見られるが、これら登場人物たちが利用する古歌を、人物別さらに出典別に整理してみると、人物の身分・教養と、その利用する古歌の出典との関係に特徴のあることに気付くのである。[注2]

まず、身分のさほど高くない人物の用いる古歌の出典に特に注目してみると、次のようである。[注3]

表1

	人物	利用する古歌
男性	左の馬の頭	古今5首、勢語（＝伊勢物語）1首
	殿上人（左の馬の頭の体験談中の人物）	古今1首

	藤式部の丞	古今墨滅歌1首
	惟光	古今1首
	源氏の随身	古今1首
	宇治の宿直人	古今1首
女性	王の命婦	古今1首、後撰1首
	右近	古今1首、六帖1首
	中将の君（源氏の、後に紫の上付きの女房）	古今1首
	筑紫の五節	古今1首
	明石の君の女房	古今2首
	斎宮の女御の女房	後拾遺1首
	宣旨（朝顔の姫君の女房）	古今1首
	女三の宮の乳母	古今2首
	玉鬘の女房	古今1首
	童（玉鬘の大君の女の童）	後撰1首
	大輔の君（玉鬘の中の君の女房）	古今1首
	冷泉院の女房	古今1首
	弁の尼	古今3首、後撰1首、拾遺1首
	中将の君（浮舟の母）	古今3首
	宇治の中君の女房	古今1首
	小宰相の君（今上帝女一の宮の女房）	後撰1首

ある場面で、どのような古歌を利用するかに関しては、その状況における歌の意味のふさわしさなどの問題を

抜きにして考えられないのはもちろんである。しかし、今、出典に注目してみると、身分のさほど高くない男性の利用する古歌十一首中の十首が『古今集』の歌であり、女房クラスの人物の利用する古歌二六首中の十九首が『古今集』の歌であるというように、身分のさほど高くない人物の用いる古歌は、誰もが知る『古今集』の歌が主であるという傾向が認められるのである。

二 「雨夜の品定め」における古歌の利用

たとえば、「雨夜の品定め」の場面に登場する左の馬の頭は、巧みな話ぶりが分かりやすく表現されている人物である。その能弁な様子は、同じ場に居あわせる四人の中で、最も多くの古歌を用いて語る点にも表わされているだろう。その左の馬の頭が詠んだ歌として、「雨夜の品定め」の場面には、

手を折りてあひ見しことを数ふればこれひとつやは君が憂きふし（帚木巻・六四頁）

が一首示されている。別れ話にまで発展し、あげくは腹立ちまぎれに左の馬の頭の指に女が噛みつくという激しい夫婦喧嘩の最後に、左の馬の頭が女に憎しみを込めて詠みかけた歌である。河内本系統の本では、第二・三句に「あひ見しのちを数ふるに」とわずかな異なりが見られるものの、左の馬の頭の指食いの女へのこの贈歌は、『伊勢物語』十六段の「手を折りてあひ見しことを数ふれば十といひつつ四つは経にけり」[注4]の上の句を、ほぼそのまま用いている歌と言える。しかし、長年連れ添った妻への深い愛情が込められた『伊勢物語』の歌の内容を逆転して用いている点、そして「手」「ふし」という縁語が使われているところにも工夫があり、『伊勢物語』の歌の単なる借用とは言えず、この歌からは左の馬の頭の和歌の素養もうかがえる。そのような左の馬の頭が、「雨夜の品定め」の場面で源氏はじめ、その場に居るほかの三人に語る言葉のなかに明確に引用する五首の古歌

は、すべて『古今集』の歌である。この実情は、誰もが知る分かりやすい『古今集』の歌を利用し、話を分かりやすくするという左の馬の頭の能弁な様子の一端とも解釈できよう。

ただ、「雨夜の品定め」の場面では、源氏・頭の中将の身分と、左の馬の頭・藤式部の丞との身分差は歴然としている。上層貴族である源氏は、「雨夜の品定め」の場面ではほとんど発言していないので、源氏による古歌の利用の例は見られない。ここでは、左の馬の頭とともに、次の頭の中将の言葉に見える古歌の利用もまた注目すべきものである。

「そのたなばたの裁ち縫ふかたをのどめて、長き契りにぞあえまし。げにその龍田姫の錦には、またしくものあらじ。はかなき花紅葉といふも、をりふしの色あひつきなく、はかばかしからぬは、露のはえなく消えぬるわざなり。……」（帚木巻・六七頁）

これは、左の馬の頭の話のあいだに挟まれる頭の中将の発言である。この言葉の傍線部分は『後撰集』の、

逢ふことはたなばたつめにひとしくて裁ち縫ふわざはあえずぞありける（秋上・二二五・閑院）

によっており、「雨夜の品定め」の場面ではゆいいつ、『古今集』以外の歌が発言のなかに引用されている。『後撰集』の歌を引用してなされる頭の中将のこの発言は、「錦」と「しく（敷く）」、「露」と「消ゆ」と重ねての縁語の使用、また「しく（如く）（敷く）」の掛詞など、和歌的な表現が複数用いられている点においても、高貴な人物にふさわしい深い和歌の素養がうかがわれるものとなっているのである。

三　人物の身分と古歌の出典との相関

人物の身分と利用する古歌の出典との相関は、次のような例にも見られる。

㋐（大弐の北の方）「なほ思ほし立ちね。世の憂き時は見えぬ山路をこそは尋ぬなれ。田舎などはむつかしきものとおぼしやるらめど、ひたぶるに人わろげには、よももてなしきこえじ」など、いとことよく言へば、（蓬生巻・六四頁）

㋑（宿直人）「世の中に頼むよるべもはべらぬ身にて、一所の御陰に隠れて、三十余年過ぐしはべりにければ、今はまして、野山にまじりはべらむも、いかなる木のもとをかは頼むべくはべらむ」と申して、いとど人わろげなり。（椎本巻・三四四―三四五頁）

㋐例は、自身の家の女房として使うために、言葉たくみに末摘花を遠い筑紫へと誘う意地悪な叔母（大弐の北の方）の言葉であり、㋑例は、宇治の宿直人が八の宮亡きあとの頼る者のいない自身の不安な境遇を薫に訴える言葉である。㋐㋑例ともに、それぞれの人物にとっては唯一の古歌の利用例となる。㋐例の言葉には、

よのうきめ見えぬ山路へ入らむには思ふ人こそほだしなりけれ（『古今集』雑下・九五五・物部吉名）

という「世の中のつらさを見ずにすむのは山の中なので入って行きたいが……」という歌が引用され、つらい現状から逃れるには遠い地へ行くのがよいと末摘花をそそのかしている。㋑例では、

わび人のわきて立ち寄る木のもとは頼むかげなく紅葉散りけり（『古今集』秋下・二九二・僧正遍昭）

という、寄る辺のない出家した我が身を詠んだ歌が引用されている。㋐㋑例はともに、古歌にこと寄せて強く思いを訴えようとしている例であるが、大弐の北の方や宿直人など、身分のさほど高くない人物は、もっぱら『古今集』の歌を引用するのである。

しかし、高貴な人物になると、やや異なる様子が見られる。その人物にとって、ゆいいつの古歌の利用が会話のなかに見られるという、前掲の㋐㋑例と似かよった例は、高貴な人物においても二例見られる。髭黒の北の方

が玉鬘のもとを訪ねるよう髭黒をうながす折に、「……よそにても、思ひだにおこせたまはば、袖の氷も解けなむかし」（真木柱巻・二二六頁）と穏やかに語る言葉には、『後撰集』の「思ひつつねなくに明くる冬の夜の袖の氷は解けずもあるかな」（冬・四八一・詠人不知）が引用されている。そしてもう一例の、式部卿の宮の姫君という身分ながら女一の宮に仕える宮の君の、「松も昔の、とのみながめらるるにも、もとより、などのたまふ筋は、まめやかにたのもしくこそは」（蜻蛉巻・一六九頁）という、薫への言葉には、『古今集』の「誰をかも知る人にせむ高砂の松も昔の友ならなくに」（雑上・九〇九・藤原興風）が引用されている。宮の君の用いる古歌は『古今集』の歌であるが、しかしこれは、この宮の君の言葉の後に、「ただなべてのかかる住処の人と思はば、いとをかしかるべきを、ただ今は、いかでかばかりも、人に声聞かすべきものとならひたまひけむと、なまうしろめたし。」（蜻蛉巻・一六九頁）と、男に声を聞かせても平気になってしまった宮の君に対する薫の落胆する気持ちが示されており、宮家の姫が女房の立場に慣れてしまった様子を描く特異な例なのである。

宮の君の例が示唆するように、一般に、女房クラスの人物の利用する古歌も、先の一覧表に示すとおり、おおよそ『古今集』の歌である。ただ、女房たちに関しては、

（源氏の）御前に人しげからず、女房二三人ばかり、墨などすらせたまひて、ゆゑある古き集の歌など、いかにぞやなど選り出でたまふに、くちをしからぬ限りさぶらふ。（梅枝巻・二六七頁）

という梅枝巻の叙述からは、六条院の源氏に仕える女房の中には、源氏の和歌の教養に対応できる者がいたことが理解できる。この叙述に違わず、とくに高貴で教養の深い女房の場合は、深い和歌の素養をもつ様子に描かれているのである。

たとえば、今上の女一の宮に仕える小宰相の君は、薫もとりわけ気持ちを寄せる美しく優れた女房であり、明

石の中宮も称賛する人物である。その小宰相の君は、「おなじ琴を掻き鳴らす爪音、撥音も、人にはまさり、文を書き、ものうち言ひたるも、よしあるふしをなむ添へたりける。」（蜻蛉巻・一四二頁）と、音楽の才能は言うまでもなく、文を書く時なども工夫して、趣向を凝らした言葉を添えるのだと記されていて、この叙述の直後に、次の小宰相の薫への消息が見える。

「あはれ知る心は人におくれねど数ならぬ身に消えつつぞ経るかへたらば[注5]」と、ゆゑある紙に書きたり。ものあはれなる夕暮、しめやかなるほどを、いとよくおしはかりて言ひたるも、憎からず。（蜻蛉巻・一四三頁）

この小宰相の消息では、自身の歌に続けて、『後撰集』の「草枕紅葉むしろにかへたらば心をくだく物ならましや」（羇旅・一三六四・亭子院）の一句が添えられて、夕霧の浮舟への愛情の強さをそれとなく皮肉っている、こ[注6]の消息もまた、そつもなく奥ゆかしいと薫を感心させているのである。小宰相が仕える女一の宮は、紫の上が大切に養育した皇女であり、薫が憧れをいだく特別な女性として描かれている。その女一の宮を薫が垣間見る場面の直前に、まず女房である小宰相の教養深さが、『古今集』の歌にとどまらない『後撰集』の歌の引用によって表現され、そういう女房を集めた女一の宮の素晴らしさが、先立って間接的に示されていると理解される。『源氏物語』の中で、女房クラスの人物の詠む歌や、古歌を用いた消息が褒められている例は極めて少なく、その中[注7]でも、古歌の一句を添えるという工夫が見られるのは、この小宰相の例のみである。

小宰相のように、女房が『後撰集』所載の歌を用いている例は、『源氏物語』には、ほかに次の三例が見られる。物語本文と引用されている『後撰集』の歌を併せて示す。

㋐王の命婦〈詠歌〉

見ても思ふ見ぬはたいかに嘆くらむこや世の人のまどふてふ闇（紅葉賀巻・二六頁）
〈人の親の心は闇にあらねども子を思ふ道に惑ひぬるかな〉（雑一・一一〇二・藤原兼輔）

㋑玉鬘の大君の女の童〈詠歌〉

桜花にほひあまたに散らさじとおほふばかりの袖はありやは（竹河巻・二二〇頁）
〈大空におほふばかりの袖もがな春さく花を風にまかせじ〉（春中・六四・詠人不知）

㋒弁の尼〈会話〉

「人わたすこともはべらぬに、聞きにくきことこそ出でまうで来れ」（東屋巻・三三二頁）
〈人わたす事だになきを何しかも長柄の橋と身のなりぬらん〉（雑一・一一一七・七条后）

㋒例の、薫との会話に引用される弁の尼の例は、宇治の八の宮邸でゆいいつ、薫の応対ができる女房としての弁の尼の造型を、『古今集』の歌のみにとどまらない古歌の利用に見ることもできるだろう。しかし、㋐例の、王の命婦の利用する藤原兼輔の「人の親の……」の歌は、子を思う親心を歌ったよく知られた歌として、物語中に二〇回を超えてくり返し引用されるものであり、㋑例の大君の女の童の場合は、「空を覆うほどの大きな袖が欲しい」という、一度耳にすれば忘れられないほどに発想が奇抜で、そのおもしろい発想で子どもにも馴染みやすかったと思われる歌というように、㋐例と㋑例は、やや特殊な例と言えるのである。『後撰集』の「大空に……」の歌は、他に、幻巻で六歳の匂の宮の幼さが強調される場面において、源氏の匂の宮に対する「おほふばかりの袖求めけむ人よりは、いとかしこうおぼし寄りたまへりかし」（幻巻・一三五頁）という言葉にも引用されており、たとえば手習歌などとして、幼い子どもが親しんでいた歌かとも考えられる。

つまり、『後撰集』の歌であっても、女房や童が利用するのは、暗唱しやすい歌など、特に親しみやすい歌が多いと言えるのである。『古今集』以外の歌の利用という点では、斎宮の女御の女房たちが、「……いかでかく取り集め、柳が枝に咲かせたる御ありさまならむ。ゆゆしう」（薄雲巻・一八三―一八四頁）と源氏を褒めたたえる言葉に、『後拾遺集』初出の「梅が香を桜の花に匂はせて柳が枝に咲かせてしがな」（春上・八二・中原致時）という、梅・桜・柳の美点を取り合わせてみたいという歌が引用されているが、この歌も、『後撰集』の「大空に……」の歌と同じく、発想が奇抜で誰もが暗唱しやすい歌であると言えるだろう。

和歌の素養とその人物の身分との関連については、明石の君の詠歌についての、「手のさま、書きたるさまなど、やむごとなき人にいたう劣るまじう上衆めきたり」（明石巻・二八四頁）という記述からも、人物の身分によって、和歌の素養に差のあることが当然だと認識されていたことは確かである。そして、その認識は、歌を詠む能力だけでなく、登場人物の利用する古歌の出典にも反映されている様子がうかがえるのである。

四　女性に対する源氏の古歌の利用

登場人物の身分や教養に応じて、その人物が利用する歌の出典に違いがあるように作者は意識して書いている、という点を探る一環として、古歌の引用された会話や消息などが、誰に対して発せられたものであるのか、という点から考えてみたい。

次に、源氏から、特に女性に対して用いられた古歌の出典を一覧表にして示す。[注8]

表2

人物	古歌の出典
藤壺の宮	古今1首、後撰2首、六帖1首、義孝1首
空蟬	古今1首、後撰1首、拾遺1首、六帖1首
夕顔	古今1首
六条の御息所	後撰1首、拾遺1首、六帖2首
紫の上	（新枕を交わすまで）古今3首、拾遺1首、六帖3首、 （新枕後）古今3首、後撰1首、拾遺1首、万葉1首、六帖3首、元輔1首
末摘花	古今4首、拾遺1首、六帖2首
源の典侍	古今墨滅歌1首、六帖1首
朧月夜	古今1首、後撰1首、六帖1首
朝顔	古今1首、古今墨滅歌1首、中務1首、勢語1首
麗景殿の女御	古今1首、六帖1首
花散里	後撰1首、頼基1首
筑紫の五節	古今1首
明石の君	古今4首、後撰1首、拾遺1首、六帖1首
斎宮の女御	古今2首、後撰1首、拾遺1首
玉鬘	古今2首、六帖2首
女三の宮	古今3首、後撰1首、六帖1首
大弐の乳母	古今1首
右近	古今墨滅歌1首
大輔の命婦	六帖1首
右大臣家の女房	勢語1首
六条院の女房たち	古今1首

この、決して『古今集』や『伊勢物語』の歌のみにとどまらない利用のあり方からは、源氏の教養の高さがうかがえるとともに、藤壺や六条の御息所など、高貴な女性に対して用いる古歌の出典とくらべれば、源氏が大弐の乳母や右近、筑紫の五節といった女房クラスの人たちに対して用いる古歌は、やはり『古今集』の歌が主であるという傾向が見られる。

これらの女性の中で、身分はとりわけ高貴でありながら、教養に未熟さのある女三の宮と末摘花、そして、まだ幼い紫の上に対する例を検討したい。これら三人の人物は、源氏の『古今集』からの引用の多さが目立つ人物でもある。

まず、源氏と女三の宮の歌の贈答が初めて記される場面では、『後撰集』の歌を利用した源氏の贈歌に対する女三の宮の返歌について、「御返りすこしほど経るここちすれば」（若菜上巻・六二頁）と、作歌に手間取る様子が記され、女三の宮の和歌の素養の未熟さが示されている。その女三の宮に対する源氏の発言の中での古歌の利用は、女三の宮が源氏のもとへ降嫁して七年も経った頃に初めて見える。

すこし大殿籠り入りにけるに、ひぐらしのはなやかに鳴くにおどろきたまひて、（源氏）「さらば、道たどたどしからぬほどに」とて、御衣などたてまつりなほす。（女三の宮）「月待ちて、とも言ふなるものを」と、いと若やかなるさましてのたまふは、憎からずかし。「その間にも」とやおぼすと、心苦しげにおぼして、立ちとまりたまふ。

（女三の宮）夕霧に袖濡らせとやひぐらしの鳴くを聞く聞く起きてゆくらむ

片なりなる御心にまかせて言ひ出でたまへるもらうたければ、ついゐて、「あな苦しや」と、うち嘆きたまふ。（若菜下巻・二二八―二二九頁）

この場面では、源氏が「道たどたどしからぬほどに」と、「夕闇は道たどたどし月待ちてかへれわが背子その間にも見む」（『古今六帖』第一帖「夕闇」・大宅娘女）の歌によって、暗くならないうちに病身の紫の上のもとへ戻りたいと切り出すと、女三の宮は「月待ちて、とも言ふなるものを」と、この歌の第三句によって初々しく源氏を引きとどめる。すると源氏は、「その間にも」と、わずかな間でも源氏と過ごしたいという女三の宮の胸のうちを思い遣るというように、ここのやり取りでは、「夕闇は……」の歌が下敷きにされている。ただ、この場面の源氏と同じように、夕霧巻で、夕霧が「道いとたどたどしければ、このわたりに宿かりはべる。」（夕霧巻・一九頁）と、落葉の宮に夕暮れ時を告げる例を思い合わせると、「道たどたどし」という馴染みやすい響きを含むこの歌は、当時、夕暮れ時を表現する慣用句のように日常使われ、親しまれていたかと考えられる。「いと若やかなるさま」「片なりなる御心」と、女三の宮の幼さと未熟さの強調されたこの場面での、作者の「夕闇は……」の歌の選択は、非常によく知られたこの程度の古歌にならい反応することが可能であるという、女三の宮の未熟さを表現する一環と理解できるだろう。この後に、源氏が女三の宮への発言と贈歌に用いる三首の古歌は、いずれも『古今集』の歌であり、女三の宮自身が源氏への発言に引くゆいいつの歌もまた、『古今集』の中から選ばれているのである。つまりこれも、女三の宮の幼稚さ未熟さを暗示するとともに、女三の宮の教養のレベルでも理解できる歌を用いる、源氏の細やかな心づかいが同時に示されていると考えられる。源氏が、『古今集』の歌を連続して利用するのは、女三の宮のほかでは、幼少の頃の紫の上に対してのみである。

源氏が古歌を利用する際に、相手の教養に対する配慮を見せていると考えられる例の中で、もっとも典型的であるのは、幼い紫の上に対する例であろう。まず、

（源氏は）御文にも、いとねむごろに書いたまひて、例の、中に、「かの御放ち書きなむ、なほ見たまへまほ

しき」とて、

あさか山浅くも人を思はぬになど山の井のかけ離るらむ（若紫巻・二一一頁）

と、源氏は当時の代表的な手習歌である「あさか山影さえ見ゆる山の井の浅き心をわが思はなくに」（『万葉集』巻十六・三八〇七）の恋歌を用いて、十歳ばかりの紫の上に贈歌で言い寄る。さらに続けて、紫の上に次の消息を贈る。

「いはけなき鶴の一声聞きしより葦間になづむ舟ぞえならぬ

同じ人にや」と、ことさらをさなく書きなしたまへるも、いみじうをかしげなれば、「やがて御手本に」と人々聞こゆ。（若紫巻・二二〇頁）

字体について、「わざわざ子供っぽくお書きになっている」と記される源氏のこの消息には、『古今集』の「ほり江こぐ棚なしを舟こぎかへり同じ人にや恋わたりなむ」（恋四・七三二・詠人不知）という、同じ人を慕いつづける強い恋の執心を詠んだ歌の一句が添えられている。この「ほり江こぐ……」の歌は、『源氏物語』においては他に、とりわけ教養の低い様子に描かれている近江の君の、次の発言にも引用されている。

人々いと苦しと思ふに、声いとさはやかにて、

「おきつ舟よるべ波路にただよはば棹さし寄らむ泊り教へよ

棚なし小舟漕ぎかへり、同じ人をや。あなわるや」と言ふを、（夕霧は）いとあやしう、この御方には、かう用意なきこと聞こえぬものをと思ひまはすに、（真木柱巻・二四九頁）

実姉である弘徽殿の女御のもとに出仕している近江の君は、女御やほかの女房たちが近江の君の無作法さに困り果てているのも構わず、「ほり江こぐ……」の歌の引用によって、夕霧が雲居の雁だけに執着することをから

かいつつ、まじめ一方の夕霧に言い寄るのだが、

葦垣のま近きほどにはさぶらひながら、今まで影踏むばかりのしるしもはべらねば、勿来の関をやすゑさせたまへらむとなむ。知らねども、武蔵野といへばかしこけれども、あなかしこや、あなかしこや。（常夏巻・一〇八頁）

という、先立つ常夏巻の弘徽殿の女御への消息での、

・人知れぬ思ひやなぞと葦垣のま近けれども逢ふよしのなき（『古今集』恋一・五〇六・詠人不知）

・立ち寄らば影ふむばかり近けれど誰が勿来の関をすゑけむ（『後撰集』恋二・六八三・小八条御息所）

・知らねども武蔵野といへばかこたれぬよしやそこそは紫のゆゑ（『古今六帖』第五帖「紫」・九八二）

という三首の古歌を無節操に用いる、近江の君のまことに拙い古歌の利用の仕方を思えば、この「ほり江こぐ……」という引用歌もまた、当時の人々には近江の君程度の教養レベルに合う歌として考えられていて、作者は注意深く選択していると考えられる。源氏が、故意に子どもっぽく書いた紫の上への消息は、幼い紫の上が十分理解できるよう古歌の選択にも心をくばり、字体・内容ともに気配りがなされているものと考えてよいだろう。

ところで、この「ほり江こぐ……」の歌は、『古今集』以外では、『古今六帖』第三帖「江」の歌題の第一首目に、「入江こぐ棚なしを舟こぎかへり同じ人のみ思ほゆるかな」という本文で見える。若紫巻で、紫の上の幼さを強調するために用いられた「難波津に咲くやこの花冬ごもり今は春べと咲くやこの花」と、「あさか山……」の二首の手習歌もまた、『古今六帖』では、第六帖「花」と第二帖「山の井」の歌題の第一首目に置かれている歌である。

そして、紫の上に関する例の中では、幼い紫の上が古歌を利用する最初の場面は、紅葉賀巻に見られる。

端のかたについゐて、「こちや」とのたまへどおどろかず、「入りぬる磯の」と口ずさみて、口おほひしたまへるさま、いみじうされてうつくし。（紅葉賀巻・三〇頁）

ここでは、「潮みてば入りぬる磯の草なれや見らくすくなく恋ふらくのおほき」という古歌の引用によって、紫の上が源氏に懐いている思いが描かれている。源氏は、「かかること口馴れたまひにけりな。」（紅葉賀巻・三〇頁）と恋の歌を口ずさむ紫の上の成長に驚くが、これまでの紫の上に対する「難波津に……」「あさか山……」「ほり江こぐ……」の古歌の利用を思えば、この場面でも、十歳ばかりの少女が引用するにふさわしいよく知られた歌を、と当然ながら作者は心を配ったと考えられる。この「潮みてば……」の歌は、『万葉集』に見える歌であるが、『古今六帖』第六帖「雑の草」の歌題にも収められている。

ざふの草

ねなし草

しほみてば入ぬるいその草なれやみらくすくなく恋ふらくのおほき　（三九）

我がよもちよにあらめやねなし草たはれやせましよのわかいとき　（四〇）

ももよぐさ

ちちははがいへのしりへのももよ草ももよいでませ我がいたるまで　（四一）

タムケグサ

しらなみのはままつの木のたむけ草いくよまでにか年のへぬらん　（四二）

サシモグサ

あぢきなやいぶきの山のさしも草おのがおもひに身をこがしつつ　（四三）

ちぎりけん心からこそさしま草《ママ》おのがおもひにもえわたりけれ　（四四）

なをざりにいぶきの山のさしも草さしも思はぬことにやはあらぬ　（四五）

しもつけやしめつの原のさしも草おのがおもひに身をややくらん　（四六）

かむつけのいならの沼のおほゐ草よそに身よりはいまこそまされ　（四七）

カクモグサ

うかりけるみぎはがくれのかくも草はずゑも見えずゆきかくれなん　（四八）

ツレナシグサ

年をへて何たのみけんかつまたの池に生ふてふつれなしの草　（四九）

しほあしにまじれる草のしり草のみな人しりぬわたした《か》思ひは　（五〇）

（ママ）みうらさきなるねつら草あひみざりせば我が恋ひめやも　（五一）

くれなゐのあさはののだにかる草のつかのあひだも我をわするな　（五二）

山ぶき

……　……

このように、現存する『古今六帖』の伝本には、「雑の草」の歌題に「潮みてば……」の歌一首のみを収め、「ねなし草」「ももよ草」「たむけ草」などの歌題があとに続く本も見えるが、図書寮叢刊本の校異表によると、「山吹」の歌題まで「ねなし草」「ももよ草」などの歌題を設けていない伝本も多く存在している。[注9]つまり、「雑の草」の歌題のもとには、「潮みてば……」を第一首目の歌として、十四首の歌が並べられていた可能性があるのである。「雑の月」「雑の風」など、『古今六帖』の似かよった歌題においても、一首のみ歌を収めるという歌題は見られない。

『古今六帖』が、当時の人々の作歌の手引き書であったという性質を考えれば、各歌題の冒頭には、もっとも代表的な歌が置かれたという傾向が考えられる。『源氏物語』に二度以上引用されている歌は、当時の代表的な歌の目安ともなるだろうが、それらの歌が『古今六帖』にある場合、その過半数は歌題の第一首目から第三首目に位置しているのである。そして、紫の上の幼さが強調されている場面に使われる四首の引用歌は、いずれも、『古今六帖』の各歌題の第一首目に図らずも位置しているという共通点を持つのである。

五　『古今六帖』の歌題第一首目の歌について

『源氏物語』に引用されている歌に関しては、『古今六帖』所載の歌の多いことが注目されるが、それら『古今六帖』所載の多数の『源氏物語』の引歌を、『古今六帖』内の歌題ごとに一覧すると、各歌題の第一首目に位置している歌の少なくないことに気づくのである。

次の表は、『古今六帖』の歌題第一首目の歌の特徴を知る手がかりとして、各歌題の第一首目の歌の出典・作者について整理したものである。

『万葉集』の歌が、『古今集』『後撰集』にもある場合には重複して数えている。また、作者に関しては、ほかの歌集における作者名表記も確認している。[注10]

表3

	一帖（78題）[注11]	二帖（83題）	三帖（60題）	四帖（23題）	五帖（116題）	六帖（155題）
万葉集	15	24	21	3	48	73
古今集	13	14	5	6	26	28
後撰集	5	4	1	0	3	6
出典未詳	18	27	27	7	26	41
作者未詳	39	51	42	8	62	83

まず、出典に関しては、出典未詳の歌が多いという点が注目される。[注12] それぞれの帖において、二割から四割以上を占めているが、これは、『古今集』『後撰集』所載の歌が第一首目にある率より高いものである。そして作者に関しては、作者未詳の歌が第四帖のほかは、いずれの帖も五割以上を占めているという状況である。これらからしても、勅撰集や著名な歌人の歌をとりわけ重んじ、それらを各歌題の第一首目に配置するなどの『古今六帖』編纂の意図は認められない。

『源氏物語』に引用されている『古今六帖』の歌のうち、歌題第一首目の歌の数は四二首あり、物語のおよそ六五箇所で引用されている。それらの歌が引用されている『源氏物語』の本文箇所を分類・整理してみると、会話の中に用いられている例がおよそ三十例と特に多い。歌題の冒頭には、よく知られた代表的な歌が多く置かれているという傾向は、歌題第一首目の出典・作者についての表（表3）からもうかがえるが、たとえば、前述の「雨夜の品定め」の場面において、誰もが知る古歌の引用によって、能弁ぶりが分かりやすく表現されていると

考えられる左の馬の頭の古歌の利用も、

「……とあればかかり、あふさきるさにて、なのめにさてもありぬべき人の少なきを、すきずきしき心のすさびにて、人のありさまをあまた見あはせむのこのみならねど、……」（帚木巻・五二頁）

の箇所に、まずは『古今六帖』第四帖「雑思」（一〇四首収録）の歌題第一首目の歌「そへにとてとすればかかりかくすればあな言ひ知らずあふさきるさに」という、思うに任せないはがゆい気持ちを詠んだ歌の引用から始まっているのである。消息文もまた、会話と同類と考えられるので一括すると、人物別では、源氏の発言・消息の中に引用されている例がもっとも多く見られる。次に、『古今六帖』の歌題第一首目の歌の利用について、源氏の例に関して整理したものを示す。

表4

	相手・物語箇所	帖・歌題・収録歌数
会話	末摘花（末摘花巻・二六一頁）	五「玉だすき」（4首）
	末摘花（末摘花巻・二六二頁）	五「いはで思ふ」（6首）
	末摘花（末摘花巻・二八一頁）	一「ついたちの日」（5首）
	源の典侍（紅葉賀巻・三九頁）	五「我が背子」（7首）
	紫の上（須磨巻・二一一頁）	二「巌」（6首）
	末摘花（蓬生巻・七七頁）	二「門」（6首）、六「杉」（6首）
	明石の君（薄雲巻・一八六頁）	三「夜川」（6首）
消息	紫の上（若紫巻・二一一頁）	二「山の井」（6首）
	紫の上（若紫巻・二二〇頁）	三「江」（11首）
	紫の上（若紫巻・二三八頁）	五「紫」（8首）

すると、源氏の発言の中に、『古今六帖』の歌題第一首目の歌が引用されている例では、末摘花への発言の中に引用されている例が特に多いことが分かる。若紫巻と末摘花巻は、物語の年立の上で重なっており、紫の上に対して教育者的な立場で接している同時期に、源氏が通い始めた女性が末摘花であった。源氏は、幼い紫の上と末摘花を、同じ姿勢で扱っているとも考えられるだろう。

次は、末摘花に対して源氏が古歌を用いる最初の例である。

年ごろ思ひわたるさまなど、いとよくのたまひつづくれど、まして近き御答へは絶えてなし。（源氏）「わりなのわざや」と、うち嘆きたまふ。

「いくそたび君がしじまにまけぬらむものな言ひそと言はぬ頼みにのたまひも捨ててよかし。玉だすき苦し」とのたまふ。（末摘花巻・二六一頁）

返事のない末摘花に苛立ち、源氏は「玉だすき苦し」と、『古今六帖』第五帖「玉だすき」の歌題の第一首目にある「思はずは思はずとやは言ひはてぬなぞ世のなかの玉だすきなる」を引用する。こののち、

「なかなか口ふたがるわざかな

言はぬをも言ふにまさると知りながらおしこめたるは苦しかりけり」（末摘花巻・二六二頁）

と、「何も言わないのは、口にだす以上の気持ちがあるからだ」としながらも、末摘花の沈黙を責めるのである。「言はぬをも言ふにまさる」は類型的な表現であるが、『古今六帖』第五帖「いはで思ふ」の歌題第一首目の歌、「心には下ゆく水のわきかへりいはで思ふぞ言ふにまされる」が本歌として挙げられるだろう。次に、源氏が末摘花に対して古歌を利用するのは、正月に末摘花邸を訪れた場面である。年の暮れに、彼女から贈られた「唐衣」を詠んだ「唐衣君が心のつらければ袂はかくぞそほちつつのみ」（末摘花巻・二七六頁）という、古臭く全くあ

りきたりな歌に、「さてもあさましの口つきや、これこそは手づからの御ことの限りなめれ」（末摘花巻・二七六頁）と、源氏は末摘花の歌の能力を察して落胆する。そこで、

（源氏）「今年だに、声すこし聞かせたまへかし。待たるるものはさし置かれて、御けしきの改まらなむゆかしき」とのたまへば、（末摘花）「さへづる春は」と、からうしてわななかしいでたり。（源氏）「さりや。年経ぬるしるしよ」と、うち笑ひたまひて、「夢かとぞ見る」と、うち誦じて出でたまふを、見送りて添ひ臥したまへり。（末摘花巻・二八一頁）

と、新年を迎え末摘花の成長を願う言葉のなかに源氏は、『古今六帖』第一帖「ついたちの日」の歌題の第一首目にある「あらたまの年たちかへるあしたより待たるるものは鶯のこゑ」という素性の歌を引用するが、この歌は、六条院の完成後に初めて春が訪れる初音巻の、「年立ちかへる朝の空のけしき、名残なく曇らぬうららけさには」（初音巻・一一一頁）という冒頭の叙述にも用いられており、新年を寿ぐ代表歌であった。

末摘花は、「さへづる春は」と、「百千鳥さへづる春は物ごとにあらたまれども我ぞふり行く」（『古今集』春上・二八・詠人不知）という歌の一句をかろうじて返すが、これは末摘花がゆいいつ利用した古歌であり、やはり『古今集』から選ばれている。「教ふ」という言葉のくり返しによって、源氏が紫の上に対して教育者的な立場で接している同じ時期に、源氏が通いはじめた末摘花もまた、「教ふ」という言葉の三度の使用によって、成人女性ながら、いまだ女房たちに教育される存在の女性として描かれている。[注13] このような末摘花に対する発言に源氏が用いる古歌は、幼い紫の上に対して用いられた古歌と同じく、すべて『古今六帖』の歌題第一首目にあるよく知られた歌なのである。

この場面で、源氏は「夢かとぞ見る」[注14] と、『古今集』の「わすれては夢かとぞ思ふおもひきや雪ふみわけて君

を見むとは」（雑下・九七〇・在原業平）の一句を口ずさみながら末摘花のもとを去って行く。源氏が、自分の心を古歌を拠りどころに表現する一つの手段として、このように古歌の一節を口ずさむ例を一覧してみると、源氏が個人の前で『古今集』の歌を口ずさんでいるのは、末摘花巻のこの場面のみである。口ずさみも、確かに相手の心に伝えようとする表現行為である以上、そこには和歌の素養の未熟な末摘花への、源氏の〈易しい歌を〉という配慮が示されていると考えることも出来るだろう。

六　人物の古歌の利用から窺えること

古歌を利用する側と利用される側との二面から、その古歌の出典に注目して論じてきた。この注目によって、身分・教養のさほどでない人物の用いる古歌は、当時、誰もが知る『古今集』の歌が主であるなど、人物と利用する古歌の出典には深い関わりのあることがうかがえた。また、以上の考察を通して、源氏は相手によって引用する古歌にもよく配慮する、細かい心づかいの人物として造型されている様子の一端が見て取れ、そして、登場人物に応じて注意深く古歌を利用する『源氏物語』作者の工夫もうかがえるのである。

【注】

（1）会話・消息の例をはじめ、いわば本歌取りとして歌に踏まえている例などまで、登場人物が利用している古歌すべてを考察の対象としているため、ここでは「引歌」ではなく「古歌の利用」という言葉を用いる。

（2）『源氏物語』の登場人物が用いる引歌についての先行の論考には、伊東祐子氏の「源氏物語の引歌の種々相」（『源氏物語の探究』第十二輯、風間書房、昭和六二年）がある。伊東氏は、会話文中に用いられた引歌の使用数を算出され、引歌の使用は、人物造型や人間関係を伝えると詳細に論じられている。

本論考は、会話文中に限らず、登場人物が用いるすべての古歌を考察の対象とし、特に歌の出典に注目して論じるものである。

（3）出典は、その歌を収める現存歌集のうち成立年代がもっとも古いもので示しているが、『古今集』『後撰集』は優先させ、『万葉集』の歌が『古今六帖』にある場合は『古今六帖』の出典で示している。

（4）この「手を折りて……」の歌は、『伊勢物語』の塗籠本では、第二句が「へにける年を」となる。

（5）「かへたらば」の部分に注意すべき異文はない。

（6）古歌の一句が詠歌に添えられる場合は、七音の句が添えられる場合がほとんどで、これは古歌の五音の句が添えられているという、あまり例の見られない消息の形である。五音の句の場合は、七音の句を添える場合にくらべて、その古歌を思い起こしづらいという難点があるだろう。同様の用例は少ないものの、源氏（明石巻・二八二頁）や夕霧（少女巻・二五八頁）、冷泉帝（鈴虫巻・三五五頁）の消息にも見られるものである。

（7）ほかでは、藤の典侍の夕霧への返歌「かざしてもかつたどらるる草の名は桂を折りし人や知るらむ」に対する称賛の例、「はかなけれど、ねたきいらへと（夕霧は）おぼす。」（藤裏葉巻・二九五頁）が見られるのみである。

（8）（注3）に同じ。

（9）図書寮叢刊本の校異篇によると、神宮文庫蔵本などでは、「しらなみの……」（四二）の歌以下、「山吹」の歌題までに「さしも草」「おほゐ草」「かくも草」「つれなし草」「しり草」「ねつら草」の歌題に十首を収める。

（10）『新編国歌大観』による。

（11）歌題数は、図書寮叢刊本の本文中の歌題数による。

（12）ここで言う「出典未詳の歌」とは、『古今六帖』の編纂年代と考えられている『拾遺集』成立以前の歌集に載録されていない歌を意味する。

（13）・（命婦は）うち笑ひて、「いと若々しうおはしますこそ心苦しけれ。限りなき人も、親などおはしてあつかひ後見きこえたまふほどこそ、若びたまふもことわりなれ、かばかり心細き御ありさまに、なほ世を尽きせず

おぼし憚るは、つきなうこそ」と教へきこゆ。（末摘花巻・二五九頁）

・（源氏が）おはしますまじき御けしきを、人々胸つぶれて思へど、「なほ聞こえさせたまへ」と、そそのかしあへれど、いとど思ひみだれたまへるほどにて、えかたのやうにも続けたまはねば、夜ふけぬとて、侍従ぞ、例の教へきこゆる。（末摘花巻・二六四―二六五頁）

・（老女房）「はや出でさせたまへ。あぢきなし。心うつくしきこそ」など教へきこゆれば、さすがに人の聞こゆることをえいなびたまはぬ御心にて、とかう引きつくろひて、ゐざり出でたまへり。（末摘花巻・二七〇頁）

このように源氏への対応の仕方を女房たちが一つ一つ教えている様子が描かれている。

（14）「夢かとぞ見る」の部分は、河内本系統の本および別本では「夢かとぞ思ふ」となる。

第七章　引歌の季節と連鎖をめぐって

一　物語場面と引歌の季節との不一致

『源氏物語』の引歌のすべてを一覧してみると、物語場面の季節と引歌の表する季節とが一致していない例が、少なからず見られる。『源氏物語』における引歌の季節に対する意識に関して、まず次のような例に注目したい。それぞれの歌が引用される物語場面の流れにそって、歌を並べている。

㋐もの思へば沢の蛍もわが身よりあくがれにける魂かとぞ見る　（『後拾遺集』神祇・一一六二・和泉式部）

㋑玉かづら絶えぬものからあら玉の年のわたりはただ一夜のみ　（『後撰集』秋上・二三四・詠人不知）

㋒今さらになに生ひ出づらむ竹の子の憂き節しげき世とは知らずや（『古今集』雑下・九五七・凡河内躬恒）

㋐例の「もの思へば……」という和泉式部の歌は、葵巻で、

・この御生霊、故父大臣の御霊などいふものありと聞きたまふにつけて、おぼし続くれば、身一つの憂き嘆きよりほかに、人（葵の上）をあしかれなど思ふ心もなけれど、もの思ひにあくがるなる魂は、さもやあらむとおぼし知らるることもあり。（葵巻・八二―八三頁）

・「……（葵の上方へ）かく参り来むともさらに思はぬを、もの思ふ人の魂は、げにあくがるるものになむありける」（葵巻・八六頁）

と、六条の御息所が自身の魂が生霊となっているのかと思い合わせるくだりと、その生霊の発言に引用されている。この物語本文に近いような、「もの思ふ」と「あくがるる魂」という表現を同時に詠んでいて、年代的にも『源氏物語』への影響が考えられる歌は、和泉式部の「もの思へば……」の歌だけである。そのため、葵巻の前掲の叙述は、この歌を強く思い起こさせるのである。そして、『源氏物語』の物の怪の描写のなかで、表現上、この「もの思へば……」の歌の引用を想定し得るのは、葵巻の当該箇所だけである。葵巻で、六条の御息所の生霊にまつわる描写がなされる物語の季節は、葵祭が終わった夏からであり、引歌に詠まれる「蛍」の季節にちょうど合っているのである。

明石の君が明石の地を離れ、源氏のもとにやってくる松風巻は、

嵯峨野の御堂の念仏など待ち出でて、月に二度ばかりの御契りなめり。年のわたりには、立ちまさりぬべかめるを、及びなきことと思へども、なほいかがもの思はしからぬ。（松風巻・一四四—一四五頁）

という、源氏の近くには来たものの、大井に住まう明石の君のもとへは、源氏の訪問が少ないことが記された一節で閉じられている。ここに、㋑例「玉かづら……」の歌が引用されている。年に一度だけの七夕の逢瀬を引きあいに出し、「それよりはましであるけれども……」というのである。逢瀬の機会がきわめて少ないことを言う際に、七夕を引きあいに出すのはよく使われる表現手法であるが、明石の入道との別れなどが、もの寂しく感慨深い季節である秋を背景に語られる松風巻は、最後の一文まで秋の七夕の引歌によって綴られていることが分かる。

そして、㋒例「今さらに……」の歌は、柏木巻で薫の五十日の祝いのおりに、「あはれ、残り少なき世に、生ひ出づべき人にこそ」（柏木巻・二九九頁）と、生まれたばかりの薫を高齢になって抱く源氏の感慨をあらわす言葉に引用されている。ここで源氏が、筍を詠んだ「今さらに……」の歌によってことさらに感慨を述べているのは、この五十日の祝いの場面が、「弥生になれば、空のけしきものうららかにて、この君、五十日のほどになりたまひて……」（柏木巻・二九六頁）と、春三月という筍の季節を背景に描かれることによると考えられるのである。

以上三例は一部の例にすぎない。このように『源氏物語』は、物語場面の季節と引歌が表する季節の一致に対して細やかな配慮を一方では示しながら、物語場面の季節と合わない引歌が何ゆえに用いられているのだろうか。

まず、桐壺巻の〈野分の段〉に注目して考察してみる。

二　桐壺巻〈野分の段〉への着目

野分だちて、にはかに膚寒き夕暮のほど、常よりもおぼしいづること多くて、靫負の命婦といふをつかはす。（桐壺巻・十九頁）

という一文から語り始められる靫負の命婦の、桐壺の更衣の里邸への弔問のくだりは、萩原廣道の『源氏物語評釈』に、「この一段は殊に詞をとゝのへてみやびやかに書なされたり次々心とゞめて見るべし」[注1]との評言が見られるように、古来名文の誉れ高い場面である。時節は初秋であり、もの寂しさを募らせる秋を背景に、桐壺の更衣亡きあとの悲しみが綴られている。

命婦、かしこにまで着きて、門引き入るるより、けはひあはれなり。やもめずみなれど、人ひとりの御かしづきに、とかくつくろひたてて、めやすきほどにて過ぐしたまひつる、闇にくれてふし沈みたまへるほどに、草も高くなり、野分にいとど荒れたるここちして、月影ばかりぞ、八重葎にもさはらずさし入りたる。

（桐壺巻・二〇頁）

この一節は、桐壺帝の仰せにより命婦が里邸に到着したくだりである。娘に先立たれた母君の心情が、「人の親の心は闇にあらねども子を思ふ道にまどひぬるかな」（『後撰集』雑一・一一〇二・藤原兼輔）という、わが子に対する親の盲目的な愛情を詠んだ引歌と、悲しみのため手入れもままならず荒れてしまった庭園の描写で繊細に表現されている。折しも月の美しい秋の夜であり、「月影ばかりぞ、八重葎にもさはらずさし入りたる[注2]」と、明るい月光が野分でいっそう荒れすさんだ庭園を白々と照らしている。ここに、

とふ人もなき宿なれど来る春は八重葎にもさはらざりけり（『新撰和歌』巻第一・七）

という歌が引用されている。「八重葎にもさはらざりけり」という下の句の表現とともに、寂しい邸の様子を歌う情感も物語場面に実によく適う歌である。しかし、この場面に「春」の語を詠む「とふ人も……」の歌を読者に思い起こさせては、母君が傷心のために邸の手入れへの配慮が行き届かず伸び過ぎてしまった雑草が、野分に吹き荒らされて、いっそう荒涼たる様子となってしまっていることなど、つとめて細やかに描写し表現した秋の寂寥感を半減させてしまうのではないだろうか。

「とふ人も……」の歌は、『古今六帖』第二帖「宿」の歌題第二首目にも載録されており[注3]、『源氏物語』成立当時、邸の荒れ果てたさまを表現する代表的な歌であった事情がうかがえる。『源氏物語』においては、桐壺巻の当該場面のみへの引用であり、「とふ人も……」の歌は作者が桐壺の更衣亡きあとの里邸の寂しさを表現するた

めに、きわめて注意深く選択した引歌であると考えられるのである。この「とふ人も……」の歌の引用に関して、現行の注釈書は、「いま季節は秋なので、『来る春』を変えて月光がさし入るとした」とだけ注記している。[注4]これは、『細流抄』（室町後期）の「春を月にとりかへて引用也」という注釈の踏襲であろう。当時、「葎」や「蓬」といった荒れた邸を表現する景物を詠んだ歌は多くある中から、「春」の語を詠み込む「とふ人も……」の歌が、桐壺巻の当該場面にあえて引用されている理由を検討してみたい。

三　秋の場面における春の歌の引用例一覧

では、『源氏物語』において、物語場面の季節と歌が表する季節とが一致していない例は、どれくらいあるのだろうか。桐壺巻の「とふ人も……」の歌以外の、秋の場面に春を表現する歌が引用されている『源氏物語』中の用例を一覧してみる。物語本文とそこに引用される歌をあわせて示す。

㋐（源氏）「月かげは見し世の秋にかはらぬを隔つる霧のつらくもあるかな霞も人のとか、昔もはべりけることにや」（賢木巻・一六八頁）
〈山桜見にゆく道を隔つれば霞も人の心なるべし〉（『奥入』[注5]）

㋑十三日の月のはなやかにさし出でたるに、ただ「あたら夜の」と聞こえたり。（明石巻・二八八頁）
〈あたら夜の月と花とを同じくはあはれ知れらむ人に見せばや〉（『後撰集』春下・一〇三・源信明）

㋒打出の浜来るほどに、殿は粟田山越えたまひぬとて、御前の人々、道もさりあへず来こみぬれば、（関屋巻・八六頁）
〈あづさ弓春の山べを越えくれば道もさりあへず花ぞ散りける〉（『古今集』春下・一一五・紀貫之）

㋓（女房）「この御茵の移り香、言ひ知らぬものかな。いかでかく取り集め、柳が枝に咲かせたる御ありさまならむ。ゆゆしう」（薄雲巻・一八三―一八四頁）

〈梅が香を桜の花に匂はせて柳が枝に咲かせてしがな〉（『後拾遺集』春上・八二・中原致時）

㋔おほふばかりの袖は、秋の空にしもこそ欲しげなりけれ。（野分巻・一二四頁）

〈大空におほふばかりの袖もがな春咲く花を風にまかせじ〉（『後撰集』春中・六四・詠人不知）

㋕（冷泉院）「雲の上をかけ離れたるすみかにももの忘れせぬ秋の夜の月

同じくは」と聞こえたまへれば、（鈴虫巻・三五五頁）

〈あたら夜の月と花とを同じくはあはれ知れらむ人に見せばや〉（前掲）

㋖御容貌ども、あらまほしく、見るかひあるにつけても、かくて千年を過ぐすわざもがな、とおぼさるれど、（御法巻・一一二―一一三頁）

〈桜花今夜かざしにさしながらかくて千年の春をこそ経め〉（『拾遺集』賀・二八六・九条右大臣〈藤原師輔〉）

㋗（宿直人は）似つかはしからぬ袖の香を、人ごとにとがめられめでらるるなむ、なかなか所狭かりける。（橋姫巻・二八七―二八八頁）

〈梅の花立ち寄るばかりありしより人のとがむる香にぞしみぬる〉（『古今集』春上・三五・詠人不知）

㋘尼君、「など、あたら夜を御覧じさしつる」とて、ゐざり出でたまへり。（手習巻・二〇八頁）

（妹尼）深き夜の月をあはれと見ぬ人や山の端ちかきやどにとまらぬ（同巻・二〇九頁）

〈あたら夜の月と花とを同じくはあはれ知れらむ人に見せばや〉（前掲）

以上、九例の用例である。先の、桐壺巻〈野分の段〉の例を加えても一〇例であり、『源氏物語』の引歌のすべての用例数を思えば、決して多くはない数である。それだけ、『源氏物語』では引歌が表現している季節、あるいは含みもっている季節に対しても注意深く配慮していると言えるのである。

桐壺巻〈野分の段〉の「とふ人も……」の歌の引用の意味を考察するにあたって、秋の物語場面に春を表する歌が引用されている〈野分の段〉と類似のㇵ〜ㇵ例の九例にまず目を向け、一例ずつその引用の意味を検討してみたい。

四　秋の場面における春の歌の引用例の検討

『源氏物語』で複数回引用され、それらすべての引用例が、歌の季節とは合わない物語場面への引用となっている歌が見られる。「あたら夜の月と花とを同じくはあはれ知れらむ人に見せばや」は、『源氏物語』中に㋑㋕㋘例の計三回引用されている。この歌は、『後撰集』では「月のおもしろかりける夜花を見て」という詞書のもと、春の部に収められている。美しい月のもとで夜桜を観て詠んだ春の歌であるが、『源氏物語』では三回とも秋の八月十五夜のころの場面に引用されている。㋑例（明石巻）・㋘例（手習巻）では、歌の「花」には、それぞれ明石の君・浮舟が譬えられていて、「花」の語にも意識的ではあるものの、ともに仲秋のころの場面に引用されている。そして、とりわけ㋕例（鈴虫巻）で、冷泉院が「秋の夜の月」で終えた自詠歌に添えている用例に顕著であるように、「あたら夜〈惜しむべき夜〉」と詠み出だすこの歌は、春の桜はさておいて、何より月の美しさを表わす際に、慣用句のように使われていた事情もうかがえるのである。

㋐例は、藤壺の宮から源氏への初めての贈歌に対する、源氏の返歌である。藤壺の贈歌は、「九重に霧や隔つる雲の上の月をはるかに思ひやるかな」（賢木巻・一六七頁）と、桐壺帝が崩御したあと政治情勢が変化してしまったことを嘆いたものである。もちろん、王の命婦の取りつぎによる贈歌とはいえ、源氏は、「ほどなければ、御けはひも、ほのかなれど、なつかしう聞こゆるに、つらさも忘られて、まづ涙ぞ落つる。」（賢木巻・一六七―一六八頁）と、感涙を流すありさまである。ここの源氏の返歌に対して、諸注は「自分によそよそしくする藤壺を霧にたとえ、冷淡な藤壺への恨みの意が込められている」といった注をほどこし、藤壺の宮に対する源氏の恋心の表白と解釈している。[注6] ただ、この唱和が、頭の弁の『史記』による源氏諷刺の場面につづき、また「大将、頭の弁の誦じつることを思ふに、御心の鬼に、世の中わづらはしうおぼえたまひて」（賢木巻・一六八頁）という、頭の弁の諷刺を源氏が気に病む様子をつづった叙述に直接する点を重視するならば、源氏の「月かげは見し世の秋にかはらぬを隔つる霧のつらくもあるかな」という藤壺の宮への返歌には、右大臣側の勢力が増大してきた政治情勢を藤壺の宮とともに悲しみ嘆く気持ちが、なにより強く込められていると考えられるのである。その源氏の「月かげは……」の歌には、七音からなる「霞も人の」という、歌の一句かと推察される言葉が添えられている。「霞も人の」といった歌句を持つ歌は、検索が可能な限りでは現存どの歌集にも見当たらない。『後拾遺集』に「山桜見にゆく道を隔つれば人の心ぞ霞なりける」（春上・七八・藤原隆経）という、『奥入』のあげる「山桜見にゆく道を隔つれば霞も人の心なるべし」の歌とほぼ同一の歌が見えるため、『奥入』のあげる歌は隆経の歌の異伝であろう。ともかく、「霞」とあるため、春の景物によそえた歌句であると言える。ここで、秋の季節に合う「霧」のみならず、春の「霞」によっても隔てられることを源氏があえて言い添える理由は、藤壺の宮と源氏とのこの唱和で表現された政治情勢の変化によって、こののち、源氏が須磨へと退去する季節が春であり、須磨に到着した源氏は「うちかへりみたまへるに、来し方の山は霞はるかにて」（須磨巻・二二五頁）と、霞に隔てられていっそう望郷の思いを募らせ、「故郷を峰の霞は隔つれどながむる空はおなじ雲居か」（須磨巻・二二五―二二六頁）と、霞が都の人々と自分とを隔てている寂しさを表わす景物として、須磨の地での初めての歌を詠むことの繋がりが見て取れるのである。

㋒例は、源氏と空蝉が逢坂の関で行き会う関屋巻の場面である。「打出の浜来るほどに、殿は粟田山越えたまひぬとて」（関屋巻・八六頁）とあり、空蝉一行が打出の浜まで来た時に、そこから約一里離れた粟田山を越えた源氏一行の前駆が、すでに打出の浜まで到着しているという描写によって、源氏の行列の盛大な様子が表現されているのである。ここは、「九月晦日なれば」（関屋巻・八六頁）と記される晩秋であるが、この場合の「あづさ弓春の山べを越えくれば道もさりあへず花ぞ散りける」の歌の引用は、山を越えて目にした一面の桜吹雪を詠んだ歌によって、粟田山を越えてきた源氏一行の前駆を、風に舞う無数の桜の花になぞらえて、「桜の散り過ぎたる枝」（須磨巻・二二二頁）が表現されていた晩春という季節に、須磨退去のために都を去った源氏のあり様と、政界復帰後に栄華を誇っている今の源氏の様子との対照が、引歌「あづさ弓……」の満開の桜吹雪をもって表現されていると考えられるのである。

㋓例の場面は、源氏と斎宮の女御との春秋優劣論についての会話に続くくだりである。女御は、「まして、いかが思ひ分きはべらむ。げに、いつとなきなかに、あやしと聞きし夕こそ、はかなう消えたまひにし露のよすがにも思ひたまへられぬべけれ」（薄雲巻・一八二頁）と、母の六条の御息所が亡くなった秋に深く心を寄せる胸のうちを述べる。この直後に源氏は女御に対して恋心をほのめかし、女御は「うちしめりたる御匂ひのとまりたるさへ、うとましくおぼさる。」（薄雲巻・一八三頁）と、源氏に強い嫌悪感を抱くという展開となる。このような場面の最後に、女房たちの源氏を称える発言の中に「梅が香を桜の花に匂はせて柳が枝に咲かせてしがな」の歌が引用される理由は、すべてを備えるものに対するあこがれの気持ちを詠んだこの歌によって、何不足のない源氏の美質を最大限にほめたたえ、女御によって示された源氏に対する強い嫌悪感で場面を終わらせまいとする作者の意図がまず察せられる。ただ、「秋の雨いと静かに降りて」(薄雲巻・一七八頁)と設定された場面で、「梅」「桜」「柳」と、あえて春の景物を詠み合わせた歌で源氏を称える理由は、源氏が六条院において春の町に住まう、いわば春の帝王と言うにふさわしい現状に加え、秋に軍配があがった源氏と女御との、この場面の春秋優劣論の会話との対応もまた読み取れる。つまり、女御の女房たちが、場面の最後に「梅が香を……」の歌で源氏の美質とともに春の景物の素晴らしさを表現することで、春秋優劣論の一端を担っていると考えられるのである。

㋔例は、仲秋の八月を描く野分巻の巻頭近く、六条院の秋の町の庭園が野分に吹き荒らされた場面への引用である。野分巻は、「中宮の御前に、秋の花を植ゑさせたまへること、常の年よりも見所多く、……」(野分巻・一二三頁)と、秋の町の今秋の見事な美しさを表現した一文から語り起こされる。秋の町の美しさの描写は、取りも直さず秋好中宮の今の威光を間接的に表現しているのである。ここに、「八月は故前坊の御忌月なれば、心もとなくおぼしつつ明け暮るるに、この花の色まさるけしきどもを御覧ずる」(野分巻・一二三頁)と、八月は中宮の父が皇太子在位中に亡くなった忌月であるため、秋の花々が八月中美しい状態で保たれるよう、中宮が気をもむ様子が記されている。亡き父のために中宮が心を寄せていたその花々を、「例の年よりもおどろおどろしく」(野分巻・一二三—一二四頁)と表現される突然の野分が吹き荒らすのである。「草むらの露の玉の緒乱るるままに、御心まどひもしぬべくおぼしたり」(野分巻・一二四頁)と、激しく動揺して草花を気にする中宮の様子が記されて、つづいて「大空におほふばかりの袖もがな春咲く花を風にまかせじ」の歌が引用されている。この歌は、「大空を覆うほどの大きな袖が欲しい」という大変ユニークな発想の歌であるため、広く諳んじられていた歌であったと思われる。『源氏物語』でほかに三回引用される用例を一覧しても、そのうちの二例は、幼い子供が用いる引歌として見えている。表現のうえでは幼い子供にも馴染みやすい歌ながら、この世の無常な出来事に対して、非現実的な力を求めてしまう遣るせない気持ちのにじむ歌である。当該場面における「大空に……」の歌の引用に関しては、『細流抄』が「春の花をいへるをかくとりなせる尤もおもしろし」と注し、『岷江入楚』が「春の花をかく云ヒカヘタルたくひなき也」と称賛するような、明るい見解だけでこと足りるのだろうか。

・（明石の君）ひとりして撫づるは袖のほどなきに覆ふばかりの蔭をしぞ待つ（澪標巻・二二頁）

・（源氏）「おほふばかりの袖求めけむ人よりは、いとかしこうおぼし寄りたまへりかし」など、この宮ばかりをぞもてあそびに見たてまつりたまふ。（幻巻・一三五頁）

・（童女）「桜花にほひあまたに散らさじとおほふばかりの袖はありやは

心せばげにこそ見ゆめれ」など言ひおとす。（竹河巻・二二〇頁）

これら、「大空に……」の歌が引用される野分巻の例以外の三例を見ると、「子持ちの君も、月ごろものをのみ思ひ沈みて、いとど弱れるここちに、生きたらむともおぼえざりつる」（澪標巻・二二頁）と、明石の地で源氏と遠く離れて出産し、心身とも衰弱した中で「ひとりして……」の歌を詠む明石の君の例も、紫の上亡きあと、「春深くなりゆくままに、御前のありさまいにしへに変らぬを、めでたまふかたにはあらねど、静心なく、何ごとにつけても胸いたうおぼさるれば」（幻巻・一三四頁）と、紫の上が愛した春の美しさを目にするだけで胸を痛める源氏の、匂の宮に対する「おほふばかりの袖……」という言葉も、そして「おほかたのありさま引きかへたるやうに、殿のうちしめやかになりゆく」（竹河巻・二〇〇頁）と、髭黒亡きあと、否応なしに変化する髭黒邸において、髭黒が亡くなる以前のその昔、一家の幸福の象徴として描かれた庭の桜が風に吹き散らされる様子を詠んだ「桜花……」の歌も、たしかに、「大空に……」という引歌の持つ、遣るせなさと切なさを感じさせる場面への引用である。これら三例の用例のなかで、澪標巻の例は、歌の表現する春の季節ではなく夏の物語場面への引用である。ただ、この明石の君の歌の主情となっている明石の姫君が、「(三月)十六日になむ、女にて、たひらかにものしたまふ」(澪標巻・一七頁)と、ほぼ桜の季節に重なって誕生していて、その事情による春の歌の引用に他ならないだろう。すると、㋔例の野分巻の秋の季節に合わない「大空に……」の歌の引用にもまた、たしかな意図があると考えられるのである。六条の御息所は、「春の宮」とも称される皇太子に嫁ぎながら、仲秋八月に亡くなった皇太子の早世によって中宮にはなれなかった。[注7] 娘の秋好中宮は中宮の位まで昇りつめたものの、男皇子には恵まれず、帝の母という栄華は極められなかったその宿命を、秋好中宮の威光の象徴である盛りの秋の花々が、強風に吹き散らされる描写は表わしているだろう。そして、「大空に……」という、春を象徴する桜が風に散らされる様を詠む引歌によって、母娘両者の受け入れざるを得ない宿命の悲しさが示されていると考えられるのである。

㋖例については、古注釈書には「桜花今夜かざしにさしながらかくて千年の春をこそ経め」の歌は挙げられていない。『花鳥余情』(室町中期)などは、「たのむるに命ののぶるものならば千年もかくてあらむとや思ふ」(『後拾遺集』・恋一・六五四・小野宮太政大臣女〈藤原実頼女〉)をあげていて、現行の注釈書の「新潮日本古典集成」などが、「桜花……」の歌を示している。引歌に関しては、どの歌が最もふさわしいかを判断する必要の低い場合もあるが、この場合は、「桜花……」の歌の下の句「かくて千年の春をこそ経め(こうして千年を過ごすこととしよう)」という表現・歌意ともに、物語本文の「かくて千年を過ぐすわざもがな」と大変近く、「かくて千年」という表現を詠む『源氏物語』に先立つほかの歌が見当たらないことからも、現行の注釈書が注目するように、師輔の「桜花……」の歌の影響は無視できないと思われる。「桜花……」の歌の影響を考え合わせるならば、若紫巻よりあと御法巻に至るまで、くり返し桜の花になぞらえられてきた紫の上の容貌を、彼女が死にゆく場面において、「桜花……」の歌で盛りの桜をもって讃えていることは明らかだろう。「御容貌ども」とあり、この箇所では、紫の上と明石の中宮の二人の容貌が桜にたとえられている。この文は、「かけとめむかたなきぞ悲しかりける（命を引きとどめる術もないのは悲しいことであった）」と終えられるため、源氏がその美しさを桜にたとえる主眼は、紫の上であると読めるのであるが、明石の中宮もまた、前掲の明石の君による「大空に……」の歌の引用（澪標巻）によって、誕生後にまず桜の花によそえられた女性なのである。

㋗例は、薫が宿直人に与えた衣に薫の香りが移っていて、宿直人がその香りによってかえって窮屈な思いをする、というくだりである。ここの「梅の花立ち寄るばかりありしより人のとがむる香にぞしみぬる」の歌の引用は、「色よりも香こそあはれと思ほゆれ誰が袖ふれし宿の梅ぞも」（『古今集』春上・三三・詠人不知）や、「春の夜の闇はあやなし梅の花色こそ見えね香やは隠るる」（『古今集』春上・四一・凡河内躬恒）などの歌で、くり返し梅の香になぞらえられる薫のかぐわしさを表現する一端であることは明らかである。薫の身体の香りが、場面の季節に関わらずことさらに梅の香にたとえられるのは、明石の姫君が桜の季節に生まれたために、「大空に……」の歌によって場面の季節に関係なく、まず桜の花にたとえられた例のように、薫もまた新春の梅の季節に誕生したことが一つの理由となっているだろう。

五　〈野分の段〉の「とふ人も……」の引歌の意義

以上は、秋の場面に春を表わした歌が引用されている例に限っての検討であるが、この検討から、『源氏物語』では、物語場面の季節に一致しない引歌の用例には、それぞれ意図のあることが察せられた。ならば、桐壺巻

〈野分の段〉の「とふ人も……」の歌の引用にもまた、作者のたしかな意図があると考えられるのである。「とふ人も……」の歌の「八重葎にもさはらざりけり」と類似する表現は、『源氏物語』で桐壺巻の本文のほかには見られない。そのため、当該歌の歌句が㋑㋕㋘例「あたら夜の……」の歌のように、慣用句のごとく当時使われていたとは考えがたいのである。〈野分の段〉の弔問で、靫負の命婦によって伝えられた帝の言葉を聞いた母君は、「目も見えはべらぬに、かくかしこき仰せ言を光にてなむ」[注8]（桐壺巻・二一頁）とのみ、命婦に述べる。娘に先立たれ悲しみに沈む母君は、帝の細やかな心遣いをあたたかい光として受けたのである。「目も見えはべらぬ」という悲しみの闇の中にいる母君にとって、帝の心遣いを受ける喜びが、秋の寂しさの中での春として表現されていると考えられる。桐壺巻で「春」という言葉は、次の一節にただ一例だけ見える。

明くる年の春、坊さだまりたまふにも、（帝は）いと引き越さまほしうおぼせど、御後見すべき人もなく、また世のうけひくまじきことなりければ、なかなか危くおぼし憚りて、色にもいださせたまはずなりぬるを、さばかりおぼしたれど、限りこそありけれと、世人も聞こえ、（弘徽殿の）女御も御心おちゐたまひぬ。かの御祖母北の方、慰むかたなくおぼし沈みて、おはすらむ所にだに尋ね行かむと願ひたまひししるしにや、つひに亡せたまひぬれば、（帝が）またこれを悲しびおぼすこと限りなし。（桐壺巻・二九―三〇頁）

ここでは、桐壺の更衣の皇子を帝は皇太子にしたかったが叶わなかったこと、そして、更衣の母君が亡くなったことが語られている。桐壺の更衣の生んだ皇子の、皇太子となる可能性の絶たれる季節が春なのである。更衣の母君は、このあと間もなく死去する。春は、更衣亡きあとの悲しみの中での母君の喜びを表わし、そして更衣の忘れ形見である皇子の立坊が絶たれて、母君が娘のもとに旅立つのがやはり春であるという、春の喜びと愁いという母君の心情の対比が、「春」という語を詠む「とふ人も……」の引歌を介して見て取れるのである。

六 「木の間より……」の引歌の意義

つづいて、柏木の物語に注目したい。若菜下巻で、柏木は小侍従の手引きによって、女三の宮と逢瀬を持つ。その後朝の場面では、

木の間よりもりくる月の影見れば心づくしの秋は来にけり（『古今集』秋上・一八四・詠人不知）

という、秋の悲哀を詠んだ引歌によって、心を閉ざしたままの女三の宮のもとを去らなければならない柏木の、遣るせない心のうちが表現されている。

ただ明けに明けゆくに、いと心あわたたしくて、「あはれなる夢語りも聞こえさすべきを、かく憎ませたまへばこそ。さりとも、今おぼしあはすることもはべりなむ」とて、のどかならず立ち出づる明けぐれ、秋の空よりも心尽くしなり。（若菜下巻・二〇九―二一〇頁）

女三の宮との縁の強さを示す猫の夢見について語りたいと、柏木が女三の宮に述べるという、のちの展開においてもきわめて重要な場面である。名残は尽きないものの、刻々と夜が明けていく中を帰って行く柏木の心のうちは、「秋の空よりも心尽くしなり」と記されており、「木の間より……」の引歌を読者に思い起こさせる。「心づくし」という語によって、秋の物思いを詠んだ『源氏物語』に先だつ歌を調べてみると、たとえば、「何ばかり心づくしにながめねど見しにくれぬる秋の月影」（『紫式部集』一一九）や、「月影のはつ秋風にふけゆけば心づくしにものをこそ思へ」（『円融院御集』二七）が「月影」をともに詠むように、いずれの歌も、『古今集』の「木の間より……」の歌を本歌としており、秋の「心づくし」となれば、まず「木の間より……」の歌を読者は思い起こすと言えるのである。

ただ、柏木の密通場面は、「四月十余日ばかりのことなり。」（若菜下巻・二〇四頁）と語り出されており、初夏四月の逢瀬であることが示されている。この時節の設定は、

御禊明日とて、斎院にたてまつりたまふ女房十二人、ことに上臈にはあらぬ若き人、童女など、おのがじしもの縫ひ、化粧などしつつ、物見むと思ひまうくるも、とりどりに暇なげにて、御前のかたしめやかにて、人しげからぬをりなりけり。（若菜下巻・二〇四―二〇五頁）

と、細やかに記されているように、女三の宮のそばに控える女房が少なくなる葵祭の時期の利用に加え、四月の出来事と読める、かつての若紫巻の源氏と藤壺の宮との密事との重ねあわせの意図もあろうと推察される。つまり、作者はきわめて意識的に初夏四月の時節を柏木と女三の宮の密通場面に設けていると言えるのである。この場面に、「木の間より……」という秋の物思いを詠んだ歌が、ことさらに引用されている点について、検討を試みる余地はあるだろう。

「木の間より……」の歌は、『古今六帖』第一帖「秋の月」の歌題においては、二二首ならぶ歌の第一首目に置かれていて、『源氏物語』成立当時、秋の情趣を表現した代表的な歌であった様子がうかがえる。注9 この歌の認知度の高さゆえにかえって、と言うべきか、「木の間より……」の歌の『源氏物語』への引用に関しては、これまで特に問題視されてこなかった。ゆいいつ、今川範政の『源氏物語提要』（室町時代）が、若菜下巻の引用について、「比は四月也。いと、短夜なれはあたなる夢の間に夜は明かたに成りにけり。秋の夜のなかきにさへ心尽の秋也なと読るに、まして御名こりをおしみて」と、物語場面が逢瀬の時間が短い初夏の時節であって、そこにあえて夜長の秋の歌を引用して柏木の遣るせなさを強調して表現していると、物語場面と引歌の表現している季節とが一致していない点に注意を向けている。

「木の間より……」の歌の引用は、柏木の恋の苦悩を強く表現する役割を担っているだけであろうか。この歌は、『源氏物語』では若菜下巻の例を含めて三回引用されており、それらの用例のなかで、物語場面の季節と合わない引用の仕方は、若菜下巻の例だけである。先行する夕顔巻・須磨巻での引用は、秋の場面への引用である。今、この歌の若菜下巻への引用に先だつ二例の引用を手がかりにして、柏木と女三の宮の初夏の密通場面に、「木の間より……」の歌が引用されている意義を探ってみたい。

㋐秋にもなりぬ。人やりならず、心づくしにおぼし乱るることどもありて、大殿には絶えま置きつつ、うらめしくのみ思ひきこえたまへり。（夕顔巻・一三二頁）

㋑須磨には、いとど心尽くしの秋風に、海はすこし遠けれど、行平の中納言の、関吹き越ゆると言ひけむ浦波、夜々はげにいと近く聞こえて、またなくあはれなるものは、かかる所の秋なりけり。（須磨巻・二三六―二三七頁）

㋐例は、源氏と夕顔の恋物語が本格的に語られてくる秋の季節への推移を示す夕顔巻のくだりである。この㋐例の物語叙述は、

さて、かの空蟬のあさましくつれなきを、この世の人には違ひておぼすに、おいらかならましかば、心苦しきあやまちにてもやみぬべきを、いとねたく、負けてやみなむを、心にかからぬをりなし。（夕顔巻・一二九頁）

という一文から語りだされる、源氏の空蟬への未練をつづる一節に直接している。したがって、㋐例の源氏の「心づくしにおぼし乱るることども」とは、空蟬を中心とした女性関係への物思いであると読めるのである。当該箇所については、『孟津抄』（室町末期）の「空蟬のくたりにつきて源の心也」という、空蟬との恋愛に関して

だけの物思いとする解釈も見られるものの、早くに『細流抄』が、「只我心から也藤壺の御事空蟬の事かたかた心尽くし也」と、藤壺の宮に関わる源氏の苦悩への言及をしている。㋐例ののちに語られる夕顔死去の場面の叙述に注目したい。

命をかけて、何の契りにかかる目を見るらむ、わが心ながら、かかる筋におほけなくあるまじき心の報いに、かく来し方行く先の例となりぬべきことはあるなめり、（夕顔巻・一五四頁）

ここには、「かかる筋におほけなくあるまじき心」という、源氏の藤壺の宮に対する恋心を指すと考えられる記述が見られる。そして、同巻でこの叙述に少し先だって語られた空蟬という女性は、岡一男氏が「彼（源氏）と藤壺との最初の密會が描かれてゐないのも、『帚木』の巻で人妻である空蟬が初めて光源氏に襲はれて苦悶する場面をば、實に驚くべく精細に赤裸々に描寫したからだ。」[注10]と述べられるように、また、これに続く三谷邦明氏[注11]などの先学の指摘もあるように、空蟬は藤壺の宮との重ねての読みの可能性がある人物である。たしかに、物語の時間の流れを考え合わせれば、空蟬と藤壺の宮の物語の重なりは感じ取れる。『源氏物語』において源氏の「心づくし」と記されるのは、㋐例の夕顔巻の用例が初例であるが、この時点において源氏が心をくだく女性とは、まず藤壺の宮をおいて他にいないだろう。㋐例の源氏の「心づくしにおぼし乱るること」の中には、まちがいなく藤壺の宮への恋心も強く含まれていると考えられるのである。[注12]

㋑例の須磨巻は、都の女性たちおよび伊勢の六条の御息所と、須磨にいる源氏との消息のやり取りにつづく叙述である。それら源氏と女性たちとの消息のやり取りの場面では、源氏が藤壺の宮に贈った次の消息が、まず最初に記されている。

松島のあまの苫屋もいかならむ須磨の浦人しほたるるころ

いつとはべらぬなかにも、来し方行く先かきくらし、汀まさりてなむ。（須磨巻・二二七頁）

この消息に見える「来し方行く先」という、源氏の不安な胸のうちを述べる表現は、前掲の夕顔巻の本文「命をかけて……」（一五四頁）における、藤壺の宮への源氏の道ならぬ恋情をつづった叙述にも用いられている。『源氏物語』で、源氏が「来し方行く先」について思いをめぐらすのは、㋐例とのつながりで読める夕顔巻の「命をかけて……」の文中の用例が初例であって、その夕顔巻の「来し方行く先」とは、源氏の藤壺の宮思慕にまつわる胸のうちを表わした言葉である。その「来し方行く先」という言葉の須磨巻でのくり返しからは、藤壺の宮への恋心にまつわる㋐㋑例の叙述の連なりが見て取れる。[注13] 須磨巻で、藤壺の宮への消息の後には、朧月夜への源氏の消息、紫の上や六条の御息所からの源氏への返書などが続いているが、それら幾人もの女性との消息のやり取りの筆頭に記される藤壺の宮への源氏の思いの深さは、ほかの女性たちへの思いをしのいで、とりわけ強く感じ取れるように記されているのである。

㋑例「須磨には、……」から始まる、須磨での秋の寂しい日々をつづる一節の中には、「恋ひわびて泣く音にまがふ浦波は思ふかたより風や吹くらむ」という歌を、源氏が琴を爪弾きながら口ずさむ様子が記されている。源氏が詠む「恋わびて……」の歌の解釈に関しては、

・都（の人）恋しさに寂しさと悲しさに悩んで過ごして、私が泣いて居る音に、似通っている浦波の音は、私の恋しく思う都の方から吹いてくる風による波であろうか。（「日本古典文学大系」）

・恋しさに堪えかね泣く声かと聞こえる浦波の音は、わたしのことを思っている人たちのいる都の方から風が吹いてくるせいであろうか。（「新編日本古典全集」）

と、「恋わびて泣く」の主体、および「思ふかたより」の「思ふ」の主体は、源氏（「大系」、他「日本古典全書」「新

潮日本古典集成」）か、あるいは源氏のことを思う都の人々（「新編全集」、他「日本古典全集」「新日本古典文学大系」）か、という二通りの解釈が見られる。この歌の解釈は、㋑例の源氏の「心尽くし」の対象との関係もあるため検討すると、源氏の「恋ひわびて……」の歌の前後には、独り寝の悲しみを表わす「涙落つともおぼえぬに、枕浮くばかりになりにけり」（須磨巻・二三七頁）や、「いとかく思ひ沈むさま」（須磨巻・二三七頁）などといった、都恋しさから悲しみに沈む源氏の姿が印象強く記されている。源氏と女性たちとの歌の贈答には、「塩垂る」「潮くむ袖」「露のかかる袖」という表現が詠み込まれ、このような場合の常套でもあろうが、ともに涙にくれて過ごしていると詠み合っている。ここに、『源氏物語』に先だって〈思う方より吹く風〉を詠んだゆいいつの歌である『斎宮女御集』の「うちはへて思ふ方より吹く風のなびく浅茅を見てもしらする」（二〇）と、源氏の「恋ひわびて……」の歌を本歌としている藤原定家の「袖に吹けさぞな旅寝の夢も見じ思ふ方より通ふ浦風」（『新古今集』羇旅歌・九八〇）をも参照すると、両歌の「思ふ方」の「思ふ」の主体は、ともに作者（斎宮女御・定家）のことを離れたところで恋しがっている人である。これらを考え合わせれば、源氏の「恋ひわびて……」の歌の「恋ひわびて泣く」の主体は源氏であり、「思ふ方」の「思ふ」の主体は都にいる人にかぎらず、伊勢の六条の御息所もふくめた源氏のことを遠くから思う人々で、つまり「恋ひわびて泣く」の主体と「思ふ」の主体は同じではなく、〈浦波の音が、恋しさに泣く私の声と似かようのは、私のことを恋しく思う人々の声を風が運び、海を波だたせているせいであろうか〉と、源氏の泣き声と源氏のことを思って泣いている人々の声が、共鳴するかように聞こえる心情を表現した歌であるとの理解がふさわしいだろう。そして、女性たちとの消息の贈答場面につづいて源氏が詠む「恋ひわびて……」の歌の初句には、ふるさと恋しさの気持ちだけではなく、女性たちを恋いしたう源氏の気持ちも無論読み取れるのであるが、源氏が恋しく思う女性の筆頭は、やはり源氏からの最初の消息の相手となる藤壺の宮であると読めるのである。

このように、「木の間より……」の引歌を用いてつづられた㋐例（夕顔巻）と㋑例（須磨巻）はともに、源氏の藤壺の宮への思いが強く込められた類似の叙述であると考えられる。すると、㋐㋑例と同じく、「木の間より……」の引歌が『源氏物語』でもう一例、若菜下巻で女三の宮との後朝の場面において、柏木の胸のうちを表現するために用いられている理由は、柏木と女三の宮との密通場面に、源氏の藤壺の宮への激しい恋心ならびに源氏と藤壺の宮との密通を響かせる意図があると考えられるのである。[注14] 初夏の四月という時節の物語場面に、「木の間より……」という秋の歌が引用された最たる理由はそこにあるだろう。若紫巻で語られる源氏と藤壺の宮との密通もまた、四月ごろの出来事として書かれていることから、時節の上でも二つの密事の重なりは示唆的であるが、「木の間より……」という、当時よく知られた歌の引用によっても、二つの許されぬ恋はたしかに結びつけられているのである。[注15]

七　柏木物語にみえる引歌の反復

物語内でのくり返しの引用との関係によって、物語場面の季節に合わない歌が引用されていると考えられる例は、「木の間より……」の引歌のほかにも、柏木に関する場面において見いだせる。

次は、若菜下巻の柏木と女三の宮との密通場面での、柏木の女三の宮に対する発言である。

「さらば不用なめり。身をいたづらにやはなし果てぬ。いと捨てがたきによりてこそ、かくまでもはべれ。今宵に限りはべりなむもいみじくなむ。つゆにても御心ゆるしたまふさまならば、それにかへつるにても捨てはべりなまし」（若菜下巻・二〇九頁）

あなたの好意が得られないならば、死んだ方がましだと柏木が女三の宮に激しい恋心を訴えるくだりである。

この叙述に鈴木日出男氏は、

あはれとも言ふべき人は思ほえで身のいたづらに成りぬべきかな（『拾遺集』恋五・九五〇・藤原伊尹）

という歌の影響を指摘されている。[注16] たしかに、柏木の物語で「あはれ」という語は反復して幾度も用いられていて、[注17]「あはれとも……」の歌は下の句もまた、「身をいたづらにやはなし果てぬ」という物語叙述と類似のものである。ここの柏木の発言への「あはれとも……」の歌の影響を否定する訳ではないが、鈴木氏も述べられるとおり、和歌の言葉とは類型的なものであって、「身のいたづら」もまた他の歌でも見られる表現である。この点への注意は必要だろう。『源氏物語』に先だつ「身のいたづら」を詠む歌の例を調べてみると、恋の歌では、

・夏虫の身をいたづらになすことも一つ思ひによりてなりけり（『古今集』恋一・五四四・詠人不知）
・恋ひわびて身のいたづらになりぬとも忘るな我によりてとならば（『元真集』一三七）

という二首が、伊尹の「あはれとも……」の歌のほかに見える。用例としては、決して多くはない。これらの内、『古今集』所載の「夏虫の……」の歌は、『源氏釈』[注18]（平安末期）をはじめとする複数の古注釈書が、ここの柏木の言葉の引歌として挙げている。たしかに、この歌が表現する「灯に飛び込んでくる夏虫が身を焼き滅ぼすのは、私と同じように恋の情熱のためだ」という強い恋心は、柏木の女三の宮に対する激しい情熱と通じるものである。[注19] 物語場面の時節が夏の四月であり、そして「身をいたづらにやはなし果てぬ」という物語叙述との表現上の類似もあるため、「身をいたづらになす」と詠む『古今集』の「夏虫の……」の歌は、伊尹の「あはれとも……」の歌とくらべても見劣りなく、物語への影響を考えるに足る引歌である。[注20]
「死んでしまうほかない」と女三の宮に訴えた若菜下巻での密通の結果として、事実柏木は死去するのである

が、その死が描かれる柏木巻の冒頭は、「衛門の督の君、かくのみなやみわたりたまふこと、なほおこたらで年も返りぬ。」（柏木巻・二六七頁）と、新春を迎えたことが記されたのち、死を目前にした柏木の思いが切々とつづられている。その中で、

誰も千年の松ならぬ世は、つひにとまるべきにもあらぬを、かく人にもすこしうちしのばれぬべきほどにて、なげのあはれをもかけたまふ人あらむをこそは、一つ思ひに燃えぬるしるしにはせめ、せめてながらへば、おのづからあるまじき名をも立ち、われも人もやすからぬ乱れ出で来るやうもあらむよりは、（柏木巻・二六八頁）

と、死ぬことによって女三の宮の思い出となれることが、恋に身を焦がした証しであるという、柏木の悔いのない気持ちが、「夏虫の……」の引歌によって記されている。激しい恋心を詠んだ古歌は多く見られる中から、女三の宮との恋ゆえに死にゆくのだと自覚する柏木を、「年も返りぬ」と新春を表わした場面において、「夏虫の……」の引歌によってあえて夏の虫になぞらえる理由は、若菜下巻の初夏四月の女三の宮との逢瀬の場面とのつながりを意識してのものに他ならないだろう。前掲の女三の宮との密通場面での柏木の「さらば不用なめり。……」（若菜下巻・二〇九頁）という言葉には、『古今集』の「夏虫の……」の歌が作者によって重ねられていて、「身をいたづらにやはなし果てぬ（私は死んでしまうほかない。）」と、柏木が女三の宮に対して自身の思いを激しくぶつけた密通場面は、柏木巻の「一つ思ひに燃えぬるしるしにはせめ」という叙述への「夏虫の……」の歌の再度の引用によって、死にゆく柏木の心情をつづった文脈にたしかに呼び起こされているのである。新春の柏木巻の冒頭場面の叙述に、「夏虫の……」の引歌を選択した作者の意図はそこにあると考えられる。

前掲の柏木巻の「誰も千年の……」（柏木巻・二六八頁）の一節には、「夏虫の……」の歌とともに、

憂くも世に思ふ心にかなはぬか誰も千年の松ならなくに（『古今六帖』四「うらみ」）

の歌もまた引用されている。この歌は、『古今六帖』第四帖「うらみ」の歌題で、二四首ならぶ歌の第一首目に位置しており、先述の「木の間より……」の歌と同じく、『源氏物語』成立当時、とりわけよく知られた歌であった様子がうかがえる。[注21] この「憂くも世に……」の歌も、『源氏物語』では柏木巻の一例だけの引用にとどまらず、宿木巻にもくり返し引用されている。

（薫）「いかなれば、かくしも常になやましくはおぼさるらむ。人に問ひはべりしかば、しばしこそここちはあしかなれ、さてまたよろしきをりあり、などこそ教へはべしか。あまり若々しくもてなさせたまふなめり」とのたまふに、いとはづかしくて、（中の君）「胸はいつともなくかくこそはべれ。昔の人もさこそはものしたまひしか。長かるまじき人のするわざとか、人も言ひはべるめる」とぞのたまふ。げに誰も千年の松ならぬ世を、と思ふには、いと心苦しくあはれなれば、この召し寄せたる人の聞かむもつつまれず、かたはらいたき筋のことをこそ選りとどむれ、昔より思ひきこえしさまなどを、かの御耳ひとつには心得させながら、（宿木巻・二一八―二一九頁）

この会話の中で薫は、「いかなれば……」と、懐妊している中の君のつわりに触れる。「いとはづかしくて」と、大変きまり悪がる中の君と、いたたまれない女心にはまったく気付かず、対面しているこの機会に乗じて恋心までほのめかす世慣れない薫の様子が描かれた場面である。柏木巻で、女三の宮の薫出産をもたらした逢瀬の結果として死にゆく柏木の、切実な胸のうちをつづる際に用いられた「憂くも世に……」の引歌が、女性に対して非常に無神経な薫の様子をつづった場面に再び引用されているのは皮肉めいている。あたかも、柏木の女三の宮に対する激しい恋情が嘲笑されているかのようである。当時特によく知られていた「憂くも世に……」の歌の、柏木と薫の心内語への二例だけの引用からは、この二例を照らし合わせようとしている作者の意図が見て取れるのである。

八　夕霧の弔問場面の引歌について

柏木が亡くなったのち、柏木の正妻である落葉の宮を夕霧が弔問する。次に示すのは、夕霧と落葉の宮の母君御息所との和歌の唱和の場面である。

御前近き桜のいとおもしろきを、「今年ばかりは」とうちおぼゆるも、いまいましき筋なりければ、「あひ見むことは」と口ずさびて、

（夕霧）時しあれば変らぬ色ににほひけり片枝枯れにし宿の桜も

わざとならず誦じなして立ちたまふに、いととう、

（御息所）この春は柳の芽にぞ玉はぬく咲き散る花のゆくへ知らねば

と聞こえたまふ。（柏木巻・三〇八―三〇九頁）

ここで夕霧は、喪中の一条の宮邸に咲き盛る桜を見て、

深草の野辺の桜し心あらば今年ばかりは墨染に咲け（『古今集』哀傷・八三二・上野岑雄）

という古歌が心に浮かぶが、人の死をつよく連想させるこの歌は「いまいましき筋なりければ（不吉な歌なので）」と思い改める。そして、実際この場では、

春ごとに花の盛りはありなめどあひ見むことは命なりけり（『古今集』春下・九七・詠人不知）

という歌を口ずさみ、「生きていればこそ、また幸せもあるのですよ」と、やさしく御息所をなぐさめるのであ

る。本文でひとたび示した引歌を取りやめて、別の引歌を改めて示すという、このような引歌のあり方は、『源氏物語』の中ではこの場面一例だけである。つづいて、この引歌のあり方に注目し考察してみたい。

ここで引用される二首の引歌に目を向ける前に、「深草の……」の歌を夕霧が取りやめる理由とされる「いまいましき筋」の解釈について、まず検討してみる。『源氏物語』中に、「忌ま忌まし」は全一〇例の用例が見える。柏木巻の当該例を除く『源氏物語』中の「忌ま忌まし」の九例の用例を一覧すると、それらは〈死の穢れに触れたため忌みつつしまなければならない〉、あるいは、〈すでに出家した身であるのではばかられる〉の二種類の意味に大別される。[注22] しかし、柏木巻の当該例には、このどちらの意味も適当ではない。参考までに注釈書の解釈を一覧してみると、それらの解釈は一様ではない。この場面への早い注目は『細流抄』で見られ、「夕霧の心は落葉宮をねんするによりてあひみん事はといへりあはんと云かたばかりにと也」と解説している。「忌ま忌まし」の語の意味は、〈何か不吉なことが起こりそうではばかられる〉という理解でよいだろうが、『細流抄』は、沈む気持ちを増大させる「深草の……」の歌は、落葉の宮との関係の今後の進展をさまたげるようで不吉、とするのである（「新日本古典文学大系」も同様の注記）。また、『玉の小櫛』は、「此時は、柏木の喪の中なれば、かやうのすぢ、忌むべきをりにあらざるに、かくいへるは、これは諒闇の歌なる故に、おほやけのいみをはゞかりて也」[注23]（「日本古典文学大系」も同様の注記）とし、「深草の……」の歌は、仁明天皇の諒闇に詠まれた歌であるため、臣下の死に関して口にするのははばかられて、とする。ほかでは、「新潮日本古典集成」・「新編日本古典文学全集」が、「墨染」の語が落葉の宮の出家姿を連想させる不吉さから夕霧が口にするのを止めたか、と解説するなどである。

『玉の小櫛』が指摘するように、「深草の……」の歌が諒闇の歌である点は無視しがたい。ただ、柏木巻の弔問

場面における夕霧の御息所に対する二度の口上が、

・「……かかる御仲らひの、深く思ひとどめたまひけむほどを、おしはかりきこえさするに、いと尽きせずなむ」とて、しばしばおしのごひ、鼻うちかみたまふ。あざやかに気高きものから、なつかしうなまめいたり。（柏木巻・三〇五頁）

・「……よろづよりも、人にまさりて、げにかのおぼし嘆くらむ御心のうちの、かたじけなけれど、いと心苦しうもはべるかな」など、なつかしうこまやかに聞こえたまひて、ややほど経てぞ出でたまふ。（柏木巻・三〇八頁）

というように、「たいそうご同情は尽きないのでございます」「たいそうおいたわしく存ぜられます」と、二度とも落葉の宮へのやさしい心づかいで締めくくられて、夕霧には「なつかし（こちらから寄り添いたくなるような親しみを感じる）」という評価が重ねられていることに注意を向ければ、夕霧は落葉の宮に対する細やかな心づかいから、喪を強調する「墨染」の言葉を詠んだ「深草の……」の歌を避けて、生きている喜びを表現した「春ごとに……」の歌を口にしたと考えるのが穏当ではないだろうか。夕霧弔問の場面の「いまいましき筋」は、「柏木の死に重ねて、落葉の宮を嘆かせる不幸をまた引き起こすようではばかられて」と解釈できるだろう。これが、落葉の宮が住む一条の宮邸への夕霧の初めての訪問であり、この後に「この宮こそ、聞きしよりは心の奥見えたまへ、あはれ、げにいかに人笑はれなることを取り添へておぼすらむ、と思ふもただならねば、いたう心とどめて、御ありさまも問ひきこえたまひけり。」（柏木巻・三一四―三一五頁）と、夕霧が落葉の宮に初めて心を波立たせる様子を記す場面が、ことさらに用意されていることを思い合わせれば、夕霧の落葉の宮に対する恋の下心をこの時点で読み取るのは早急と思われる。

このように、「深草の……」の引歌は、それを口にするのを取りやめることによって、夕霧の細やかな心づかいを表現する役割を担っていると考えられるのである。ただ、ひとたび示した引歌が取り下げられるという引用のあり方は、『源氏物語』の中でこの一例だけでもあり、きわめて特異である。さらに検討を加えてみたい。「深草の野辺の桜し心あらば今年ばかりは墨染に咲け」の歌は、『源氏物語』でほかに二例の引用が見える。

・二条の院の御前の桜を御覧じても、花の宴のをりなどおぼし出づ。（源氏）「今年ばかりは」と、ひとりごちたまひて、人の見とがめつべければ、御念誦堂に籠りゐたまひて、日一日泣き暮らしたまふ。（薄雲巻・一六九頁）

・（源氏）「故后の宮のかくれたまへりし春なむ、花の色を見ても、まことに心あらばとおぼえし。……」（幻巻・一四〇頁）

薄雲巻で藤壺の宮崩御の後の源氏の口ずさみと、幻巻で紫の上が亡くなった後に、藤壺の宮崩御の春を思い起こして語る源氏の明石の君への言葉に引用されている。両例とも、源氏の藤壺の宮を慕う気持ちを表現するための引用である。藤壺の宮崩御の源氏の深い悲しみを表現するための引歌として、当該歌をことさらに引用している様が見て取れる。ならば、柏木の死をいたむ夕霧弔問の場面での、「深草の……」の歌の表出は、それを口ずさむことを取りやめることによって、夕霧のやさしさを表現するだけではなく、先述の若菜下巻の「木の間より……」の引歌と同じく、柏木と女三の宮の密通に、源氏の藤壺の宮思慕を重ねる役割も果たしているだろうと考えられるのである。

次いで、柏木巻で一条の御息所に対して夕霧が実際に口にした「春ごとに花の盛りはありなめどあひ見むことは命なりけり」の引歌についても、『源氏物語』中でのほかの引用例を調べてみると、もう一例、横笛巻で筍を無邪気にしゃぶる薫をいつくしむ、源氏の言葉の中への引用が見える。

かき抱きたまひて、（源氏）「この君のまみのいとけしきあるかな。小さきほどの児を、あまた見ねばにやあらむ、かばかりのほどは、ただいはけなきものとのみ見しを、今よりいとけはひ異なるこそ、わづらはしけれ。女宮ものしたまふるあたりに、かかる人生ひ出でて、心苦しきこと、誰がためにもありなむかし。あはれ、そのおのおのの生ひゆく末までは、見果てむとすらむやは。花の盛りはありなめど」と、（薫を）うちまもりきこえたまふ。（横笛巻・三三三―三三四頁）

二歳になり美しさが際だってきた薫の様子が、源氏によっておだやかに述べられている。ここでは、「この筍の罍子に、何とも知らず立ち寄りて、いとあわたたしう取り散らして、食ひかなぐりなどしたまへば」（横笛巻・三三三頁）と、幼い薫のあどけなさが印象的に描かれている。のみならず、再びの密通に対する源氏の不安な思いが、「女宮ものしたまふるあたりに、……」という言葉に含まれており、明るさの中にいささかの暗さが表現されている。この場面の「春ごとに……」の歌の引用に関しては、『岷江入楚』が「同歌をあいちかく引出しても、心かはれる奇特也。是本歌をとる事の手本にしたる也。」と、柏木巻の巻末近くと、つづく横笛巻の前半という、物語の近い箇所で同じ歌がくり返し引用されている点に興味を示しているが、現行の注釈書は、この引歌のくり返しについては言及していない。しかし、「春ごとに……」の歌の引用のくり返しにもまた重要な意味があり、この歌の『源氏物語』で二例だけの引用は物語内部を巧妙につなぎ、柏木巻の夕霧のやさしさと横笛巻の源氏の穏やかさもともに作用しあって、柏木の密通ののち、この世に残された落葉の宮と幼い薫の二人の悲しさと孤独を、けざやかに照らし出す役割を果たしていると考えられるのである。

以上、桐壺巻〈野分の段〉と柏木の物語を中心に、物語場面の季節と季節感の一致しない引歌の例、および引歌の物語内での反復の意義について考察してきた。この考察から、『源氏物語』の引歌はそれが当時きわめて有名な人口に膾炙した歌ではあっても、その引用には一例一例たしかな意図のあることが確認できた。加えて、引歌のくり返しによって、物語内部は実に巧妙に連鎖していることも確認し得たのである。

【注】

(1)『源氏物語評釈』の引用は、「源氏物語古注釈大成」(日本図書センター・昭和五三年)によった。

(2)「月影ばかりぞ、八重葎にもさはらずさし入りたる」の部分に注意すべき異文はない。

(3)「とふ人も……」の歌の本文に関しては、『古今六帖』諸本の中には「春」が「秋」となる本もある。しかし、図書寮叢刊本の校異篇によれば、「春」となる本が大半であって、『貫之集』(二〇七)など他集でも「春」の本文で見えている。さらに、『奥入』を始めとする『源氏物語』の古注釈書も「春」の本文で記している。これらのことから、この歌は「春」の本文で流布していたと考えられる。『古今六帖』の伝本に見える「秋」の本文は、『古今六帖』編纂のころ、『拾遺集』に「八重葎しげれる宿のさびしきに人こそ見えね秋は来にけり」(秋・一四〇・恵慶法師)という、秋を詠んだ「とふ人も……」の歌に似かよった歌が載録されたこと、あるいは『古今六帖』編纂の後に、『源氏物語』桐壺巻の当該場面が『古今六帖』本文に影響をおよぼした結果かと思われる。

(4)「新潮日本古典集成」、玉上琢彌『源氏物語評釈』(角川書店)、『完訳日本の古典』(小学館)など。

(5)『奥入』の本文は、池田亀鑑編『源氏物語大成 資料篇』所収本文による。

(6)「新潮日本古典集成」・「新日本古典文学大系」・「新編日本古典文学全集」などで見られる解釈である。

(7)廣瀬唯二氏は、「六条大臣家の期待の全てが無に帰した月が八月であったことが野分の巻で明かされたことになる。」と述べられる(「六条御息所の生き霊化をめぐって」「武庫川国文」第七一号・平成二〇年十二月)。

(8)「かしこき仰せ言を光にて」の部分に注意すべき異文はない。

（9）『古今六帖』では、この歌の作者名を「いせ」とする本も多いが、他の資料では「詠み人知らず」とされているため、『古今六帖』の作者名表記は誤認であろう。

（10）岡一男『源氏物語の基礎的研究』（『源氏物語』のテーマ・構想・構成―内部徴證による成立論―」四三二頁・東京堂出版・昭和四一年）

（11）三谷邦明「帚木三帖の方法―〈時間の循環〉あるいは藤壺事件と帚木三帖―」（『物語文学の方法Ⅱ』有精堂・一九八九年）

（12）近年では「心づくしにおぼし乱るることども」は、藤壺の宮のことを含む叙述であるという解釈が主流であるが、「藤壺や空蟬への恋の苦労である」（『日本古典文学大系』）や「主として藤壺への思慕をさす」（『新編日本古典文学全集』）など、藤壺の宮への源氏の思いに関する解釈にも程度の差が見られる。

（13）夕顔巻・須磨巻の「来し方行く先」の本文異同を確認すると、夕顔巻の本文には異文はないが、須磨巻の本文は別本の陽明家本のみが「過ぎにし方行く先」となる。和田明美氏は「来（き）し方」と「過ぎにし方」の違いを検討され、「『来し方』が、失意や不安の渦中において、これまでの生き様を振り返りつつ思案する場合に使用される傾向が強いのに対して、『過ぎにし方』には必ずしもそのような特質は認められない。」と述べられる（「源氏物語における「来（き）し方」「来（こ）し方」と「過ぎにし方」―「来（き）し方行く先」の意味を中心に―」）（『愛知大学文学論叢』一二〇巻・一九九九年一二月）。和田氏の論考を参考にすると、須磨巻の本文は多くの伝本がそうなっているように、「来し方行く先」とあるべきだと考えられる。

（14）日向一雅氏は、源氏の藤壺の宮への恋と、柏木と女三の宮との恋の物語の類似点を、それらがともに少年時代からのあきらめ難い恋であった点などを指摘されて、「柏木は光源氏の密通事件をなぞることによって、つまり源氏のそれと類似の設定、類似の表現を繰り返されることで、もう一人の光源氏として光源氏本人と対峙したのである」と述べておられるが、「木の間より……」の歌の引用には触れられない（「柏木物語の方法―第一部の物語の諸設定との対比を軸にして―」『源氏物語の探求』第十六輯・風間書房・平成三年）。

（15）柏木と女三の宮の密通の後朝の場面には、四例の「明けぐれ」という言葉が使用されている。「明けぐれ」は若菜上巻の源氏と女三の宮の結婚三日目の後朝の場面においても、「夜深きも知らず顔に、急ぎ出でたまふ。いといはけなき御ありさまならば、……明けぐれの空に、雪の光見えておぼつかなし。」（若菜上巻・五九―六〇頁）と見える言葉である。高橋亨氏は、この若菜上巻の「明けぐれ」に注目され、独り寝をする「紫上の疎外感」と柏木の恋が「対立法的に進行し、多元的に解体した物語世界の主題的な響きあいをなしていた」と述べられる（「源氏物語の内なる物語史」『源氏物語の対位法』東京大学出版会・一九八二年）。ただ、高橋氏の指摘にはないが、柏木の物語における「明けぐれ」のくり返しの使用には、源氏が藤壺の宮の面影を重ねて結婚した女三の宮へ絶望感を抱く結婚当初の逢瀬の場面（源氏の藤壺の宮思慕の情とのつながり）との響き合いが、確かに見て取れるであろう。柏木の女三の宮との後朝の場面では「明けに明けゆくに」と、刻々と夜が明ける様子が記されていながらも、夜がまだ明けきらない薄暗さをいう「明けぐれ」の語が重ねられていることは注目できる。「木の間より……」の引歌とともに、「明けぐれ」という言葉からも、源氏の藤壺の宮思慕の物語との重なりが読み取れるのである。

(16) 鈴木日出男「『源氏物語』の和歌的方法」（『古代文学史論』東京大学出版会・一九九〇年）

(17) この指摘は、鈴木日出男「柏木」（「国文学―解釈と教材の研究―」昭和四九年九月）・注16論文、池田和臣「引用表現と構造連関をめぐって―源氏物語第三部の表現構造―」（『源氏物語の探求』第七輯・風間書房・昭和五七年）などでなされている。

(18) 『源氏釈』は、池田亀鑑編『源氏物語大成 資料篇』所収本文による。

(19) 『岷江入楚』には「河引歌 夏虫の身のいたづらに― 不及此歌」と、この引歌を否定する注が見える。

(20) 『源氏物語』若菜下巻の「身をいたづらにやはなし果てぬ」と、『古今集』「夏虫の……」の歌の「身をいたづらになす」の本文ともに、注意すべき異文はない。『古今集』本文異同の確認は、西下経一・滝沢貞夫編『古今集校本』（笠間書院・昭和五二年）による。

高田祐彦氏は、若菜下巻の当該箇所に「夏虫の……」の引歌が、「文脈形成にぴったりと寄り添っていると見たい」と述べられ、柏木巻の心内叙述で「夏虫の……」の歌は「再び甦ってくる」とされるが、場面季節との関係には言及されていない（「身のはての想像力─柏木の魂と死─」『源氏物語の文学史』東京大学出版会・二〇〇三年）。

（21）『古今六帖』では当該歌に異文はないが（図書寮叢刊本の校異篇による）、『源氏釈』には第二句「心にもの、」という本文で見え、この歌が当時の有名な伝承歌であった様子がうかがえる。

（22）葵巻の源氏と紫の上との三日夜の餅についての「今日はいまいましき日なりけり」（一一七頁）は、結婚には日が悪いことを言い、ゆいいつの例外である。

（23）『源氏物語玉の小櫛』の引用は、「本居宣長全集」第四巻（筑摩書房・昭和四四年）によった。

おわりに

『源氏物語』の引歌について、特に『古今六帖』所載の歌を中心に考察を重ねてきた結果、『源氏物語』と『古今六帖』両者の関わりは、単なる一首の歌の引用にとどまらず、歌題の流れと物語展開との対応が注目される例、歌の連なりが物語の構想に発想を与えていると考えられる例、歌題内で引歌に隣接する歌や共通の句を持つ歌を、引歌とともに物語と関連させていく例、また、歌題内の複数の歌が物語の一連の展開と対応する例など、さまざまな形態が見て取れ、多岐に渡るものと言えるのである。

本書で、物語との関わりを検討した『古今六帖』の歌題は、第二章の「笛」の歌題を始め、「鏡」「裳」「くちなし」「帯」など、その多くは第五帖に存在していた。第五帖は、「雑思」「服飾」「色」「錦綾」の四つの部立から成るが、帖の中心をなす「雑思」の部に、恋について細かく分類した歌題を収めている点が特徴的である。第五帖「雑思」の部とともに、第四帖も「恋」「祝」「別」という三つの部立に人事に関する歌題を収めているが、「恋」(一〇題)・「祝」(四題)・「別」(五題)と、五二八首を一九題に収める第四帖と、六二一首を六四題に収める第五帖「雑思」の部とでは、比べようもないほどに、第五帖「雑思」の部の方が、歌題の細分は詳密なのである。

第二章で確認したように、『古今六帖』に載録される『源氏物語』の引歌の数を帖ごとに算出した結果は、第五帖にある歌数が最多であった。この現象と、第五帖が、物語構想の発想源ともなり得るような恋愛のあらゆる状況を細分化した歌題を、時の推移に従って並べる構成である事との重なりは興味深いと言えるだろう。第五帖が有する特異性・物語性の影響から、『源氏物語』と『古今六帖』との関わりにおいては、とりわけ第五帖との関わりは色濃いかと推察されるのである。平安時代に『古今六帖』が愛好された要因として、この歌集が古歌・伝承歌の類を多く収める歌集であることも挙げられるだろう。その点で第五帖は、『古今六帖』中、『万葉集』からの採歌数が突出して多いことに加え、収める出典未詳の歌の数もまた最多であるという特徴から、とりわけ当時の人々の興味・関心を引いたと推察されるのである。

村上さやか氏の、「定家は長年に渉る『源氏物語』の本文校訂や、『源氏釈』を基盤にした『源氏物語』注釈作業を通じて『古今六帖』がいかにその本文に生かされているかを実感した」[注1]という見解に注目するならば、『古今六帖』の『源氏物語』への影響は、はやく定家によって注目されていたことになる。しかし、『源氏物語』と『古今六帖』両者の関わりの解明は、大きな進展を見ないまま現在に至っていた。本書では、『源氏物語』の引歌に関して、特に『古今六帖』所載の歌についての考察を試みてきたが、この考察によって、『古今六帖』所載の引歌については、『古今六帖』を検討することがいかに物語の理解に有効であるかを確認できたと考える。また、『古今六帖』所載の歌の引用のあり方に注目することによって、極めて注意深く古歌を引用している『源氏物語』の叙述のあり方や、実に細やかに造形されている人物描写のあり方も改めて確認できたのである。

【注】

（1）村上さやか「『定家小本』和歌の部をめぐって―『古今六帖』と『新勅撰集』、『奥入』との接点―」（「国語と国文学」平成六年六月）

初出一覧

第一章　朝顔から夕顔へ
　朝顔から夕顔へ―古今六帖歌との関係をめぐって―（「かほよとり」第五号、平成九年十二月）を大幅に改定

第二章　須磨巻の検討
　『源氏物語』と『古今和歌六帖』との関わりをめぐって―須磨巻と第五帖「ふえ」の歌群との検証から―（「王朝文学研究誌」第一〇号、平成十一年三月）を大幅に改定

第三章　玉鬘の美の表象
　真木柱巻における叙述と『古今和歌六帖』との関わりをめぐって―玉鬘にまつわる表現において―（「武庫川国文」第五五号、平成十二年三月）を大幅に改定

第四章　「東路の道の果てなる……」の引歌に関して
　源氏物語における「東路の道の果てなる……」の引歌をめぐって（「中古文学」第六六号、平成十二年十二月）を大幅に改定

第五章　『河海抄』に引用された『古今六帖』の歌の様相
　『河海抄』に引かれた『古今和歌六帖』の歌の様相（上）（「武庫川国文」第六〇号、平成十四年十一月）
　『河海抄』に引かれた『古今和歌六帖』の歌の様相（下）（「武庫川国文」第六二号、平成十五年十一月）を

改定

第六章　人物の古歌の利用と出典との関係

『源氏物語』における古歌の利用の様相—人物と出典の関係から—（「武庫川国文」第七一号、平成二〇年十二月）を改定

第七章　引歌の季節と連鎖をめぐって

第一節〜第五節

『源氏物語』における引歌の季節に対する意識をめぐって—桐壺巻〈野分の段〉への着目から—（「国語と教育」第三四号、平成二一年三月）を改定

第六節〜第八節

『源氏物語』における引歌の季節と連鎖に関して—柏木の物語の方法—（「武庫川国文」第七二号、平成二一年三月）を改定

あとがき

『源氏物語』の世界に初めて触れたのは、小学五年生の時にポプラ社の古典文学全集『源氏物語』を読んだときであった。子ども向けにやさしい文章で書かれた『源氏物語』のダイジェスト版である。これを読んだ時、若紫巻の光源氏が幼い紫の上を教え諭す場面に、無性に胸がときめいたのを覚えている。この時の経験から、『紫式部日記』に見える藤原公任のエピソードにあるように、物語が書かれた当時、特に若紫巻が読者に人気が高かったであろうことは、私には感覚的に分かるのである。大学二年の終わりに、希望者の多かった平安文学のゼミに、抽選にもれず運よく入ることが決まったのは、やはり『源氏物語』と何かしらの縁があったからだろう。

本書は、『源氏物語』の引歌についての論考を中心にまとめたものだが、引歌を特に研究対象としたのは、武庫川女子大学大学院の博士後期課程に進んでからである。指導教官であった徳原茂実先生が和歌の研究者であったことの影響が大きい。古い伝本がなく、しっかりとした研究がしづらいと考えられていたため、『古今六帖』は研究対象としては、まださほど注目されていなかった。『古今六帖』関連の先行論文は、すべて収集しても、小さな段ボール箱ひと箱に収まる程度だった。徳原先生は、非常に緻密なご論文を書かれるものの、お人柄はおおような方で、そのような『古今六帖』に私が関心を持ったときも、おおらかに興味を示してくださり、そのため、『源氏物語』と『古今六帖』との関わりについて博士論文を書くまでの研究は、大変伸び伸びとしたものだった。その時期の武庫川女子大学の大学院は、平安時代の作品を研究している博士後期課程の院生は私ひとりだけで、今更ながら、ずいぶんと贅沢に先生方に甘えていたものだと思う。当時、武庫川女子大学で授業をされていた島津忠夫先生や清水彰先生も、とりとめのない私の質問にいつも懇切に答えてくださり、清水先生からはご自身が作成された「古今和歌六帖・各句別逆引索引」のフロッピー・ディスクを「あなたに預けておくね」というお言葉を添えて頂戴したりもした。博士後期課程の三年の時には、増田繁夫先生が武庫川女子大学にいらっしゃり、博士論文の副査としても多大なお教えをいただいたが、なかでも本書の第五章の『河海抄』本文についての研究については、長期に渡ってお付き合いくださって、調査に値する『河海抄』の伝本の選別をはじめとして、一覧表の示し方まで細やかに教えてくださった。大学院修士課程は大阪教育大学に在学し、森一郎先生ご退官直後の古典文学研究室で、堀淳一先生のもと『源氏物語』の朝顔の人物造型について修士論文を書いたのだが、その時に抱いた朝顔という女性に対する興味は、本書の第一章にも反映している。大阪教育大学のゼミには、前年まで森先生の指導を受けていた院生もいて、『源氏物語』の人物造型論についてのご著書もある森先生の影響の残るなかで、『源氏物語』の人物論をテーマに卒業論文や修士論文を書く人が多かった。ご後任の堀先生は、文章のご指導が、表現はもとより句読点の打ち方にいたるまで大変丁寧で、作品としての論文という意識を高めていただき、その時の経験は今もって貴重なものである。

誰もが思うことなのであろうが、私もまた、これまでに多くの先生方のご丁寧なご指導やご助言を多大に賜ってきたからこそ、現在もなお『源氏物語』に携われているのだと思う。現在、大学で授業をしていると、学生の質問に的確に答えることや、学生の書いた文章を改めること、また学生の書いたものに対して効果的な意見を述べることは、何と難しいことなのかと痛感する。当然のように自分が受けてきた指導や助言の重さを実感するのである。

社会人の方々へ古典文学の講義をすることも、すでに十年を超えた。『源氏物語』の通読の講座は、十年かかってやっと若菜下巻まで読み進んだ。『源氏物語』をはじめとして、『枕草子』『蜻蛉日記』『更級日記』などを通読する講座も担当してきたが、それらの経験を通して、改めて他の作品からは感じられない『源氏物語』の作品世界の広大さを実感している。ただ、私が、十歳ばかりの頃に漠然と感じ取った『源氏物語』の大いなる魅力は、いまだに具体的には掴みきれておらず、茫漠としたままであり、どのように『源氏物語』の作品世界が広大なのかと、的確にまた端的に説明することは、まだまだ出来ないでいる。

本書の第一章から第四章は、博士論文を基としている。ただ、文章は、私の講義を日ごろ聴いて下さっている一般の方々にも読んでいただきやすいよう、そして、物語場面の情趣を損なわないよう、硬い言い回しは出来るかぎり改めた。博士論文を著書にしたいという希望は以前から持っていながら、なかなか実行に移せず年月が経ってしまっていたが、大阪教育大学の修士課程在学中にお世話になった山田勝久先生が相談に乗って下さり、そこからは驚くほど早いテンポで出版の話が具体的になっていった。笠間書院の大久保康雄氏からご助言をいただきながら、だんだんと書籍の形をなしていったのだが、この「あとがき」についても、大久保氏から再校の際に、「もっと具体的に書いては」とのご意見をいただいた。しまい込んだ古いアルバムを開くような気恥ずかしさがあって、たしかに初校の際には具体的に書くことを避けていた。思い切って記憶をたどってみると、二十年も以前のことながら、ここにお名前をあげた先生方と初めて交わした言葉を、いまだに私がそれぞれはっきりと覚えていることに自分でも驚いた。すでにお亡くなりになった先生もいらっしゃるが、ポプラ社の『源氏物語』の本も、清水先生からいただいたフロッピー・ディスクも、きれいなまま今なお私の手元にあるのと同じく、形をもたない言葉や、その時の先生方の表情の記憶も、きれいなまま私の手元に残っていたのである。

六月の晴天の水曜日、大阪から東京猿楽町の笠間書院に初めて伺い、編集長の橋本孝氏と大久保氏にご挨拶した時のお二方のお言葉や声の記憶もまた、決して褪せることはないのだろう。本書の刊行をお引き受け下さり、書籍の形をなすまで導いてくださった笠間書院の皆様に心より感謝申し上げる。

二〇一七年二月

藪　葉子

索　引

○索引は、人名・書名で構成した。
○『源氏物語』『古今和歌六帖』は、頻繁に出てくるのでとっていない。
○『源氏物語』の人物名は、とらなかった。
○人名は本文では略称で示した所があるが、索引では正式名で統一した。

＊あ

赤染衛門集　10, 11
赤人集　81
敦道親王　43
在原業平　195

＊い

伊井春樹　31
郁芳門院安芸集　116
池田和臣　126
池田亀鑑　3, 13
石田穣二　13, 54
和泉式部　198, 199
伊勢　17, 61, 70
伊勢物語　37, 174, 176, 183, 184
一条兼良　137
一条天皇　44
一葉抄　103, 104
今川範政　33, 213

＊う

宇津保物語　42, 43
雲玉集　163

＊え

円融院　83
円融院御集　212

＊お

奥義抄　115
大江興俊　165
大窪則善　49
凡河内躬恒　168, 198, 210
大城富士男　1, 2
大津有一　137
大伴黒主　14
大伴家持　122, 123
大宅郎女　185
岡一男　3, 215
居貞親王　43
奥入　140, 143, 147, 148, 150, 152, 153, 156, 157, 160, 202, 205
奥村恒哉　113, 114
小野小町　152, 163

＊か

河海抄　5, 46, 62, 88, 136, 137, 138, 139, 140, 141, 158, 159, 160, 161, 162, 163, 164, 165, 166, 167, 168, 169, 170
柿本人丸　17, 34, 50, 74, 104, 153, 155, 156, 163, 164
柿本集　10
蜻蛉日記　3
花山天皇　43, 44
花鳥余情　108, 109, 209
兼明親王　2
上野岑雄　222
亀山院　114
賀茂真淵　88, 89
閑院　177

＊き

岸上慎二　3
紀貫之　2, 63, 70, 143, 144, 145, 155, 156, 157, 160, 164, 165, 166, 168, 202
紀貫之の娘　2
紀友則　121, 123
休聞抄　104, 106
京極御息所（藤原褒子）　110
玉台新詠　35
挙白集　83
公衡集　85

＊け

契沖　88, 89, 164
源氏釈　35, 140, 143, 147, 148, 152, 153, 156, 157, 160, 161, 219, 232
源氏物語古註　40
源氏物語古注釈大成　138, 143
源氏物語事典　13
源氏物語新釈　88
源氏物語大成　101, 140, 167
源氏物語提要　33, 213
源氏物語引歌索引　31
源氏物語評釈　200
賢俊　114
顯宗天皇　164
源註拾遺　88, 164, 165

＊こ

校本萬葉集　10, 73, 163, 167
古今集　1, 3, 5, 13, 14, 16, 17, 18, 27, 53, 62, 66, 81, 85, 104, 106, 120, 121, 174, 175, 176, 177, 178, 179, 180, 181, 182, 183, 184, 185, 186, 187, 190, 191, 194, 195, 198, 202, 203, 210, 212, 219, 220, 222
湖月抄　36
後拾遺集　112, 113, 175, 182, 198, 203, 205, 209
後撰集　1, 49, 50, 84, 110, 165, 175, 177, 179, 180, 181, 182, 183, 184, 187, 190, 191, 198, 201, 202, 203, 204
後藤利雄　2
小八条御息所（源貞子）　187
近藤みゆき　2

＊さ

斎宮女御　2, 217
斎宮女御集　217
細流抄　9, 202, 208, 215, 223
坂上郎女　50
狭衣物語　113, 116
佐々木忠慧　113
讃岐院（崇徳院）　116
更級日記　116
散木奇歌集　85

＊し

私家集大成　10, 165
史記　205
七条后（藤原温子）　181
紫藤誠也　3, 63
品川和子　3
紫明抄　136, 140, 141, 142, 143, 144, 146, 147, 148, 149, 150, 152, 153, 156, 157, 160
寂蓮法師集　85
拾遺集　1, 2, 34, 53, 72, 83, 84, 103, 104, 152, 175, 183, 203, 219
紹巴抄　104
小右記　43
続後撰集　114

続新古今集　114
続千載集　114
新古今集　217
新撰和歌　201
新潮日本古典集成　60, 72, 101, 116, 209, 216, 223
新日本古典文学大系　36, 102, 217, 223
新編日本古典文学全集　102, 216, 217, 223

＊す

鈴木日出男　219

＊せ

西宮記　47

＊そ

僧正遍昭　178
素性　88, 194
曾禰好忠　122

＊た

高倉院昇霞記　113
高田女王　85
高橋亨　3
竹田誠子　82
忠見集　122
橘諸兄　63
橘諸兄（井出左大臣）　145
玉上琢彌　138, 140, 158, 159
玉の小櫛　109, 223
為尊親王　43
為忠家初度百首　85

＊ち

長嘯　83

＊つ

貫之集　161, 164, 165

＊て

亭子院（宇多院）　121, 180
貞信公記　47

＊と

俊頼髄脳　15, 115
具平親王　2

＊な

中務集　183
中原致時　182, 203

＊に

西山秀人　3
日本古典全集　217
日本古典全書　216
日本古典文学全集　60, 72, 116
日本古典文学大系　60, 72, 216, 223
日本書紀　164
仁明天皇　223

＊の

能因歌枕　14
章明親王　3
教長集　116

＊は

禖子内親王家歌合　85
萩原廣道　200
万水一露　36

＊ひ

人丸集　9, 10

＊ふ

藤村潔　21, 23
藤原伊行　35
藤原実資　43
藤原興風　179
藤原穏子　47
藤原兼家　83, 84
藤原兼輔　181, 201
藤原公任　44
藤原伊尹　219
藤原惟成　44
藤原実成　44
藤原実頼女　209
藤原彰子　44

藤原隆経　205
藤原忠君　53
藤原斎信　44
藤原忠平　47
藤原定家　114, 217, 232
藤原道雅　112, 113
藤原師輔　203, 209
夫木抄　83

＊ま

枕草子　3, 11
万葉集　1, 10, 18, 69, 72, 73, 74, 81, 84, 85, 114, 121, 122, 124, 125, 144, 150, 162, 163, 167, 183, 186, 188, 190, 191

＊み

三谷邦明　215
源信明　202
源順　2, 103
源俊賢　44
源雅信の娘　53
美作　85
岷江入楚　208, 226

＊む

宗子内親王　43
無名草子　33
村山さやか　232
紫式部集　212

＊も

孟津抄　9, 36, 103, 214
元真集　219
元輔集　183
元良親王　110, 111
物部吉名　178
文選　35

＊や

八雲御抄　2, 144
大和物語　147
山部赤人　81, 84, 86

＊ゆ

幽斎　2

＊よ

吉井美弥子　3
義孝集　183
吉田四郎右衛門　139
好忠集　122
能信集　38
頼基集　121, 122, 183

＊り

林材和歌抄　40
林葉累塵集　83

＊れ

冷泉院　43
冷泉為景　83

＊ろ

弄花抄　37, 103, 104, 109

＊わ

和歌童蒙抄　151, 164
和名類聚抄　2, 3

【著者紹介】

藪　葉子（やぶ・ようこ）

昭和46年生まれ
平成９年　大阪教育大学大学院修士課程修了、平成13年
武庫川女子大学大学院博士後期課程修了、博士（文学）
現　在　武庫川女子大学他非常勤講師
著　書　『伊勢物語　享受の展開』（共著　竹林舎）

『源氏物語』引歌の生成
——『古今和歌六帖』との関わりを中心に

2017年（平成29）４月20日　初版第１刷発行

著　者　藪　葉　子

装　幀　笠間書院装幀室
発行者　池　田　圭　子

発行所　有限会社 **笠間書院**
〒101-0064　東京都千代田区猿楽町2-2-3
☎03-3295-1331　FAX03-3294-0996
振替00110-1-56002

ISBN978-4-305-70844-1　組版：ステラ　印刷／製本：モリモト印刷